陳平原 主編

三聯人文書系

胡曉真 著

出入秘密花園：近代女性敘事文學的前世今生

JPC
HK

三聯人文書系

主　　編　陳平原

責任編輯　王婉珠

書籍設計　道　　轍

書　　名　出入秘密花園：近代女性敘事文學的前世今生

著　　者　胡曉真

出　　版　三聯書店（香港）有限公司

香港北角英皇道四九九號北角工業大廈二十樓

Joint Publishing (H.K.) Co., Ltd.

20/F., North Point Industrial Building,

499 King's Road, North Point, Hong Kong

香港發行　香港聯合書刊物流有限公司

香港新界荃灣德士古道二二〇至二四八號十六樓

印　　刷　美雅印刷製本有限公司

香港九龍觀塘榮業街六號四樓 A 室

版　　次　二〇二一年五月香港第一版第一次印刷

規　　格　大三十二開（141 × 210 mm）二四八面

國際書號　ISBN 978-962-04-4800-3

總序

陳平原

老北大有門課程，專教「學術文」。在設計者心目中，同屬文章，可以是天馬行空的「文藝文」，也可以是步步為營的「學術文」，各有其規矩，也各有其韻味。所有的「滿腹經綸」，一旦落在紙上，就可能或已經是「另一種文章」了。記得章學誠說過：「夫史所載者，事也；事必藉文而傳，故良史莫不工文。」我略加發揮：不僅「良史」，所有治人文學的，大概都應該工於文。

我想像中的人文學，必須是學問中有「人」——喜怒哀樂，感慨情懷，以及特定時刻的個人心境等，都制約着我們對課題的選擇以及研究的推進；另外，學問中還要有「文」——起碼是努力超越世人所理解的「學問」與「文章」之間的巨大鴻溝。胡適曾提及清人崔述讀書從韓柳文入手，最後成為一代學者；而歷史學家錢穆，早年也花了很大功夫學習韓愈文章。有此「童子功」的學者，對歷史資料的解讀會別有會心，更不要說對自己文章的刻意經營了。當然，學問千差萬別，文章更是無一定之規，今人著述，盡可別立新宗，不見得非追韓摹柳不可。

錢穆曾提醒學生余英時：「鄙意論學文字極宜着意修飾。」我相信，此乃老一輩學者的共同追求。不僅思慮「說什麼」，還在斟酌「怎麼說」，故其著書立說，「學問」之外，還有「文章」。當然，這裡所說的「文章」，並非滿紙「落霞秋水」，而是追求佈局合理、筆墨簡潔，論證嚴密；行有餘力，方才不動聲色地來點「高難度動作表演」。

與當今中國學界之極力推崇「專著」不同，我欣賞精彩的單篇論文；就連自家買書，也都更看好篇幅不大的專題文集，而不是疊床架屋的高頭講章。前年撰一《懷念「小書」》的短文，提及「現在的學術書，之所以越寫越厚，有的是專業論述的需要，但很大一部分是因為缺乏必要的剪裁，以眾多陳陳相因的史料或套語來充數」。外行人以為，書寫得那麼厚，必定是下了很大功夫。其實，有時並非功夫深，而是不夠自信，不敢單刀赴會，什麼都來一點，以示全面；如此不分青紅皂白，眉毛鬍子一把抓，才把書弄得那麼臃腫。只是風氣已然形成，身為專家學者，沒有四五十萬字，似乎不好意思出手了。

類似的抱怨，我在好多場合及文章中提及，也招來一些掌聲或譏諷。那天港島聚會，跟香港三聯書店總編輯陳翠玲偶然談起，沒想到她當場拍板，要求我「坐而言，起而行」，替他們主編一套「小而可貴」的叢書。為何對方反應如此神速？原來香港三聯向有出版大師、名家「小作」的傳統，他們現正想為書店創立六十週年再籌畫一套此類叢書，而我竟自己撞到槍口上來了。

記得周作人的《中國新文學的源流》一九三二年出版，也就五萬字左右，錢鍾書對周書有所批評，但還是承認：「這是一本小而可貴的書，正如一切的好書一樣，它不僅給讀者以有系統的事實，而且能引起讀者許多反想。」稱周書「有系統」，實在有點勉強；但要說引起「許多反想」，那倒是真的——時至今日，此書還在被人閱讀、批評、引證。像這樣「小而可貴」、「能引起讀者許多反想」的書，現在越來越少。既然如此，何不嘗試一下？

早年醉心散文，後以民間文學研究著稱的鍾敬文，晚年有一妙語：「我從十二三歲起就亂寫文章，今年快百歲了，寫了一輩子，到現在你問我有幾篇可以算作論文，我看也就是有三五篇，可能就三篇吧。」如此自嘲，是在提醒那些在「量化指標」驅趕下拚命趕工的現代學者，悠着點，慢工方能出細活。我則從另一個角度解讀：或許，對於一個成熟的學者來說，三五篇代表性論文，確能體現其學術上的志趣與風貌；而對於讀者來說，經由十萬字左右的文章，進入某一專業課題，看高手如何「翻雲覆雨」，也是一種樂趣。

與其興師動眾，組一個龐大的編委會，經由一番認真的提名與票選，得到一張左右支絀的「英雄譜」，還不如老老實實承認，這既非學術史，也不是排行榜，只是一個興趣廣泛的讀書人，以他的眼光、趣味與人脈，勾勒出來的「當代中國人文學」的某一側影。若天遂人願，舊雨新知不斷加盟，衣食父母繼續捧場，叢書能延續較長一段時間，我相信，這一「圖景」會日漸完善的。

最後，有三點技術性的說明：第一，作者不限東西南北，只求以漢語寫作；第二，學科不論古今中外，目前僅限於人文學；第三，不敢有年齡歧視，但以中年為主——考慮到中國大陸的歷史原因，選擇改革開放後進入大學或研究院者。這三點，也是為了配合出版機構的宏願。

二〇〇八年五月二日

於香港中文大學客舍

目錄

自序

二〇二〇年春日，台北一夜驚雷。為了保持「社交距離」而盡量宅在家裡的朋友們，紛紛在網絡上互祝春天降臨，疾厄退避。年初以來新型冠狀病毒肆虐，為了阻絕傳播，各國紛紛要求公民限縮活動範圍甚至彼此隔離，一時之間彷彿天下之人都被迫以最小單位自我封閉。人人翹首期盼科學、醫學界研發疫苗、尋找療法，然而這絕非當下可成。在活動範圍封閉的狀態中，能即時給人心帶來撫慰、安定甚至昇華之感的，文學、音樂、藝術仍舊是首選。所以，出版社、圖書館開放電子書下載，音樂團體免費播送演出，博物館與美術館發展線上展覽，據說實體書籍——特別是長篇小說——的銷量也激增。這一切都表示人類在活動空間受到限制時，也不會放棄追求心靈的滿足。雖然我的聯想有點天外飛來一筆，但不得不說：這種人類普遍對超越性的渴望亦正是我研究古典女性文學所得的體會。

近代中國女性的文學表現，可謂百花園中，萬芳競秀，最近三十年的學術研究已經從各種角度描繪其面貌與發展，如果現在要編寫一部中國文學史，女性的成就絕對是不可或缺的。彈詞小說——韻文體長篇敘事文學——就是近代女性在詩文以外的另一重要文學選擇。敘事性、音樂性以及出入雅俗之間的特性，使得女性彈詞小說有特別精彩動人之處。

二〇一五年夏天，我應邀到京都大學開設一門英語授課的短期課程，邀請我的是當時擔任文學部部長的平田昌司教授。課程結束之後，平田教授親自帶領我與家人，暢遊他的故鄉島根縣。這是因為早在二〇〇九年我訪問京大時，就對出雲大社產生興趣，渴望一遊，但因近畿一帶的名勝已經排滿行程，自然無法再向他處發展。沒想到平田教授始終記得我的願望，實在是隆情高誼。島根縣號稱日本眾神之國，因為這是日本許多創世神話的發生地，出雲大社更是眾神在年末聚會的場所。我們在參觀大社時，深深為其建築與整體氛圍感到觸動，真是不虛此行。在駕車離開出雲大社的路上，我在東張西望中發現公路邊有一個簡陋的牌子，寫著「黃泉比良坂」。我對日本典故相當生疏，十分吃驚，妄自議論道：「如果有人問：『您府上哪裡？』，難道這兒的人會回答：『小地方——黃泉』嗎？那不是要嚇死人嗎？」失笑於我鹵直的問題，平田教授為我講述了「黃泉之國」的故事，並且後來贈我周作人翻譯的《古事記》。由於多數人不似我之無知，大概都熟悉伊邪那岐與伊邪那美生下日本八大島的故事，我就不必多說了。當時特別震撼我的是故事的結局：伊邪那岐無法直視死亡的真面目，逃到黃泉國與人間的邊界——也就是我們經過的黃泉比良坂，他運用神力以巨石塞住黃泉比良坂的出入口，隔絕了生與死。被擋在石頭後面的伊邪那美在盛怒中宣稱，從此每天要殺死人間一千人，而伊邪那岐回應說，那麼從今以後，每天要生一千五百人。

打動我的正是這故事中的生死往復。雖然伊邪那岐赴黃泉尋找伊邪那美，開頭頗似希臘神話中奧菲斯到冥界追回優瑞迪斯，但是後半的發展卻完全不同。肉身朽壞的伊邪那美成為死亡的力量，本來創造生命的女神對生命進行破壞、毀滅，而男神則試圖成為一個更強大的生的力量。因生而死，因死而生，生死不息，循環不已。這個故事的背後必然早有詮釋系統，但對我這單純聽故事的人而言，我接收到的是一個永恆的命題——生、死的必然與人類的創造本能。正因每天要死亡一千，所以要創造生命一千五百——這不是數字的競賽，而是所有創造活動背後的動力。

文學與藝術的創作也不例外。傳統時期女性的創作活動，都是在死與朽的龐大陰影下發生的。體認到肉體終將死亡，精神也會隨之消散，這種死亡的預期啟發了對精神之「不朽」的追求，是因為死亡的存在而激發的生的力量的表現。這種對死亡之沈寂的恐懼，對精神不死的渴望，豈非古今一體、不分性別、男女共同的嗎？然而，傳統女性的活動範圍與形態受到限制，沒有在公共場域發揮與追求的餘地，那麼，文學藝術可以理解為傳統女性在宗教性超越外，最好的對抗死亡的創造活動。由這層意義來看，我對前現代女性的文學創作，更添敬意與認同。近代女性創作屬於通俗敘事的彈詞小說，可能不乏求名甚至求利的動機，但歸根結底，這些女作家的創作慾望仍是受這不朽的追求所驅動。

我曾在《才女徹夜未眠——近代中國女性敘事文學的興起》一書中，詳細論述創作的慾望如何讓一代又一代的女性加入彈詞小說的作家隊伍，但一代又一代的女作家又如何不斷複寫、改寫、重寫同一個建功立業的夢想，同時試圖在傳統女性的生命困境中思考出路。在此之後，我的工作雖然有所轉向，不再以女性文學為中心，但女性文學與彈詞小說仍是我的重要關懷，也持續完成一些相關研究，可以本書作為代表。這本書分為五章，第一章圍繞花園與庭院的主題，討論這一富含隱喻力量的空間，女作家在彈詞小說中做了怎樣的運用，成為女性心靈活動的場域。第二章突出女性彈詞小說中的極端人物。彈詞女作家身居才女之列，我們往往也只留意其筆下才德兼備的角色，殊不知她們的作品也表現了極端的瘋魔、悍妒，抑或是在當時社會情境下極端的人生選擇，例如獨身，這些特殊的人物性格與行為描寫，都使女性彈詞小說的面貌更加豐富立體。相較於小說中功名富貴的女英雄，這些極端人物反而更具有顛覆正統價值的能量。第三章的主題是情感與暴力，這在古典女性文學的研究中，應屬少見的視角。同樣是女性文學，彈詞屬於敘事文類，給了作者更大的想像馳騁空間，而血淚、暴力的描寫，更是幫助我們詮釋女性作品的特殊側面。第四章將眼光轉向女性彈詞在近現代時期的變化。晚清改革通俗說部的要求、民初閱讀與出版市場的速度競爭，都使得女性彈詞小說必須脫離原來的創作形態，跟上近現代文壇的腳步，於是，女性敘事文學出現了根本性的改變。第五章延續前一章的思路，再將二十世紀二十年代開始、三十年代極盛的廣播因素加入考察，說明女性彈詞作家如何發現了全新的創作與發表空間。此時女作家的創作主題，固然仍不乏古典素材，但與時代、地域乃至時事的關係更為密切，已經正式成為現代文學的一部分了。

這本書題為「出入秘密花園」，主旨可由從第一章到第五章的變化追尋得出。秘密花園是清代女性彈詞作家的心靈世界，入乎其內，才有文學創作的可能。待到近、現代的轉折時期，女作家已經可以自由出入這座花園，成為文壇與文藝市場的一分子了。然而，不論哪個時期，在字裡行間追求不朽的創作慾望，始終是我們理解近代女性敘事文學的基礎。

這裡的五篇文章曾分別收錄於不同的論文集，或曾在學術會議發表，如今重新編輯為個人專書，乃是以前述的邏輯選擇、梳理，以求呈現我對近代女性敘事文學的進一步觀察。在思考本書的過程中，我也發掘了若干新的問題，將成為之後研究的基礎。女性文學的研究已成功改寫了文學史，這是極大的貢獻，但毋庸諱言的是，這個領域也早已出現瓶頸。若要使女性文學研究煥發新的光彩，當然需要更多元且跨界的視角與方法。但願我能在其中扮演一個角色。

胡曉真

二〇二〇年五月於台北

秘密花園

——女作家的幽閉空間與心靈活動

前言

同樣是筆墨創作，寫小說與作詩填詞，在本質上有相當的差異。在中國文學長遠的抒情傳統籠罩下，詩詞雖然也有酬酢應對的社會功能，但寫心言志、直指性靈，更被認為是詩詞雅道的主流。相對地，彈詞小說淵源於唱書表演，即使已經案頭化，但仍與市井文化脫不了關係，而明清通俗小說普遍具有的娛樂與教化功能，更預設了一個涵括大眾的讀者群。因此，當具有閨秀身份的女性創作彈詞小說時，便出現了一個無解的問題——應當恪守「內言不出於外」原則的閨秀，一旦開始寫小說，則不待作品出版，便在象徵意義上，與閨閫之外的世界發生了接觸。因此，我們便發現女性在道德上對私密的要求，與寫作行為必然引發的公眾性，在女性彈詞小說的情節正文與作者自我表述中，形成了巨大的張力。這種張力使得女作家在寄託心志、傳寫情思時，或顯或隱，固然委曲婉轉，卻也不乏儻言高論，帶來了無限的文本趣味，也帶領我們進入女作家複雜多變的私密心靈世界。女性彈詞小說洩漏了女性對私密世界的探索經驗與對公眾領域的複雜情緒，其間豐富的情感與想像，啟發現代讀者以另一種角度，重新思考近代中國文化中公與私、理與情、男與女等等的疆域。

再者，在女性彈詞小說中，筆者也發現空間的想像在此隱私與公眾的張力關係中扮演關鍵的角色。在我們熟悉的性別與空間論述中，中國傳統女性的正當位置在「內」。無論是身體上居處空間的配置，或職責上人生義務的分工，相對於男性，女性都屬於「內」的範圍，此即所謂「正位於內」的概念。「閨」、「闈」或「閫」的豐富象徵意義便由此而生。在現代的性別論述中，這種內／外之分通常被詮釋為對女性不公的限制甚至禁錮。然而，我們或可考慮一種相對的可能性，亦即面對此一由文化加諸其身的內／外之分，女性是否也能藉勢為自己開拓一個私密的空間，發展自由的心靈活動。通過彈詞小說這種特殊的女性書寫形式，筆者希望探討女性私密空間與心靈活動的多重關係。本文將以同治十年（一八七一年）出版的《金魚緣》及咸豐七年（一八五七年）出版的《筆生花》兩部作品為主要詮釋文本。在這兩部閨秀創作的小說中，「庭園」是女作家本身或者筆下女性角色獨鍾的場所，而成為具有象徵意義的空間。一方面，花園在屋舍平面配置中僻處一隅的特質，昭示了女性的邊緣位置，以及其生活空間的閉鎖性。一方面，花園又因為地處內／外的交界，而成為誘發女性越界慾望的危險空間。甚至，由於花園與正房屋舍有所區隔，因此暗示對俗世義務的疏離，甚至可以變成女性追求超越經驗的神秘空間。花園承載了如此豐厚的文化意涵，既可象徵女性生命的極度幽閉，也可刺激女性心靈的無限奔馳。這兩者之間的極端拉鋸張力，也提供了寬廣的詮釋可能。【一】

【一】筆者在本文中將交互使用「庭園」與「花園」二詞，指涉的對象是私人居處範圍內的園子；或供遊賞，或供閒居者。至於宮廷苑囿或可以開放的園林，不在本文的探討內。

由女作家特殊的幽閉意識出發，筆者亦將思考「閒」與「無聊」這兩種極端私人的感受，如何成為女作家定義自己的觀念，而又如何成為文字創作與公開追求成就的動力。同時，面對幽閉與無聊，女作家利用女扮男裝的情節設計，企圖發揮想像，衝破禁制，最後卻不由自主地陷入一再的重複，反指自身對幽閉與無聊的眷戀，此中委曲，也將是本文論證的重點之一。

本文涉及的兩部主要作品，《筆生花》號稱清代「彈詞三大」之一，作者是邱心如（生卒年不詳，約一八〇五—一八七三年），淮安人。根據譚正璧的說法，邱心如可能是在一八二一到一八二九年之間開始創作，至於全書的完成則要遲至一八五一到一八五七年之間。【一】邱心如自稱乃是讀了陳端生的彈詞小說《再生緣》，希望能創造一個更符合自己理想的女主角，所以才動筆寫《筆生花》。小說主要描寫道德完美、才華冠世的女英雄姜德華，如何女扮男裝，建立功業，並在恢復女裝後，成為婦德典範。《筆生花》的女主人翁雖然近乎僵化，但許多次要角色則表現了複雜的女性心理，也洩漏了作者在道德面具下的私衷，是一部極為豐富的作品。

《金魚緣》的作者自署「淩雲仙子孫德英」，有同治十年臥雲女史吳小娥敘及鈕如媛（孫德英之嫂）敘，其中鈕敘對孫德英的介紹十分詳細。根據鈕敘，孫氏乃「籍趾東浙，歸安（今吳興）世族」，由於父親遊幕之故，寓於潯關（今九江）三十年。鈕序回憶德英幼年即「不肆嬉遊，而好書好靜」，而且天生會說故事，「終始靡遺，聽者皆無倦色」。德英性情與人異，早年不願適字之意，在詩作中即屢屢流露，後來母親中風，便堅持奉親不婚，並開始創作《金魚緣》。未幾，「粵人犯境」，【二】其母驚懼而死，德英大慟，自此「幽居斗室，屏絕人事」，修佛著書，「非定省嚴親，登堂慶賀，從未離靜室半步」。【三】《金魚緣》一書便由同治二年（一八六三年）至同治七年（一八六八年），共歷六年而成。作者在小說一開場就說：

兒女由來總一般　應無憎愛兩心腸
奇則奇世間多少愁生女　怪則怪人意惟想獨養男
須知道此係愚蒙之想念　豈不聞天倫恩義未堪傷
況且是古來閨閣裙釵輩　也多有磊落襟懷勝過男

【一】譚正璧：《中國女性的文學生活》（上海：光明書局，一九三〇年），頁四五〇。

【二】此處所指事件不能盡詳。粵人當指天王洪秀全為首的太平軍。孫德英在小說卷三結尾處提及喪母經過，並且明言開始寫《金魚緣》是在癸亥（同治二年）初夏，而此卷完卷是甲子年（同治三年）仲春，所以其母驚變而死，必在二者之間。按，江西地區被太平軍視為補給倉，同治二年（一八六三年）秋及同治三年（一八六四年）二月，太平天國大軍由於缺糧，由浙皖大批竄入江西，蓋即鈕如媛所稱粵人犯境的背景。同治三年秋，官軍追剿太平軍，幼天王最後為沈葆楨所殺，亦在江西。有關太平軍此一期間在江西史事，可參徐川一：《太平天國安徽省史稿》（合肥：安徽人民出版社，一九九一年），頁四〇七—四〇八；《江西通志》（台北：華文書局，一九六七年），卷首之四，頁二七—二八。

【三】以上所引皆見鈕如媛之〈敘〉。筆者使用的是上海圖書館古籍部所藏光緒癸卯仲春上海書局石印本。

幹一番驚天動地奇人事　作一個出類超群巾幗郎
豈謂鬚眉男子輩　人人都可勝紅妝……
奉勸賢夫賢婦等　從此後生兒勿喜女休傷
但能慈愛均加一　為兒者孝順之心自異常【一】

小說結束時又說：「凡蹈溺愛偏憎之習者，堪以此書為鑑，更能留心細玩，自可壁遷頓悟也。從今視女如男，則千秋之下，無有抱恨之裙釵矣。」【二】作者在此直接批評社會上父母對兒女的差別待遇，這是其他女性彈詞小說未曾明言過的。【三】《金魚緣》跟《筆生花》一樣，講的是女扮男裝的故事，而且是一文一武，二女共扶朝綱。其中，將軍秦夢娥恢復女裝，和姜德華一樣成為婦德典範；錢淑容則化名竺鳳瑞，終身不曾恢復女性身份，而以男裝與妻子李玉娥終老西湖。在這兩部作品中，小說對女主人翁的塑造，結合綿密的作者自敘，為我們提供了一個窺探女性私慾與私情的窗口。

私？公？——清代女性彈詞小說的兩面性質

清代女性彈詞小說的閱讀與創作活動中，私密性與公眾性的辯證具有巧妙的關鍵地位。深處閨中的女子，出於創作的慾望，提筆試寫彈詞，究竟是否有違閨範？在清代的文化氛圍中，才女輩出，已是不可遏抑的現實，而男性文人對此或抑或揚，並無共識。同時，江南女性雅好彈詞，也是一種廣為社會接受，但又受某些文人批判的現象。今天我們其實無法斷定閨秀創作彈詞小說，究竟有多少成分是被社會容許的，又有多少成分是帶有叛逆性格的。就作家本人的表述以及時人的評論來看，閨秀創作彈詞小說時，展現的也是一種極為曖昧及擺盪的姿態。她們一方面欣欣自得，執著不悔；一方面又小心翼翼，不時藉機解釋自己的行為，強調並無踰越禮法或有礙婦職之處。在她們迴護自己的辯詞中，最常出現的說法有四種，而這四種說法其實是層層向外放鬆界限的幾個階段：第一，「作書只為寫心田」，創作彈詞小說只是抒發作者的心志，不求作品為人所識，也不求名利，所以是完全私人性的；第二，「聊博北堂一時歡」，寫小說只是娛樂母親，聊盡孝道，其他的讀者並不在考慮之內；第三，「閨中姊妹頻相問」，作品

【一】孫德英：《金魚緣》，卷一，頁一a。

【二】孫德英：《金魚緣》，卷二十，頁二六a。

【三】清初的《天雨花》便表現了父親與女兒共同承擔的悵恨心理，但這在小說中乃以委曲婉轉的方式呈現出來。對照孫德英奉親不婚的始末，父母的教養態度顯然是她心理上的重要關卡。作者在書中的自敘曾說其母「恩養偏儂猶愛篤」，看來其父母應該是對她特別關愛的，不過，也不能排除其中隱含某種遺憾的可能。由於目前並無其他證據，只能擱置不論。

開始有人傳抄，但只不過在家族女性間流傳；第四，「願為閨閣供清聽」，雖然作品已流傳到家族以外的讀者之間，但僅限於女性。在這幾個階段中，作品的接受者由純然指向作者內心，放寬到娛樂母親姊妹，最後開放給所有的女性知音。這無疑是一個由私密走向公眾的過程。但是每跨越一步，作者又會自覺地強調適當的私密性仍舊保存，因而自認女德仍舊無虧。

彈詞女作家都是閨秀出身，她們自我辯護的過程，預設了私密性乃是婦德的一項重要元素。筆者曾經申述，閨秀從事創作的危險性，除了文學可能引發傷春悲秋之思，刺激女性的慾望甚而導致敗德行為之外，「拋頭露面」（exposure）也是重要的考慮。【二】這裡所謂「拋頭露面」是象徵性的，意指婦女的文字一旦為人所閱讀，就好像本人為人所窺視一般。那麼，在嚴男女大防的要求下，彈詞女作家一再強調自己的創作並非公開的讀物，當然是有道理的。然而，正如上文所指出，她們所著意維護的私密，並沒有絕對性，而是完全經由對照才能成立。對照於他人，面對內心的寫作動機才能稱作私密；對照於外人，家族女性才能視為作品的私密讀者；對照於男性，閨閣知音才算不侵犯女性作者與其文字的私密性。誠然，若沒有一個公眾性的概念存在，彈詞女作家念茲在茲的私密性是無由成立的。而強調隱私的作者，其預設之讀者亦不得不由作者自身擴展到閨閣知音，事實上也已見證了寫作轉側於私密與公眾之間的特質。同時，不言自明的是，她們的作品一旦通過傳抄或出版而流傳，便完全脫出了作者個人意願的掌握。誰來讀？怎麼讀？都不在作者控制之下，所以任何程度的私密性都是無法保證的。論者在討論文學本質的時候，便認為文學常挑戰既有理性秩序，所以其性質傾向於「隱私」；但語言與文字既是一種公共工具，文學便必然具有公共性以及散播力。在此一認知中，文學既是私密的，也是公共的，曖昧穿梭於「公／私」之間，「揭穿了『公／私』這條界限的虛構性與虛妄性」。【二】女性從事寫作，已經暗中挑戰性別角色的限制，更何況寫傾向娛樂與教化功能的小說，不待讀者出現，也等於宣告作品的公眾性。作者自稱的私密性與作品必然具有的公眾性，在此出現了戲劇化的衝突。

因此，彈詞小說的創作可說介於私密與公眾之間。女作家退可自稱寫作是深閨內室自娛怡情的隱私活動，進則可經由傳抄與出版，將作品開放給閱讀大眾。這個曖昧的位置為彈詞女作家提供了極具彈性的空間，使她們得以由一個私密的位置發聲，而將本應規範為女性隱私的情感與意見，乘虛洩入公開的文字世界，而又可以拿寫作動機本為私密為口實，為自己預留餘地，免遭譏謗。此一策略最有趣的運用，應該就是清代女性彈詞中「夾插自敘」的寫作成規。所謂夾插自敘，就是作者在小說每卷甚而每回正文開始及結束之前，插入一段文字，內容由季

【一】胡曉真：〈才女徹夜未眠——清代婦女彈詞小說中的自我呈現〉，《近代中國婦女史研究》三期（一九九五年八月），頁六四。

【二】楊照：〈隱私與文學〉，《聯合文學》第一五卷第一一期（一九九九年九月），頁一八。

節風光、寫作過程、心緒感觸，乃至家庭瑣事、個人經歷，皆可包括在內。【一】由清初至晚清，《玉釧緣》、《再生緣》、《再造天》、《筆生花》、《金魚緣》等作品，一再重複這個寫作成規，形成了清代女性彈詞小說的一項重要傳統。夾插自敘的內容極為個人性，等於作者以第一人稱的口吻，向讀者（包括所有層次的讀者）公佈自己在創作期間的私人生活與情緒。最典型的夾插自敘，講的是寫作當下的季節景色，例如《筆生花》第二回回首自敘云：

> 連日陰陰雨乍收　碧梧翠竹雨修修
> 芰荷已盡看無暑　桂魄初圓及半秋【二】

或《金魚緣》卷四卷首自敘：

> 清明氣象一番新　風雨連朝陰復晴
> 細草綠縈金砌合　落花紅積玉階深
> 繡簾薄薄春寒重　深院竿竿翠竹新
> 興欲尋芳尋未得　困人無奈雨淋淋【三】

另一種常見的描寫，則是作者交代自己如何投入於創作活動，甚至日以繼夜。清晝月夕的風光，四時景物的變化，乃至作者寫作時秉燭挑燈的辛苦，似乎本無不可對人言者；然而，如果高漲的情緒、激烈的意見，對家庭生活細節的描述與埋怨，竟也一一滲透到自敘段落中，側身於看似中性的景物描繪之間，使讀者如睹其人，如聞其聲，將個人的隱私公開給閱讀大眾，幾乎像是一種自我展示（self-exhibition），這又該如何理解呢？例如，邱心如在《筆生花》第八回回憶幼年父母珍愛之情，以之對照婚後的不幸：

細數生平諸際遇　姑從少小記分明……
卻誰知自入此門供婦職　被人相忌更相傾
紛紛算計殊堪笑　刺刺煩言不耐聽
這其間本屬兩姑難作婦　何當群小再疏親
一時嗾失高堂意　十載躬親家事承

【一】此一寫作成規是由彈詞唱書的「數花名」而來，詳參胡曉真：〈才女徹夜未眠——清代婦女彈詞小說中的自我呈現〉。

【二】邱心如：《筆生花》（鄭州：中州古籍出版社，一九八四年），頁四六。

【三】《金魚緣》，卷四，頁一a。

百石田租充日給　頻年水旱失收成
良人內顧無長策　老嫗當炊起怨聲
各處營謀成拙算　尊前婉轉乞慈恩
慈恩蔭覆為籌劃　籌劃提攜恐累深
復授青蚨權子母　擇其素信託親朋
愚蒙不道遭欺騙　逼迫依然倍苦辛……
止剩嗟吁憐自己　難將甘苦訴旁人【一】

或者第廿回的回首抱怨自己的境遇：

自賦于歸廿一年　毫無善狀遇迍邅
備嘗世上艱辛味　時聽堂前詬誶言
喜的是愛女多能情少慰　恨的是癡兒廢學愧三遷
愁的是良人終歲飢軀迫　痛的是寡妹無家苦志堅
一樁樁已累寸心常戚戚　連日來何堪病體又懨懨【二】

婚後夫家的種種不如意，邱心如並不隱諱；丈夫與兒子無能，她也直接表達不滿，不必戴上任勞任怨的賢良面具。類似這樣絮絮叨叨的愁言怨語，終全書不斷在夾插自敘中出現，使人聯想到一幅閨友相聚、各道其家短長的畫面。作者雖説「難將甘苦訴旁人」，把生活的艱辛與心靈的困苦歸為不可為外人道的私人經驗，卻又反在小説中盡情發洩，唯恐人有不知。難道讀者倒不算「旁人」？當然，對作者來說，未可知的讀者沒有面目，對之剖析心事，似乎較無禁忌。但對個人生活描述得如此坦白詳細，作者果然不覺得困窘嗎？讀者沒有窺視別人家私事的感覺嗎？這種在公開文本中，作者傾訴私事、讀者領會私情的溝通方式，正是彈詞小説夾插自敘對公私界限的玩弄。又或者，孫德英遭逢母喪，在《金魚緣》卷三的卷末自敘中悲歌：

傷心不禁傷心調　和淚還成和淚吟
咳正所謂天有不測風雲人有旦夕禍福
舞綵高堂樂未央　豈知一夕見災殃
星沈寶婺情何遽　堂萎萱花夢也傷

【一】《筆生花》，頁三二七。
【二】《筆生花》，頁八九一。

只望長能承色笑　何期天命促辭陽
三年癱瘓誠康健　一夕仙遊痛斷腸
厚道無虧人共仰　慈祥備具衆稱良
未臻花甲初元壽　早登菩提棄錦堂
寸草未容伸報意　我正是終天抱恨不能甘
支離病體惟長淚　想像慈顏只有傷
恩養偏儂猶愛篤　劬勞罔極竟何償
由來度日惟愁裡　痛恨交加九折腸【一】

表達孝思當然是合宜的，但是在讀者才剛剛讀完當回的小說情節時，作者卻突然開始交代自己的母親中風癱瘓、驚變逝世的細節，以及喪母的悲痛，就作者而言，究竟出於什麼樣的心理需求？就讀者而言，究竟如何處理「作者私人的現實生活」與「想像的小說情節」接連出現的情況？每當我在清代女性彈詞中讀到這些私密性的自敘段落，感受其中私／公、作者／讀者、現實／想像等等界限的模糊，仍然覺得我們對彈詞小說以及清代女性小說作者與讀者的認識，還不足以完整解釋這個自敘傳統最深層的意涵。在前舉的兩個例子中，作者個人的遭遇感懷，連同親人的狀況，甚至作者對親人的批評，都在自敘段落中公開了。在夾插自敘中，作者以閨中密語的姿態，將隱私與閨閣知音分享，但卻故意無視於作品實際存在的公眾性。如此，私密性與公眾性的進退折衝，便可為彈詞女作家所有意無意地操縱。

我們也可從另一方面探觸彈詞小說中私密性與公眾性相生相依的關係。由於在格式的設計上，夾插自敘出現在卷或回的開始與結束之處，所以與情節正文維持著巧妙的距離，雖不能算是情節的一部分，卻又與小說的結構拆解不開。如果說情節正文讓讀者看到了作者虛構的「想像」世界，那麼夾插自敘則讓讀者目睹作者自稱的「現實」狀況。「想像」與「現實」的連接／對立，複寫了公眾性與私密性的依存關係。當然，這裡所謂「現實」，並不是說作者的自敘就是個人經驗的忠實記錄，而是相對於小說情節的虛構性質而言。由於自敘與情節緊密銜接，讀者在閱讀女作家的自我生活披露時，便在小說虛構性的對比與籠罩之下，一方面不假思索地認可自敘內容的真實性，一方面則忽略了作者自我展示的可能危險。所以說，女性彈詞小說的自敘傳統，乃將原應保持私密的文字，附屬於公開性的小說創作；以私密書寫（secret writing）或者私人書寫（private writing）的假象，遮掩公開表達自我的事實。於是，彈詞女作家便將隱私的經驗與感觸，涓滴流入公領域，並且與她心目中的知音（女性）讀者達成親密的溝通。不過，這個策略隨著女性彈詞小說的發展，其實逐漸失去了可行性。畢竟，活躍於道光時期的彈

【一】《金魚緣》，卷三，頁二一b。

詞小說家侯芝，在應書商之請，為《再生緣》作序時，就說過該書「雖閨閣名媛，俱堪寓目；市廛賈客，亦可留情」。【二】足見她已充分認知（並歡迎）男性讀者的存在，並且還知道相對於女性讀者的閨秀屬性，男性讀者的階層較低，以商人階級為主。而到了晚清時期，女性彈詞出版的前例歷歷可數，熟悉女性彈詞傳統的閨秀，實在不可能再用「僅供姊妹清玩」為藉口，為自己的公開私密進行辯護。換言之，私密書寫根本已經不成立了。既然如此，我們本來可以假設女作家的自我檢查會更加嚴密，個人的生活、叛逆的意見等等隱私，應該逐漸從夾插自敘中消失。然而事實並非如此。夾插自敘的典範由清初的《玉釧緣》所奠定，由陳端生的《再生緣》繼承之。此後的女性作品，固然不乏將自敘成規簡化甚至完全棄置的，但是，將此一傳統發揚到極致，冗長詳盡，幾乎等於把夾插自敘當成日記來寫的《筆生花》，其寫作在一八二一年到一八二九年之間開始，過程綿延二十年，而刊行年代則已至一八五七年（咸豐七年）。同樣延續此一自敘傳統的《金魚緣》，更遲至一八七一年（同治十年）才出版，已經算是晚清的作品了。尤其值得注意的是，女性彈詞小說發展至此，作者已經不必再隱姓埋名，親人甚至可在出版的序言中，公開揭示作者的姓名鄉里。譬如《筆生花》由邱心如的姪子陳同勛作序，交代邱心如的創作過程；《金魚緣》也由孫德英的嫂嫂鈕如媛寫序，序中清楚說明孫氏的背景，以及德英矢志奉親不婚、變亂喪母、隱居寫作的經過。我們可以觀察到，時代的遷移已使得婦德標準出現改變，女作家在彈詞小說中所能表達的範圍其實也大為擴延。於是，夾插自敘作為一種自我呈現的文本（self-representing text），即使已脫下其私密書寫的假面，還是可以繼續在公眾性的小說文本中出現，甚至做出更為激越的表達。這樣的自由，未必是之前的彈詞女作家所能享有的。

西方女性自傳的研究者曾經指出，任何自我呈現的文本，一旦經過書寫、流傳、出版的過程，就像小說一樣進入文化市場，而作者個人及其經驗也就成為供人消費的商品了。清代的閨秀作家未必有現代人商品化的概念，然而對重視婦人聲譽的閨秀作家而言，自己的文字為人閱讀，還是會造成期待與恐懼夾雜的焦慮。面對這種焦慮，女作家通常會著意修飾自己的自我呈現，甚至試圖導引讀者，使讀者的焦點從作者個人身上轉移到其他地方。【二】清代彈詞女作家面對的是嚴峻的婦德要求，她們感受到的焦慮理當極為強烈，但她們的策略，反而是將自我呈現的文本，索性與小說文本結合起來，把個人隱私與公眾性的文字並置一處，為自己創造更大的空間，藉以寄託私情私志。私與公，既是女性彈詞小說在本質上的兩面性，也是女作家自我呈現的寫作策略。

【一】香葉閣主人（侯芝）：《再生緣・原序》，見陳端生著、劉崇義編校：《再生緣》（鄭州：中州書畫社，一九八二年），頁二三。

【二】Mary Jean Corbett, "Literary Domesticity and Women Writers' Subjectivities," in *Women, Autobiography, Theory: A Reader*, ed. by Sidonie Smith and Julia Watson (Madison: The University of Wisconsin Press, 1998), 255.

私域的建立——庭園意象與自我幽閉／解放

筆者於前文解析了女作家如何在形式上，利用彈詞小說的特殊寫作成規，為私密的自我呈現找到了公開的出口。那麼在小說的其他方面，她們可曾碰觸私密與公眾的問題？筆者以為就《筆生花》與《金魚緣》而論，女作家分別在夾插自敘與小說情節中，以時間和空間為喻，處理女性的私情如何保全，又如何公開。由前文可知，女性作家為彈詞小說塑造了一種「私人寫作模式」的假象。如果我們將文類視為一種隱喻的空間，則彈詞小說在形式上的彈性無疑提供了極為寬廣的空間，讓作者寄託別處無可發揮的私密感情與想法。不過，如果要定義一個「私人的領域」或「私域」，除了空間以外，時間也一樣重要。【一】彈詞女作家利用文本所爭取並表現的私域，正是一個「私人時間」與「私人空間」的交集。

在《筆生花》的夾插自敘中，邱心如不時將自己斷斷續續的創作方式，歸咎於已婚婦女瑣碎勞煩的生活。最典型的一段話，應該是她在第五回重拾彩筆時，於回末自敘中所言：

一自于歸多俗累　操持家務費周章
心計慮　手匆忙　婦職兢兢日恐惶
那有餘情拈筆墨　只落得油鹽醬醋雜詩腸

近因阿妹隨親返　見示新詞引興長
始向書囊翻舊作　披箋試續剔殘釭
忙中撥冗終其卷　早已是十九年來日月長【二】

這一段話，基本上將已婚婦女的日常生活，定義為完全「非私人」的時間，只能進行與婦職相關的活動。而且，這些活動不僅佔據時間，更具有禁錮文學心靈的力量，所以才說是「油鹽醬醋雜詩腸」。不過，一旦恢復創作，邱心如便在夾插自敘中，不斷描述自己如何努力在婦職中「忙中撥冗」，尋找縫隙，偷取自己的時間。例如她在第八回的回末自敘中說：

趁陰天偷得片閒完此卷　明朝卻要理金針【三】

【一】「私域有兩個向度：空間向度和時間向度。……私人時間像私人空間一樣，是構成完整的私域的一部分。」王紹光：〈私人時間與政治——中國城市閒暇模式的變化〉，《中國社會科學季刊》一九九五年夏季卷（一九九五年五月），頁一〇八。

【二】《筆生花》，頁二二二。

【三】《筆生花》，頁三七六。

或者第二十回的回首自敘：

權撥冗　少偷閒　再構新詞編舊篇【一】

生活本來是連續的，由所有的活動所構成，但邱心如則在自敘中將女紅家務等所謂「俗累」與創作一刀兩斷，讓「工」、「職」與「閒」、「冗」彼此對立，也因此互相定義。創作的時間必須從「俗累」中偷取，明白顯示何者是「正務」，何者是「餘事」，但也說明了何者在邱心如的自我認知與呈現中更為重要。其實，私域的建立，反而奠基於非私域的堅實牢固。邱心如於此種境遇中完成《筆生花》，可以說是在「非私人時間」中，為自己創造了雖然短暫斷續，但仍然有效的「私人時間」。創作活動本身，便是私域形成的果實。

相對於邱心如的委曲婉轉，孫德英採取的顯然是極為激烈的方式。如前文所言，鈕如媛所描述的德英，除了與所有明清才女一樣，天生與文墨有緣之外，還在幼年就不願適字。母親發生中風的不幸事件，似乎反而為她提供絕佳的機會，可以孝道為名，立志奉親不嫁。她在《金魚緣》第一卷的卷首自敘中說：

夢覺迷途智慧添　願甘清靜度餘年

但能得無煩無惱無牽累　豈敢望登佛登仙登上天
且喜竟如心所願　深閨靜處奉椿萱
年年願舞斑衣綵　歲歲祈承繞膝歡
萬事不關心地靜　閒拈彩筆作長篇……
欲伸世上閨娃志　編作長篇漫漫彈
拈得金魚緣三字　要將終始細參詳
從今靜坐芸窗下　寫盡忠貞節義談
也不管滿院鳥啼春景麗　也不管一庭日照夏炎長
也不管西風捲幙吹黃葉　也不管北令初行散絮花
一日但持三寸管　長宵不斷一爐香
雖非黃卷青燈志　亦有攢花剪綵難
今日一興功業後　何年何日告完章【二】

【一】《筆生花》，頁八九一。

【二】《金魚緣》，卷一，頁一a。

母親中風，應該發生在德英超過適婚年齡以前，但此段自敘的前幾句卻老氣橫秋，一副飽歷滄桑、大徹大悟的姿態。我們不必懷疑孫德英對修行的信念，不過在此自敘中，她的確是有意為自己打造一個與世事疏離的身份，並將這個身份與專心創作的形象結合起來。她的「閒」，是無盡的、自由的私人時間，不論「一日」或「長宵」，儘可任情執筆；這與前述邱心如「偷」來的「閒」，意義完全不同。孫德英矢志不嫁，對她的生活造成兩個連帶的影響。第一，「深閨靜處」不再只是單純的閨範，而有了更深遠的內涵；因為唯有堅持空間的閉鎖，才能維護她終身不字的選擇，贏得他人的尊重。第二，由於不婚，孫德英的社會角色不會經過由成婦到為母的變化，所以最能夠保障她的地位的，就是「年年歲歲」，永恆地扮演奉親孝女的角色。時間的靜止，不只是孫德英當下的感受，也是最符合個人利益的情況；這種狀況延續越久，越能維繫孫德英的生命抉擇。所以，雖然明知四季仍舊運行，時間依然推移，孫德英仍寧可故意不去感知。在《金魚緣》開場的這一段自敘中，作者已將自己奉親不婚的選擇，定義為一種在時間與空間上皆處於閉鎖狀態的生命情調。深閨、庭院，加上時光的無聲進行與個人自主的靜止感——作者塑造的是完全自由與隱私的空間及時間。

然而此一歲歲年年不變的渴望，很快就成泡影。孫德英才剛寫到第三卷，就遭逢變亂，遽然喪母，失去了照顧母親的身份。不過，她並未因此放棄原先的生命選擇。根據鈕序，她自此「幽居斗室，屏絕人事」，「非定省嚴親，登堂慶賀，從未離靜室半步」。換言之，面對世事變化的威脅，孫德英主動將自己原已固定的生活空間進一步縮小；「斗室」、「靜室」等詞語，指涉的都是這種自己選擇的幽閉狀態。當然，鈕如媛的描述其實是誇張的，為的是強調小姑的貞靜德行，以贏得眾人的敬重。在第三卷以後，孫德英的夾插自敘依舊不斷出現庭園風光的描寫，可見所謂「斗室」，至少還包括自家的庭院，而她所有的觀察與感受，也都與庭院景物有關。所以，孫德英自我幽閉的空間，與其說是靜室，實在不如說是深院。此一「深院」的意象在這裡有重要的意義，可以說是作者自我幽閉與追求自由的象徵，是一種空間上的隱喻（spatial metaphor）。另一方面，季節的轉換也繼續扮演襯托空間與個人時間凝滯狀態的角色。試看卷五的卷首自敘：

彈指光陰信果然　四時景物遞相傳
紅榴花謝吟剛罷　碧沼蓮芳興更添……
乘興時高臥北窗睨自傲　整日裡畫屏人事樂猶閒
其如畫柱涼棚地　何若連陰茂樹邊
偶爾風來消盡暑　逍遙夢覺聽鳴蟬
直待他夕陽西下攜筇返　靜坐候明月東升不放簾
夜氣清幽心轉爽　推敲辭句續長篇

正好比藕蠶不斷絲絲接　正好比瀉水難收湧湧漣
纔結尾　又開篇　日月消磨書裡邊【一】

孫德英在這裡歌詠的隨性生活與書中日月，乃是其他彈詞女作家從未享受過的奢侈。【二】空間的幽閉與時間的靜止，成就的反而是一個完整的私域。所謂「朝朝弄管翻新調，日日臨窗展舊篇」，【三】時光儘管不捨晝夜，卻只是對比出寫作之趣的恆常；深院靜室雖然隔絕人事，倒反而方便了想像的馳騁。當作者的私域得到完整發展時，她的心靈也獲得完全的解放：

文情轉折頻參奪　詞意纏綿細搆求
得句時如探錦囊珠得驪　心遠處似無有我事俱休【四】

作者在這裡表達的是一種沈浸於創作之中的境界。寫作活動帶來的自由快感與滿足，足以令人置身另一個時空，建立另一個自我，跳脫世間慾望，更超越有形身體的限制。此一「似無有我」的超脫感，當是孫德英自我幽閉所能求得的最高境界了。

我們仍須注意的是，孫德英的幽閉，雖然出於自己的選擇與堅持，但更需要外界的支援。卷十三的卷首自敘就直接觸及這個問題：

連枝重義全初志　慈父天恩憫下情
自願一生為隱跡　喜來事事得如心
幽軒新建誠無俗　小院清閒信絕塵
花下不開迎客徑　窗前惟設待風琴
娛心愛把書千卷　快意難拋酒一樽
滿地干戈都莫問　閉門高臥絕相聞【五】

在此一階段，專屬於德英的獨立空間完全形成。小院幽軒就是她的活動範圍；琴書詩酒就是她的活動重心。這種隔絕的狀態，固然出自作者刻意的抉擇，但她完全明白，如無父兄的幫助，自己的希求絕不可能實現。這其中「連枝重義」尤其重要，畢竟，隨著時光流逝，最後要

【一】《金魚緣》，卷五，頁一a。

【二】唯一的例外是《玉釧緣》。不過，根據自敘的蛛絲馬跡，《玉釧緣》顯然是匿名作者於少女時期，在較短（大約兩年多）的時間內集中心力完成的。這與孫德英時間無盡的感受，仍然不同。

【三】《金魚緣》，卷十一，頁一a。

【四】《金魚緣》，卷十，頁一a。

【五】《金魚緣》，卷十三，頁一a。

維護她的地位，並讓她的私人空間在有生之年繼續存在的，終究要靠兄弟。孫德英在此段自敘的開頭兩句中，其實已戳破了自己創造的私域神話。以她的歷史環境與社會階層來說，根本不可能倚仗自己的力量，建立並維持一個私人的自由空間。同時，幽閉的選擇顯然也不能完全隔斷外界的影響，否則，孫德英就不會以「閉門高臥」來對應她感知到的「滿地干戈」。原來，孫德英要阻絕的對象，除了婦職俗累之外，還包括國家傾頹的危機感。這段自敘其實充滿了矛盾。第一項矛盾是，德英曾親身經歷動亂，母親甚至驚變而死，怎麼可能相信只要「閉門高臥」，就可以對動盪的世界絕不相聞？換句話說，她真的以為這個自我幽閉的空間，就是無堅可入的城堡嗎？反觀《金魚緣》小說中，變裝為男性，做到當朝宰輔的女主角雖然力斥奸臣賈似道，但她夜觀天象，預知國運終不可挽，所以執意急流勇退，偕妻歸隱修行。這樣的情節安排，對照作者在自敘中所流露的對動亂的憂疑，應該不是偶然，卻也更見證了她以「莫問」為對策的無助。另一個矛盾其實與整部小說相終始。女主角女扮男裝，歷險建功，這是彈詞小說的舊套，《金魚緣》的情節也隨著這條線發展，本不足為奇。事實上，論者一向將女性建功立業的想像，視為女作家白日夢或漫天大夢（wish-fulfillment）的心理補償作用，所以明清婦女習慣悠遊於虛構世界，讓小說中的女主角代替自己掙脫限制，而男性也並不以此為意，或懷疑其中真正藏有顛覆的力量。但是，孫德英卻以自我幽閉來保障私人的空間與時間，這就與她筆下的想像世界形成了對比。本來她拒絕婚姻，就是為了掙脫牽絆，爭取心靈的自由；而小說的女英雄想像，也表露了她對公眾成就的嚮往。但現實環境中女作家的幽閉狀態，固然催化了跨越性別疆界的想像；但是，虛構故事裡女性人物在公眾領域中一展長才，也殘酷地突顯出作者本人幽閉狀態的脆弱與無奈。孫德英踰越限制的慾望，與其自我幽閉的實踐，其實是一場永恆的弔詭。

事實上，彈詞女英雄的探險不待走出家門，在閨中便已開始；女扮男裝在外闖蕩，也並非逃離閨閣限制的唯一途徑。中國的倫理觀與秩序觀，本來在屋舍的配置格局上就有清楚的反映。但誠如婦女史學者所言，閨閣雖然限制了婦女的活動空間，但在象徵意義上，也同時「喻示婦女在天地人和諧、上下內外秩序分明的理想社會中的重要性」。【一】孫德英堅持不字，是在反抗婦女的傳統生命義務；「不出靜室」，則是用空間的禁閉維繫自己生命抉擇的道德性。但是，將原本還是「正位於內」的閨閣，利用文字的描述，逐漸轉移到具有邊緣意義的「庭園」，這又是另一回事了。字面上充滿負面意義的「邊緣」，其實可能便是自由法門。受過女性主義洗禮之後，我們一般都認為「邊緣」（marginality）是社會制度與文化成規強加於女性（或其他弱勢者）身上的。然而，女性彈詞小說卻告訴我們，「邊緣」也很可能是某些女性故意且自

【一】高彥頤（Dorothy Ko）：〈「空間」與「家」——論明末清初婦女的生活空間〉，《近代中國婦女史研究》三期（一九九五年八月），頁二五—二六。

動選擇的方位，用意正是讓自己立身於社會制度之外。庭園在房舍的配置中，往往正處於這麼一個曖昧的邊緣位置。這個「邊緣」還可能有另一層涵意，亦即兩種界域之間的模糊地帶。在女性彈詞小說中，庭園就常被詮釋為連結閨閣與外界，或者凡俗與他界的中介模糊地帶。

中國的庭園深具哲學與文人意趣，但在某些彈詞小說中，與外界比鄰的庭園——尤其是後花園——卻象徵著女性角色受壓抑的情慾與不合法的歡愉。【一】在這個象徵脈絡中，花園在空間上既外於閨閣，又與閨閣連接，正如同情慾與女人難解難分的關係。古典文學中本來較少描繪情慾自主的婦女，【二】女性彈詞小說的女主角更不用說，一概玉潔冰清。但有趣的是，彈詞小說卻可安排女主角的情慾替身在花園中縱情，並使花園一地成為女性情慾的隱喻場（locus of sexuality）。【三】在另一些例子中，庭園則是仙妖等物出沒的場所，成為一個「奇詭」的空間。筆者所謂「奇詭」，指的是本來家居習見、深植人心的事物，經過某種特殊的心理壓抑過程，而又出其不意地回歸，於是變成令人驚詫恐懼的事物。【四】花園本是熟悉不過的家居的一部分，但在文學及文化傳統中，演變為慾望壓抑的隱喻以及慾望回歸的出口，於是，花園在小說中往往就成了奇詭經驗的發生地。所以，表面上春意盎然的庭園，其實隱藏著花妖樹怪，隨時等著引誘少不更事的遊園幼女。【五】春色、春情、慾望、危機與非人的引誘，這些特質與聯想與庭園的意象總是亦步亦趨。

不過，在《筆生花》中，庭園有了全新的詮釋。邱心如筆下的庭園雖然仍隱藏著不可解的事物，可不但不危險，還是家族女性共享的秘密福地。在小說的第三回，五名少女就在花園中結下姊妹之盟，並以此地為她們約定的聚會場所。在整回的鋪敘中，花園不但是女性專屬，並且本身就具有女性的正面特質，瀰漫著歡愉與和諧。不過，就在當天的樂遊即將結束時，花園傳統中固有的「奇詭」機制又重新啟動。園丁張媽突然出現，警告遊園的姊妹，此園有狐仙出

【一】處理花園的情慾象徵，《牡丹亭》無疑是經典。《紅樓夢》則對庭園著墨更深，甚至打造了意義豐富的大觀園。Keith McMahon 特別討論花園與牆的文化意涵，筆者深受啟發。參見 McMahon, *Causality and Containment in Seventeenth-Century Chinese Fiction* (Leiden: E. J. Brill, 1988)。

【二】除了色情小說以外，願意主動表達情慾的女性角色，多半非狐即鬼。這類女性的「非人」定位，指出她已逸出正道，也對正道造成威脅。另一種較常出現的情慾自主的女性角色是篡位的女主。女主被描繪為色慾熏心，也是象徵她對正統秩序的威脅。

【三】例如《天雨花》的第十九與三十七回，以及《榴花夢》的第十二回，都有貌似小姐的婢女，假借小姐的身份在花園中偷情。事發之後，不知情的小姐反而被誣通姦，甚至因而就死。筆者認為在這幾個例子中，丫嬛都可視為小姐的複體（double），代表其壓抑的情慾。

【四】這個概念借用自 Freud 對「the uncanny」的探討。參見 Sigmund Freud, "The 'Uncanny'", trans. Alix Strachey, in *The Standard Edition of the Complete Psychological Works of Sigmund Freud* (London: Hogarth Press and the Institute of Psycho-Analysis, 1953-1974), vol 17, 219-256。

【五】例如《天雨花》第十三回中，左氏姊妹違反父訓前去花園遊玩，果然遇上了樹妖的騷擾。按照 Freud 的看法，如果作品本來就以神怪為背景，則神怪的出現並不構成「奇詭」。《天雨花》一再宣稱破除迷信，小說也沒有一個神怪傳說的背景，而竟在情節中出現花妖樹怪，於是可見其與「奇詭」經驗的關係。

沒，不宜久留。老婢的警告，頓時質疑了花園的純淨，也對新建立的姊妹聚會形成威脅。如果按照前述的花園邏輯的話，這些少女輕入禁地，很快就會受到教訓。果然，花園內的奇詭之物在第五回就開始現身了。少女們不顧張媽的勸阻，再次相約遊園放風箏。其中的一面風箏，造型是美女。當少女們準備收回這面風箏時，風箏卻幻化成人形，而且跟小說女主角姜德華的面貌不差毫分。從天而降的美女安撫驚詫的少女，說自己非妖非鬼，乃是半人半仙，名叫「胡月仙」。月仙接著對姜德華直接發言：

可也知奴即是卿卿是我　　卿須憐我我憐卿
因教賤貌同尊貌　　奴與你緣結三生夙有因【一】

仙子姓「胡」，等於明白告訴讀者，月仙即是花園的狐仙。在小說筆記的傳統裡，狐仙的聯想有各種可能性，倒不一定可怕；但是再怎麼慈善或可愛，狐狸精總歸是不屬於人間常道的「異類」或「他者」。因此，狐仙公然在花園中現身，顯示《筆生花》跟《天雨花》一樣，將花園視為慾望的化身、女性的禁地。事實上，這個插曲，正是一次完整的奇詭經驗。以家居熟悉的花園為場所，以遊戲常見的風箏為引子，牽連出非人的狐仙。而且，狐仙竟跟女主角長得一模一樣，還宣稱彼此即為一體，換言之，狐仙便是姜德華的復體，代表她外於秩序的潛在特質，或者違反常道的私密慾望。

不過，邱心如並未從此開始發揮花園妖物的危險。相反地，在往後的情節發展中，狐仙不但未對姜德華的德行造成威脅，反而代替德華入宮選秀，讓德華本人得以女扮男裝，保全貞節。假德華出宮之後，代替真德華與未婚夫文炳成婚，又在新婚之夜飄然消失。如此一來，真德華扮裝的情事暫時不被拆穿，於是獲得了一段展延期，讓她繼續在公領域中扮演建立事功的角色（第十二回）。所以，在《筆生花》中，隱藏於花園的狐仙雖然仍舊屬於奇詭的異類，也仍舊象徵女性私密的慾望，卻不再危害女性，反而成為女性的保護神。

隨著情節的推展，狐仙與花園的意涵也再次轉化。狐仙從洞房消失之後，再次避居姜府的花園。若干時日後，花園裡又多了一位隱居的女性謝雪仙。這位女性不是他人，正是德華扮裝後迎娶的夫人。雪仙人如其名，無瑕如雪，而且一心求道修仙，無意於婚姻；故此她在被迫成婚，又發現德華其實是女郎後，反而滿心歡喜。當德華的身份曝光，恢復女裝時，雪仙的收場當然成了問題。一般扮裝情節的小說碰到這個問題，解決之道就是讓她與扮裝者一同嫁給扮裝者原來的夫婿。不過，邱心如的謝雪仙卻不曾遵照這個模式。雪仙認為自己當初迫於孝道要求而結婚，已經盡到為人子女的義務，現在面臨第二次抉擇，她決心按照自己的意願，為自己做

【一】《筆生花》，頁一八五。

決定。雪仙既從德華口中得知狐仙的事蹟，欽羨不已，便決定搬到姜府（「夫」家）花園居住，希望能受到月仙的啟發，助她早日得道（第二十二回）。而月仙也的確不負所望，很快地引領雪仙修成仙體（第二十三回）。

雪仙拒絕常理的要求與親人的期待，堅持幽居花園，甚至與狐仙結為道友，可說完全將自己置於常規與秩序之外。因為拒絕婚姻，她傷了父母之心，於孝道有虧。而選擇遁居花園，則等於刻意疏離家庭，棄絕女性的人生義務，用空間的分隔確立自己與「居家」（domesticity）已分道揚鑣。事實上，雪仙遁居花園後，不但棄置婦職，連基本的人倫關係，也不再縈掛於心。她在園中故作癡呆，甚至不肯與自己的母親溝通（第三十回）。總之，她所有的選擇都是故意將自己置於傳統人倫關係之外，好讓她的修仙之途早日到達終點。當雪仙最後修道成功時，她所隱居的花園，也就象徵著她由自我放逐——幽閉——超脫的這段旅程了。

邱心如是一位非常在意婦德的作者。她不滿《再生緣》中孟麗君的激越，而她創造的女主角姜德華則忠孝雙全，嚴修婦職，大度能容，完全是三從四德的體現。但是如此典範的女主角，卻在秘密花園中，以一隻狐仙作她的複體與精神導師。同時，在婦德典範以外，作者又寫出了拋棄人倫關係的謝雪仙，讓她在秘密花園中自我隔離，終於超脫了婦人的俗世牽絆。雙面的姜德華與幽居的謝雪仙，豈不洩漏了作者心中，亦自有一座秘密花園？

《筆生花》中謝雪仙的故事與《金魚緣》作者的生命抉擇，顯示共通的超脫凡俗的嚮往。

這種超脫凡俗限制的慾望與踰越閨閣疆界的慾望時常在同一文本同時出現，兩者其實是彼此鏡照的。【一】以《筆生花》與《金魚緣》為例，我們正可以看到花園的意象如何在這兩種慾望中扮演富含象徵性的角色。

女性彈詞小說對庭園的處理固然各有不同，但多少都有些非正統的涵意。愛情、慾望、誘惑，以及超出凡俗經驗範圍的奇詭之物，都跟庭園有關。固然有的彈詞小說——如《天雨花》——極力要壓抑進而消解花園的奇異力量，但某些例子卻反而將庭園定義為女性的秘密基地。庭園是一個另類的空間，當女性把自己框架在其中，便享有某種餘裕，可以發展非傳統的情思與意念。我們分別從《金魚緣》的作者自敘與《筆生花》對雪仙這個角色的塑造中，看到了秘密花園在現實與想像的層面，如何為女性提供了一個寄託私衷的空間。學者曾論證明清的青樓利用園林，在禮教世界外建立了一個情色世界，也就是一種相對於正統的生活情境，【二】

【一】即以筆者曾經處理的彈詞小說而論，講到修仙的至少就有《筆生花》（謝雪仙）、《榴花夢》（桂恒魁）、《夢影緣》（作者本人以及全文本）、《金魚緣》（作者本人以及錢淑容）。

【二】王鴻泰：《流動與互動——由明清間城市生活的特性探測公眾場域的開展》（台灣大學歷史系博士論文，一九九八年），頁二五九。

並認為「一個新的社會文化場域於此建構而成」。【一】女性彈詞小說中所想像的庭園，當然不可與明清青樓園林等而論之，更稱不上建構了某種文化場域。但無論是現實或虛構，女性在彈詞小說中居於庭園，即使時光短暫，也是以庭園的空間，營造了另一種相對於婦職、俗累甚至動亂的理想生活情境。【二】當然，庭園永遠是被圍牆所定義的，【三】正因為庭園在空間上雖與房舍相連，卻又獨立於外（self-sustained），所以可以被女性當作障蔽隱私（幽閉），同時發展隱私（解放）的場所，成為所謂「私場」（the locus of privacy）。【四】誠如學者所論，居家建築空間規範了禮教秩序，也規範情與慾的表現，但同時一個社會也自會發展出不同的空間，以分別容納正統禮教及私人慾望。【五】庭園——或真實或虛構——在女性彈詞小說中就有如此的潛力，以一種「邊緣」而「逸出」的特質，作為女性情私的載體、慾望的管道，以及呈現的象徵。

假面下的閨閣私情——女扮男裝情節中慾望的公開與私情的消解

明清上層婦女的生活，其實並非完全局處於閨閣之內。隨父（夫）宦遊、賞心樂遊，甚至為謀生而出遊，都有可能發生。【六】不過，在以上的情況都未出現時，小說的想像世界也提供了各種可能性。避居庭園是女性的自我放逐，藉由空間的閉鎖，保存自己情私的自由；相對地，小說中女英雄女扮男裝，則是一場荒野的探險，要打破生存空間與性別角色的限制。在本章的這一節中，筆者要問的是以下的問題：女扮男裝是在何種情境與心態下，成為彈詞女作家最喜歡的題材？女性彈詞小說家利用女扮男裝的設計，實驗女性在公眾領域可以有何作為，但是在此向外無限開放的空間中，女性的身體、心靈與情感，是否就可以任意馳騁？

【一】王鴻泰：《流動與互動——由明清間城市生活的特性探測公眾場域的開展》（台灣大學歷史系博士論文，一九九八年），頁二八一。

【二】以庭園空間作為女性的理想世界，當然要以《紅樓夢》的大觀園為經典。參余英時，《紅樓夢的兩個世界》（台北：聯經出版事業公司，一九七八年），頁三九—六八。不過，我們從《筆生花》與《金魚緣》的例子，也可以看出即使與經典齊觀，女性作者本身以及她們的文本還是有無法完全為經典所掩蓋之處。

【三】Andrew H. Plaks, *Archetype and Allegory in the Dream of the Red Chamber* (Princeton: Princeton University Press, 1976), 156-178。

【四】此詞出自Francesca Bray, "Decorum and Desire: An Architectonics of Domestic Space in Late Imperial China"一文，收入熊秉真、呂妙芬編：《禮教與情慾：前近代中國文化中的後／現代性》（台北：中研院近代史研究所，一九九九年），頁二一一。

【五】此詞出自Francesca Bray, "Decorum and Desire: An Architectonics of Domestic Space in Late Imperial China"一文，收入熊秉真、呂妙芬編：《禮教與情慾：前近代中國文化中的後／現代性》（台北：中研院近代史研究所，一九九九年），頁一〇；頁三一。

【六】高彥頤：〈「空間」與「家」——論明末清初婦女的生活空間〉，頁二一一—五〇。

女性彈詞小說，幾乎沒有不寫女英雄女扮男裝故事的。【一】女作家如此熱衷於描寫女性的探險與事功，讀者也樂在其中，實與女性在閨中的封閉感與無聊感有關。這裡所謂「封閉感」，指涉的是閨閣生活空間的限制，已經在前文論述，而「無聊感」，則是一種此生無大事（eventlessness）的瑣碎無奈的感受。事實上，這種無聊感，等於是另一種形式的幽閉。西方學者曾以專書討論「boredom」，並認為 boredom 跟「休閒」（leisure）一樣，是近代才被發明出來的概念，而且與中產階級的興起息息相關。【二】在歷史的層次上，「boredom」與筆者在本文中論述的「無聊感」並無可以比附之處，但學者的相關研究，的確啟發筆者反思「無聊」這種極度私人的經驗，在女性彈詞小說中是否有特殊作用。筆者在前文中已說明女性作者如何主動營造一種幽閉的狀態，從而用文字解放禁忌、發揮想像，以對抗閨閣的限制性。那麼，面對生活經驗的局限，她們是否也有對策呢？

「無聊」不一定就是沒事做，而且在彈詞小說中，作者也不一定以「無聊」這個辭彙來描述自己的感受。以《筆生花》與《金魚緣》為例，我們讀到的就是兩個看似完全相反的情況。在她們的自我呈現中，邱心如苦於婦職，心、手皆忙，寫作只能在家事之餘，「偷閒」而為之，在心情上，她則每每以「悶」字來形容自己；孫德英則除定省外，毫無職責義務，通身只是一個「閒」字。一「悶」一「閒」，就時間的掌控來說，恰巧相反，但就其指向的感受而言，其實卻是相通的。邱心如的「悶」，悶在事不順心，更悶在事冗而不見其意義，只是「俗累」，所以她說「樂趣惟希靜趣佳」。【三】這種被瑣屑雜事、閒言碎語層層包圍、無法脫困的感覺，就是一種無聊感。孫德英以不字逃避如像邱心如一樣的命運，她的無聊，源於她在喪母之後，幾無適當的社會角色可以扮演。遊園玩景之興，有時而盡，自然時發「芸窗悶坐無聊甚」【四】的感嘆。但對照「莫道裙釵無大志，須知閨閣有奇媛」【五】的聲明，則她的無聊，不只是因為無事可做，更是出於一種大事無可為的自知之明。鈕如媛在序中稱德英「以琴書作終世之樂」，樂則樂矣，但也等於預知未來的靜止無事。這又是另一種無聊感。

無聊的感覺，其實可以刺激追求成就的慾望。同時，閱讀與寫作都是對抗無聊的好方法，這也是中外皆然的觀察。【六】邱心如在自敘中不斷用「遣悶」、「撥悶」描述當下提毫的動力，孫

【一】非女性創作的彈詞中，也經常出現女扮男裝的情節。例如《雙珠鳳》中的霍定金，或《文武香球》中的侯月英與張桂英。至於立意，則與女性彈詞小說寫女扮男裝者不同。同時，《金魚緣》中，屢次出現女先在家唱彈詞的場面，而所敘故事，毫無例外一概是女扮男裝。

【二】參見 Patricia Meyer Spacks, Boredom: *The Literary History of a State of Mind* (Chicago and London: The University of Chicago Press, 1995)。特別是第一章。

【三】第九回回首自敘，見《筆生花》，頁三七七。

【四】卷四卷首自敘，見《金魚緣》，卷四，頁一a。

【五】卷六卷末自敘，見《金魚緣》，卷六，頁二二b。

【六】Spacks 開宗明義便有此說，見 Spacks, *Boredom: The Literary History of a State of Mind*, 1。

德英則一再宣稱自己書興幽長，歲月相忘。她們的例子，恰如其分地見證了無聊感的積極作用。不過，我們仍須注意其中的微妙變化。就邱心如來說，寫作相對於家事俗累，是「閒」，是保留給自己的最後一點私人領域；相反地，對孫德英來說，寫作卻形同工作，可以建立自己存在的價值，對抗因拒絕婦職而造成的「過閒」與虛空。

有趣的是，無聊本是一種極個人化（personal）的經驗，但彈詞女作家顯然認為這是閨閣中人普遍共通的感受。在文學呈現上，閨秀常被描繪為一個有閒（leisured）的階層，巧畫蛾眉、憑欄倚窗、賞花望月，是其所事。當然，這往往不符事實，像邱心如出身望族，但她的婚後生活卻是個現成的反證。但這種有閒的形象深入人心，所以「長日無聊」竟爾成為標誌中上層婦女生活的符號。出於這種自覺，所以彈詞女作家在以文字對抗無聊感時，故事務求新奇，空間與社會角色的限制更需要打破，要用充滿事件的情節，填充所有女性看來毫無事件發生的生活。換言之，虛構世界中的豐富事件，透露的是女性對現實處境的嫌惡。然而，即使在可以馳騁想像的虛構文本中，女作家仍不由自主地重複像女扮男裝這樣的舊套。正如邱心如在自敘中所說的：「雖則教遺懷戲譜新關目，亦不免落套陳言舊典模。要得知說唱彈詞千百種，未能筆筆盡相殊。」【二】她顯然自覺地意識到自己的處境：原本是為了打破無聊的困境，所以開始創作，但在創作之中，卻又耽溺於重複無聊的情節規律，無法自拔。當女作家不但不厭其煩地強調自己的無聊，並且還預設女性讀者的無聊時，我們也看出她們其實對這種停滯的狀態，懷著交織憎惡與眷戀的情緒。不同的女作家，卻代代相隨，在彈詞小說中重複述說著類似的女英雄扮裝故事，就是此種情緒的具體表現。

筆者以為女扮男裝的情節設計之所以在女性彈詞小說中獨霸，必須由對抗無聊感的角度考慮。閨秀封閉與無聊的困境，刺激了創作的慾望；同時，作者本身困於現實，那麼讓自己的筆下人物代替自己馳騁萬里，也是最自然的心理補償法。筆者一再指出，女扮男裝的情節，已是小說舊套，並不是女性彈詞小說的發明或專利。不過，女性彈詞在處理女扮男裝時，的確有遠較其他小說家更為細緻複雜之處，特別是女性的慾望，尤為女作家所注目。凡慾望皆來自欠缺，而此處筆者所稱的慾望則有兩個特定指向。一是女性受限於性別角色與社會規範，無法直接參與公眾事務，憑藉自己的能力達到功成名就、留名青史的目的，故自許有才的女性往往對於建立事功懷有強烈慾望。這種慾望，在彈詞小說中每以女扮男裝的情節設計表現出來。其二，在女扮男裝的框架中，扮裝者本人、其以男性身份婚娶之對象，甚至其父母親人，都面臨壓抑／消解或表達／滿足情感及情慾的選擇。這兩種慾望的發生與發展，其實都出於閨閣之內，也都與閨閣是否保障私密性，有絕對的關係。

《筆生花》與《金魚緣》都涉及扮裝。但就女扮男裝的情節而言，《金魚緣》的確繼《再生緣》

【一】《筆生花》，頁六〇四。

之後，代表彈詞小說史上的重要轉折，故筆者將集中討論之。【二】《金魚緣》中，女扮男裝的有錢淑容、秦夢娥以及羅仙芝三人。羅仙芝扮成書生，出面警告錢淑容之弟景春有人暗中陷害，後來景春成功，仙芝便嫁景春為側室。這種改裝完全出於特定需要，而以促成姻緣為最終目標。至於淑容與夢娥，則分別代表女性彈詞小說中扮裝情節的兩種可能性。作者對此二人的描寫，也代表女英雄的兩種選擇。

《金魚緣》中，錢、秦二女在各方面都互為對照。二人的改裝，都是因為家遭奸臣構陷。淑容化名竺鳳瑞，在朝為相；夢娥化名甄夢蓮，做了大將軍。兩名女性一文一武，共佐大宋江山，女作家的大夢，至此發揮到了極致。但二人從一開始，對女扮男裝就有不同的認知。夢娥扮裝只為了解救家族與夫家的危難，所以一旦有所成就，就不再戀眷男性的身份。在功成名就後，她有這麼一段獨白：

咳錢氏郎君呀
夢娥今日已身榮　君在何方信不通
今歲聖朝開大比　未知道郎君曾否步蟾宮
可憐我千辛萬苦皆嘗盡　獨立孤身萬士中
不失清貞和節操　算來無處辱英雄

獨白表露的是真實的心情。夢娥所關心的，是未婚夫的音訊與發展；自己雖然靠征戰而身榮，但卻深以處身戰士之中為苦；由於確信自己貞節不失，所以最嚮往的就是未來夫妻團圓。依照情節的發展，夢娥果然順利恢復女身，與夫婿錢景春完聚，而且一如《筆生花》中的姜德華，扮演完美妻子的角色，不驕不妒，從容地調停家中各房妻妾的關係。夢娥的扮裝，由動機到結果，都正符合婦德要求。正如作者在全書結束的總意中所言：「大凡彈詞小說、野史閒編，莫非男操忠義、女抱冰霜而已」，【三】夢娥的故事，不出此一規範。在第十回結束以前，小說已藉錢景春、秦夢娥二人，連同夢娥在男裝時定親的章錦書、救過景春的羅仙芝，以及景春收服的番幫女將軍晏英珠，完成了我們習見的一夫多婦舊套幻想。

相反地，女主角錢淑容則一開始就有不願適人的私志，嫂嫂也暗知其心意。對照鈕如媛的

【一】《再生緣》之前的扮裝情節，多為促成婚姻的設計，而陳端生在《再生緣》中，則特別描寫扮裝的女主角孟麗君在面臨恢復女性身份之壓力時的痛苦心境。其後的許多女性彈詞作品，也都重複表達類似的心理。然而能在情節上突破這個困境的，則首推《金魚緣》。就這層意義來說，《金魚緣》堪稱具有轉折意義。

【二】《金魚緣》，卷四，頁一八b。

【三】《金魚緣》，卷二十，頁二六a。

序，可知孫德英實以錢淑容自喻。小說一開始，父母為淑容擇配，對象是才貌雙全的表哥梅蘭雪，她卻在閨中暗嘆：

> 咳，我錢淑容如此庸庸一世，卻有何滋味哉？
> 正所謂枉向人間走一遭　竟不能揚眉吐氣把名標
> 只落得一朝湮沒歸空幻　縱教我富貴無虧值幾毫
> 咳，想從古及今，巾幗英雄也頗為不少
> 莫不是襟懷磊落鬚眉氣　莫不是志願高超粉黛班
> 播得個萬古不磨留美譽　播得個千秋共仰著奇談
> 奴家志願雖非俗　哪能夠烈烈轟轟做一番
> 咳，似這等迎歸嫁娶，世俗繁文，豈吾心所願哉！
> 夫愛妻恩盡幻癡　生兒育女枉操持
> 只落得情魔孽障消難盡　只落得遠慮深愁日積之
> 正所謂泡影曇花何趣味　墜入了陷坑苦海悔猶遲【一】

淑容在此一閨中私嘆中，表達對事功與留名的嚮往，這在女性彈詞小說的傳統中，其實一直存在，也是多數女性作者著書的動力之一。此外，她也表達了對婚姻生活、生兒育女這些女性職責的厭棄。這一段閨中自嘆，其實指向的不是該人物的內心，而是作者的內心；作者利用小說人物之口，公開的其實是自己的所念所思。筆者以為，追求成就與逃避婦職這兩種慾望比較起來，其實後者的危險性更大。畢竟在清末以前，女性要在公領域有所成就，還是只能在彈詞小說的虛構文本內想像；而婦女主動棄絕人生義務，雖然是特例，卻不無可能——孫德英本人就是個見證。重要的是，這兩種慾望，無論如何不能納入婦德規範之內；換言之，這是不應該公開的慾望。一如筆者在前文中所申述的，作者之所以能在此發表與正統有違的私慾，其實多虧了彈詞小說這個文類是遊走於私密與公眾之間的。閨秀作者以私密書寫為由，自稱作品只供其他女性閱讀，所以容許自己在小說中抒發個人慾望。當然，私慾既然形之於小說，終究要任人公評，所以陳端生的《再生緣》，才會接連引起當代及後代閨秀如梁德繩、侯芝及邱心如的反應與批評。在這個脈絡中，《金魚緣》中錢淑容的扮裝始末，更具有特殊的歷史及文學史意義。

小說中淑容願建功業、不願成婦的心志，竟是因為家庭之難而得以成全的。原來淑容本來靜處閨中，因為鄰居失火，家人匆促離家，淑容在亂中竟被惡人所劫，後來雖然逃出，卻又

【一】《金魚緣》，卷一，頁五b。

聞錢府已被抄家，因此決定改裝。她在決定扮裝時，發下如此誓願：「若得天從人願，從此一行，不復再更女服矣！」【一】此情此景，可說徹底扭轉了女性彈詞扮裝的傳統。家庭受難反而方便了淑容逃脫女性義務，而她也從一開始，就決定永不回頭。於是小說在第十回以後，便集中發展錢淑容所試圖建立的另一種可能性。她同樣婚娶，卻在被妻子發現後，兩人約定假夫妻終身；未婚夫梅蘭雪成名之後，不負舊盟，淑容卻不改初衷，甚至把自己的義妹嫁給他；但凡有人懷疑他的性別，淑容都能設法釋疑。最後，淑容終於以竺鳳瑞的身份，退隱修行。這整個選擇與實踐的過程，都與秦夢娥的範本成為對比，也打破了女性彈詞小說的舊例。

女扮男裝的故事自木蘭、崇嘏流傳以來，魅力一直不減，各種傳說軼事也不斷重複類似的故事。明清兩代涉及女扮男裝情節的作品很多，在戲曲中，徐渭的《四聲猿》中的〈女狀元〉與〈雌木蘭〉是最引人注目的例子，而才子佳人的通俗小說，以及非女性創作的彈詞小說，也經常出現扮裝情節。根據學者分析，徐渭的作品中，木蘭與崇嘏皆無意於改變社會角色，扮裝只是為了特定的道德目的。而恢復女裝時，也絲毫無悔。【二】而才子佳人小說中的扮裝也有類似特點。首先，女子喬裝男子，多是為了追求理想婚姻。女主角或者扮演主動追求者，【三】或者扮演撮合者。【四】姻緣是扮裝的最初與最終目的。同時，這類作品以奇巧姻緣為主調，娛樂效果自是首要考量，所以是女扮男裝還是男扮女裝，其實並不重要，只要能造成趣味即可。【五】再者，扮裝情節並非牽動小說結構的主線，一旦完成促成姻緣的「階段性任務」後，扮裝便不再影響人物或情節。第三，扮裝的決定與行為，有清楚的現實目的（婚姻），不牽涉人物的心理活動，也不會在實行者的身／心上留下印記。第四，扮裝以後，男／女身份的混淆當然涉及私情／情慾，但小說多以純趣味的方式處理之，並不呈現其複雜面。筆者以為，男性小說家對女扮男裝的想像，雖然也可能具有顛覆性別角色的潛力，【六】但還是要到晚清《蘭花夢奇傳》之類的小

【一】《金魚緣》，卷三，頁五a。

【二】Wilt L. Idema, "Female Talent and Female Virtue: Xu Wei's *Nu Zhuangyuan* and Meng Chengshun's *Zhenwen ji*"，收入華瑋、王瑷玲編：《明清戲曲國際研討會論文集》（台北：中研院文哲所，一九九八年），下冊，頁五六二。此外，明清婦女劇作中另有一種「擬男」表現，女性角色以男裝出現，以男性聲口發言。不過，這與本文所討論的扮裝，有不同的機制，意義也不相同。參見華瑋：〈明清婦女劇作中之「擬男」表現與性別問題〉，《明清戲曲國際研討會論文集》，下冊，頁五八三。

【三】通常是公子落難，小姐假扮書生贈金。例如《玉嬌梨》中，盧夢梨窺見蘇友白大展文才，故假扮書生花園贈金，並偽稱有妹，與友白私訂婚盟。或《宛如約》中，趙如子男裝與才子司空約唱和，遂結婚約。

【四】例如《人中畫·風流配》中，華峰蓮以男裝代替未婚夫司馬玄求娶尹荇煙，之後又故意令尹荇煙男裝與司馬玄互爭華峰蓮。又如前述《宛如約》中，趙如子男裝，詭稱如子之弟，約同趙宛子同嫁司空約。

【五】男扮女裝的例子如《兩交婚》中，書生甘頤傾慕才女辛古釵，遂以女裝參加辛小姐主持的詩社，藉機結識。至於好色男性惡意男扮女裝以求苟合，最後造成傷害與死亡的例子，則不在此處討論範圍內。

【六】可參考蔡祝青：《明末清初小說中男女扮裝之性別與文化意義》（嘉義：南華大學文學研究所碩士論文，二〇〇一年）。

說，【一】才開始出現比較脱出窠臼的新活力。

相對於男性小説家筆下的扮裝，彈詞女作家固然有的較守成規，有的大膽創新，但以上述四個方向來衡量的話，女作家都有迥然不同於男作家的表現。首先，女性彈詞小説中，女主角絕無為擇婿而扮裝者。愛情與婚姻並非主導扮裝決定的因素；反之，逃離迫害或者拒絕不當的婚姻，才是扮裝的催化劑。在這個層面上，彈詞小説的女主角都是很「保守」的，她們的扮裝動機只有道德意義，沒有情慾自覺，更不像才子佳人小説中的女性，具有為現代研究者所欣賞的主動追求幸福的積極精神。【二】第二，一旦開始實踐女扮男裝，女主角通常便（主動？）身陷其中，無以自拔。因此，扮裝的後果會影響整部小説的發展，成為結構的主線。第三，扮裝者在轉換性別身份後，其原始的目的往往逐漸模糊，出現認同危機；如果恢復女兒身，更會經歷嚴重的心理掙扎。第四，女作家雖然不講究愛情，但對扮裝者恢復身份後的婚姻生活細節十分留意。最後，女作家對女扮男裝所產生的假鳳虛凰式婚姻關係特別感興趣，喜歡想像這種特殊關係下的情與慾。

以上的比較雖然不免疏略，但已呈現幾個重要的議題。首先，女性彈詞小説為女主角設計一個不得不爾的情境，用孝或貞的理由，使女扮男裝因被動而變得合理。當然，最明顯的原因是閨秀對筆下女性的貞節問題特別在意，這跟男性通俗小説家想像追求理想婚姻的佳人，考慮截然不同。然而，「防謗」的消極理由固然言之成理，但除此之外，我們還須考慮積極的理由，亦即女性彈詞小説之所以卻除扮裝時任何與情慾有關的因素，其實正是因為作者胸中另有一番見地。鄭振鐸早就説過，彈詞小説由於傳統的包袱較輕，所以成為「有文才的婦女們」得以「發洩她們的詩才和牢騷不平」的管道，更可以寄託自己的「理想」，抒發自己的「情思」。【三】筆者要進一步指出的是，雖然彈詞小説亦多有才子佳人的結合，但女作家的理想，不在私人的美滿姻緣，而在公領域的立功留名；女作家的情思，也不在傷春悲秋之意，而竟相反地集中在男女情慾如何壓抑。不過，正因如此，女性彈詞小説的扮裝情節陷入了一個弔詭，亦即當扮裝者自身的愛情婚姻不再是情節發展的最終追求時，他（她）卻反而以亦男亦女的形象，被更多的私情與慾望所包圍。更有趣的是，當扮裝者以男性身份經歷了情慾與婚姻的洗禮後，反見證了閨閣男女私情的虛妄。

【一】《蘭花夢》有光緒三十一年（一九〇五年）煙波散人序。小説描述松寶林、寶珠姊妹。其中，寶珠自小充男教養，後扮裝得中探花，官至兵部侍郎，總理海疆。寶珠被迫復妝後，奉旨與舊日同僚成婚，然而卻在婚姻生活中受盡屈辱，終於鬱鬱早逝。小説通過對寶珠與夫婿婚姻生活的無情描寫，透露出男女兩性困於性別角色之下，雖在理智上明知其不可，但在心理、情緒與行為上卻仍然有災難性的發展。

【二】例如，唐富齡就指出婚姻自主是才子佳人小説重要的思想特色。參見唐富齡：〈在新舊之間徬徨——才子佳人小説孔見〉，收入林辰編：《才子佳人小説述林》（瀋陽：春風文藝出版社，一九八五年），頁二七—三九。

【三】鄭振鐸：《中國俗文學史》（上海：上海書店，一九八四年），下冊，頁三五三。

女性彈詞小說中女扮男裝的情節高潮，多半出現在扮裝者面臨是否恢復女裝的抉擇時刻。女主角不但女扮男裝，而且考取功名、娶妻成家、立身朝堂，這些行為都犯了顛倒陰陽秩序的大罪。所以，作者既自知彈詞小說其實是公眾性的文本，為了恢復社會秩序，就必須描寫扮裝者改回女裝，退回閨閣之內，將權位轉渡給男性，同時「委身」下嫁，以「成婦」作為秩序恢復的標誌。不過，如前文所述，女作家既以女扮男裝寄託自己成功成名的理想，恢復女身就變成理想的破滅，所以，扮裝者必然經歷痛苦的心理掙扎。有些學者就認為陳端生之所以未寫完《再生緣》，就是不甘願讓孟麗君回到傳統的性別秩序中去，但囿於社會規範的壓力，又不敢寫出其他的結局。【一】不過，縱觀女性彈詞小說的發展，我們發現時代越接近晚清，女作家越能開發其他的可能性，不再以女英雄退回閨閣為女扮男裝故事的唯一解決之道。【二】《金魚緣》創造錢淑容這個人物的特殊意義便在於此。作者讓淑容向父母宣告自己的「真言」，認為人生在世，需要名留後世，以免一旦無常，名姓消亡；而做了女人，「諸事依人」，無論有福或薄命，總是虛幻。所以，雖然母親希望淑容恢復女裝，她仍然拒絕：

兒豈肯不作衣袍冠帶客　反情願仍為挽髻繫裙妝
兒雖不等聰明女　這情由就是愚人也曉將【三】

扮裝者看破女人的宿命，但是在她佔盡男人好處之後，只是眷戀男性身份的優勢，並不思改變性別秩序，這自然是小說家思想的時代局限，歷來論者早已指出。而淑容的心理，自始至終不曾改變，也未曾有過任何掙扎，相較於《再生緣》描述孟麗君複雜的心理成長過程，淑容也實在是個無趣的扁平人物。然而，《金魚緣》竟能讓女主角以如此理所當然的語氣，大聲宣佈不婚有理、扮裝無罪，而且堅持到底，我們就不能不注意其在女性彈詞傳統上的位置。相對於清中葉的梁德繩、侯芝等作者，《金魚緣》中女英雄的慾望，已幾乎不須假面的掩護了。

然而，要成就一個終身扮裝的女英雄，並非下一個簡單的誓願就能達成。在彈詞小說中，真正牽動扮裝者最後抉擇的，其實是各種感情的糾葛。這些感情最重要的包括扮裝者本人的情慾走向，以及扮裝者與其「妻子」的關係。首先，扮裝者若終身不改裝，其情慾問題如何解決？作者既以淑容自喻，於是根本斷絕了這個人物的異性情慾。小說從一開始就讓錢淑容在閨

【一】郭沫若：〈《再生緣》前十七卷和它的作者陳端生〉，《郭沫若古典文學論文集》（上海：上海古籍出版社，一九八五年），頁八七五。

【二】例如《榴花夢》的桂恒魁雖然恢復女裝，但最後仍選擇飛升成仙；《子虛記》的趙湘仙鬱鬱而死；《金魚緣》的竺鳳瑞以男裝終老。相關討論可參見林娜：〈女彈詞中婦女特異反抗形式——女扮男裝〉，《福建師範大學學報》一九九〇年第二期，頁七八—八三。

【三】《金魚緣》，卷十九，頁一九b。

中獨白中形容自己：「女孩兒心如冰炭鐵如腸，不知愛慕為何字，未曉情緣係甚談。」【二】深閨無人，讀者所期待於淑容之內心獨白的，本是少女的私情，結果，卻反而是對私情的全面否定。小說稍後又以「低呼低嘆」、「無言無語」、「滿懷幽悶言難出」等等詞語，描寫淑容的情狀，根本就是閨怨的傳統。然而，有了上文的線索，讀者才知道這其實是閨怨傳統的大逆轉。原來「怨」則「怨」矣，但此怨的源頭竟是寧求文章、恨結絲蘿；閨中「私情」，於是轉化為「私志」了。在書中主要人物合力肅清奸佞、剿平亂匪之後，梅蘭雪不負舊盟，對據稱落水殉節的錢淑容念念不忘，但淑容絲毫不為其情所動，宣稱：「平生立志最能堅，吾已是早斷情緣二字牽。養育雙親猶撇下，怎麼肯輕輕為此便明言？」【三】甚至親往梅府，弔祭自己，以斷其念。淑容以公開的儀式，宣告往日之我的死亡；通過死亡，她才正式走向自由與超脫之路。淑容的始末，在在對應如《再生緣》的孟麗君或《筆生花》的姜德華等人物，小說顯然故意要跳開前輩女英雄常處心理困局的模式，讓淑容全盤否定異性之情。「不知愛慕，未曉情緣」，豈非家長對未婚女兒守禮謹嚴的最高期待嗎？但在《金魚緣》中，淑容的「無情」被推到極致，竟爾成為一種反撲的力量，使她拒絕了社會體制對女性生命的固定安排，這不是最大的反諷嗎？小說通篇否定錢淑容對異性情緣的慾望，筆者以為亦當由此著眼。

《金魚緣》在表面上雖否定異性之情，但對同性親密關係則十分留意，於是反而透露出其情慾的深度。其實，小說既然描寫女性長期扮裝為男性，就躲不開這個問題。男性一樣有既定的人生義務，在當時的社會中，他們也沒有不結婚的自由。所以，扮裝者怕啟人疑竇，就必須婚娶，而婚娶之後要避免機關洩漏，就必須直接面對情慾問題。扮裝故事中處理必然發生的二女成婚，總是牽涉情理、慾望、貞節觀等等問題，而作者們也都各有對策。無論她們的策略為何，都見證了女作家對其中牽涉的道德／情慾困局，存有深刻焦慮。一般說來，彈詞作者有下面兩種方法為扮裝者解套。第一個可能是，扮裝者幸運地娶到了自己的舊識，所以二人私下延續姊妹之情，並以日後同歸作為共同的目標。《再生緣》中孟麗君娶蘇映雪，就是這個模式，只不過後來麗君改變了心意。第二個可能是扮裝者娶到的女性，本來無意於異性情緣，如《筆生花》中的謝雪仙一意修仙。會有這樣的設計，就表示這些閨秀作家並不否定情慾需求對婦女的重要性。然而，《金魚緣》卻故意扭轉了這個傳統。小說中，李玉娥在婚後發現竺鳳瑞實為錢淑容後，發出「阿，可奇可愛，天地間竟有這樣裙釵」的讚歎，並且立刻宣稱「奴亦並非風月女，豈將俗累認為真？……如此才容奇女子，奴到欣三生有幸得相親」。【三】然後決定：「富貴榮華終有盡，就是這夫妻兒女盡冤牽。一場春夢歸空幻，奴也將世事觀如鏡裡花。誓願與君同苦

【一】《金魚緣》，卷一，頁五b。
【二】《金魚緣》，卷九，頁七b。
【三】《金魚緣》，卷四，頁一b。

樂，做一對假夫假婦到欣然。」【一】二女成婚，其中被欺瞞的一方，就人情之常應該出現焦慮與恐慌。但小說卻將這種應有的焦慮隨手消解，並且以「俗累」、「風月」貶棄之；夫妻兒女這些人生基本關懷，也絲毫沒有作用。看來作者只是為了替扮裝情節解套，就輕易地忽略了人性最重要的層面之一。然而，我們由小說塑造淑容的方式，已經知道作者乃是有意壓抑女性的私情慾望，所以，玉娥的反應，其實只是加強陳述小說的基本價值觀。不過，在實踐「假夫假婦」的過程中，雙方是否看破塵世牽絆，根本不是小說鋪敘的重點；假鳳虛凰的婚姻，反而牽涉重重的情慾關係。

幾乎所有描寫二女成婚的女性彈詞小說，都會通過閨中私語，加意描繪擬仿異性愛情的同性感情。作者通常一方面強調假鳳虛凰更勝於實質的男女關係，一方面將之放在傳統夫妻義理中考慮，讓雙方繼續扮演傳統婚姻關係中各自的性別角色。所以，扮男子者須建功立業，善蓄妻子，為妻子者須孝養舅姑，支理門庭。《筆生花》寫姜德華與謝雪仙成婚，德華以未告父母為由，拖延男女之事，恰中雪仙之意，所以兩人朝夕相處，情意好和，敘事者便評道：「假鸞凰彼此相投多逸趣，何須燕爾羨新婚？」【二】而《金魚緣》卷十九中淑容回鄉祭祖，小說則如此描寫玉娥在家思念之情：

長夜不眠燈寂寂　　深閨失侶意清清
良人一去無消息　　誰惜相思瘦減人【三】

試問當時的讀者當如何理解這一段文字？同性相知相惜，自是明清閨秀心靈溝通的極高境界，【四】但是放在長篇小說扮裝情節的脈絡中，則同性感情處處透露著尷尬，總是在情與慾的邊緣遊走。尤其有趣的是，假夫妻關係一旦形成，則扮裝者即使身處私室，也必須繼續扮演丈夫的角色，包括滿足妻子的情感需求。於是，憐香惜玉、閨房調笑，便成為小說的描寫重點之一。在這擬仿的關係中，扮裝者必須內化男性的情慾角色，即使在不能為外人所聞見的內室，也不能踏出其扮裝身份的規範。換言之，公領域與私領域的分別，已不能影響扮裝者的「演出」。正如《金魚緣》中錢淑容與李玉娥閨中親暱，玉娥譏之曰：

【一】《金魚緣》，卷四，頁四b。
【二】《筆生花》，頁三二四。
【三】《金魚緣》，卷十九，頁五b。
【四】華瑋曾探討明清文人與才女如何詮釋同性相憐的審美境界。華瑋：〈《才子牡丹亭》之情色論述及其意涵〉，《禮教與情慾：前近代中國文化中的後／現代性》，特別是頁二三七。

想你矯妝方一載　為什麼居然習就這般腔
詼諧戲謔全無諱　盡把原來面目忘！【一】

所謂「原來面目」，指的不只是女性應有的內斂嬌羞，更是其情慾走向的定位。可以說，扮裝者如果在私空間中恢復女性的狀態，就會連帶失去在公領域扮裝的能力。後來淑容在遭受懷疑時，便假裝覬覦家中美婢，又公然收下皇帝為了試探真情所贈之美女，藉以釋眾人之疑。顯然，她是以對女性的情慾，證明自己內在的男性特質。扮裝者雖然以冠帶改變了外在的性別表徵，但這並不足以真正改變扮裝者的性別；人人可見的功業，亦不足以證明其性別。真正能夠決定扮裝者身份的，反而是外人不得一窺的內室之私。如果我們考慮淑容與玉娥當初如何棄絕男女之情，則小說之描繪假夫妻的擬仿關係，更令人回思情慾的強大本質。在《金魚緣》中，為了追求事功與超越，私人的情慾受到嚴格的壓抑，但是它卻在假夫妻的擬仿關係上，找到了回歸的出口。人性的複雜，顯然不是作者所能隻手控制的。當作者藉小說公開自己對公領域的慾望，並且試圖消解私情的影響時，情慾卻透過同性關係，展現其不可泯除的力量。

女英雄逃脫閨閣，為的是探索外界的寬廣空間，扮裝其實只是必要的手段。彈詞女英雄一概具有某種由文化定義為陽性的內在特質，但在居家空間——亦即閨閣——中，這些特質苦受壓抑。唯有女扮男裝，才可以在公領域中發揮這些特質。大體來說，小說中的扮裝者皆由具有雙性特質的才女，發展為認同男性社會價值的「假丈夫」，最後甚至開始質疑性別疆界與陰陽秩序。女英雄越是享盡男性的優勢，越不甘願回到閨閣，而挫折與激憤之情亦油然而生。然而饒富奇趣的是，維繫女英雄在公領域的身份的，卻是她在私領域中扮演的男性情慾角色；她的真實情緒與抗議心聲，也只能在屬於「妻子」的閨閣中發洩。扮裝者表面上在外界空間中自由奔馳，但唯有私密的閨閣空間，容得下她真實的情思。閨閣才是她的秘密花園，障蔽她心靈深處的回音。代代女作家寫著類似的扮裝故事，思考類似的秩序問題，想像類似的情慾處境，而我們由其中看到的，則是一種不由自主的重複慾望，以及反映了生命處境的心理狀態。

結語

學者早就觀察到，女性創作的彈詞小説，唱多白少，其體制多與彈詞演出不同，所以並不宜於茶寮講唱，而宜於月下曼吟。【二】因此，女作家寫彈詞小説，本有私下發抒胸襟的意義與作用，故而她們亦多在其中寄託私情私慾。但是，總是要有説故事的人跟聽故事的人，才能成就

【一】《金魚緣》，卷六，頁一七b。

【二】譚正璧：《中國女性文學史話》（天津：百花文藝出版社，一九八四年），頁三四九。

一個故事；同樣地，一定要作者跟讀者俱在，小說才能成立。所以，女性作者預設的文本私密性，其實並不能夠實現。再加上彈詞小說經歷的傳抄、出版過程，更落實了彈詞小說成為公開文本的事實。於是，讀者便在這些作品中，既發現女作家嘗試探索私密的世界，又看到她們時時留心於公眾的領域，而私情私慾，便在這兩者之間流竄。

在探索私密世界的過程中，庭園成為一個充滿文化暗示的隱喻空間，在內與外、收與放、清修與情慾的兩極邊緣遊走，既象徵女性生命的幽閉狀態，又蘊含女性追求解放的可能性。在本文所處理的彈詞文本中，庭園被呈現為私領域的化身。私與公並不能截然劃分，即使劃分，也可有不同的標準；而此處所謂「私」，固然也是相對於公眾事務而言，但更重要的意義則是相對於家庭義務而言。換言之，在這些作品中，庭園是女作家有意識建立的一個私域，體現了女性超脫婦職、追尋自我的慾望。當然，不論對任何時代的任何人而言，自我的追求與人生的義務這兩端之間，必有一定的衝突，而且只能在其間折衝妥協，不可能僅求其一端。晚近的各種研究已經證實，中國女性的生命其實也是一個不斷的折衝過程，並非只是完全喪失自我的犧牲。在女作家的想像中，庭園同時具有幽閉與解放的涵意，正是這種折衝過程的一個例證。

出於幽閉意識，「閒」、「悶」與「無聊」這些極端私人的感受，成為女作家對自己生命狀態的定義，但又成為其創作的動力。為了對抗這種無聊的狀態，女扮男裝的想像就變成衝破禁制的最佳選擇。然而，當女作家一再重複利用女扮男裝的設計時，這種機制本身卻成了其無聊狀態的表徵。同時，很可能由於道德的無形約束，彈詞女作家對異性情慾的表達基本上是空白的。取而代之的是對功業的慾望以及對同性感情的高度興趣。小說中的扮裝情節，使得「假鳳虛凰」的遊戲鬧鬧喧喧，成為女作家情與慾的中心。當女作家公開表示斷情絕慾，卻又在文本中渲染假鳳虛凰的親暱場面時，我們不禁懷疑情慾在她們的隱微世界中，究竟扮演什麼角色。然而，是什麼樣的標準在判定真與假、實與虛?「假」與「虛」暗示的都是一個暫時性的遊戲，假鳳虛凰或許也可以有顛鸞倒鳳之樂，但是不改其虛幻暫時的本質。小說在玩弄性別轉換主題時，亦必然遵循此一原則。不過，著力鋪陳細節的彈詞小說，卻重複且繁瑣地強調「假」勝於「真」。在女作家的想像中，言語及肢體的親密，更勝於男女枕席之私，而不斷的耽延，反能挑起更多的慾念。彈詞女作家之私情的方向，由此已可得其大概。

不論是負面意義的封閉，或正面意義的蔭庇，閨閣都象徵一種被環抱的狀態（containment），而庭園則既可以是這種狀態的延伸，又可以是它的破壞。女作家大膽想像脫逸於閨閣限制之外的女英雄，讓她們在外界空間與公領域盡情發展，而庭園就是兩者的中介。由於庭園意象的多重性，文本就出現了層出不窮的曖昧。閨閣代表限制，但又讓情思在其中滋長。庭園滿佈著危險，卻又隱藏著機會。傳統價值不可動搖，但又被一再質疑。女英雄盡美盡善，卻又離經叛道。性別注定了一切，但又有迴旋的可能。前人說得好，任何本應保持私密，卻被公諸陽光之下的事物，都是一種奇詭。【一】庭園在隱喻的層面上，就是一個原來障蔽著隱私，但也讓隱私有機會流瀉於外的場所。女性彈詞小說無疑是多音的，而這個文類本身其實就像一座秘密花園，藉著模糊與多義的特性，讓女作家和讀者一起在其中探索自己的心靈世界，在平凡的日常生活中，體會奇妙的經驗。

原題〈秘密花園——女作家的幽閉空間與心靈活動〉，曾收入《才女徹夜未眠——近代中國女性文學的興起》，台北：麥田出版社，二〇〇二年；北京：北京大學出版社，二〇〇八年。

【一】這是 Freud 由 Schelling 的話所作的推論。見 Freud, "The 'Uncanny'", pp. 224-225。

瘋癲與獨身——女性敘事中的極端女性人物

前言

彈詞小說這種敘事形式在中國新文學興起，現代意義的文學史架構建立以後，身價不高，甚至不為人知，與文學經典的概念距離遙遠。雖然鄭振鐸、阿英、趙景深、譚正璧等學者都以重視通俗文學或婦女文學的立場，為彈詞小說作了不少蒐集整理的工作，國學大師陳寅恪更曾在二十世紀五〇年代賦予十八世紀女作家陳端生的彈詞小說《再生緣》以「史詩」的地位，從而引發郭沫若對這部作品的興趣，產生了一連串的相關研究，不過這些努力都未能確立彈詞小說在中國文學史上的位置。然而，在此之前的十七到十九世紀，甚至遲至二十世紀初，大量運用韻文敘事的彈詞小說不但在出版市場上廣受歡迎，在讀者的認知中也與白話小說齊觀甚至相通，這由「南花北夢」【一】等用語即可窺見一端，兩者都是「說部」的一種形式。因此筆者一向以為明清敘事文學的研究，如果考慮當時的創作、出版與接受的實際狀況，不必將白話與非白話，或者散文體與韻文體斷然分開，其實可以讓我們更全面地觀照中國敘事文學的發展面貌。不過，韻文體彈詞小說本身研究傳統的成熟度遠遠不能與白話小說相比，顯然還需要一段時間的獨立處理，彰顯其特質與重要性之後，才能進一步放在中國小說的脈絡裡觀察。以是，本文將以人物典型為線索，探索彈詞小說文類內部典範的確立與轉化等問題。同時，筆者也發現，雖然一般認為中國小說在十九世紀後半期已進入衰落期，但女性創作的彈詞小說在此一時期仍然相當活躍，而且可以觀察到一些現象，暗示了女性對自我與世界的理解已出現重要的轉變，對人生的抉擇也有了更多的想像，並在作品中以彰顯或者壓抑等各種方式表現出來。

彈詞小說與女性關係密切，早經學者多方討論，要之，彈詞小說是清代女性創作敘事文學的重要形式選擇，而且其發展亦有系譜可尋。《再生緣》在女性彈詞小說中具有樞紐性的經典地位，這其實不待陳寅恪在二十世紀中為其驗明正身，早在小說流傳當時（跟許多著名的白話小說一樣，此書的創作與流傳是並行的），其典範位置就已經為讀者以及後起的創作者所認可。《再生緣》接續既存的女性彈詞小說《玉釧緣》，【二】承繼並發揮女扮男裝的情節設計與作者夾插自敘的形式設計等特質，於是建立了女性彈詞小說的敘事傳統，不斷為其後的作品所繼承、發揚、轉化或者抗拒。【三】以《再生緣》為中心的女性彈詞小說傳統的共同特質之一是「為女

【一】乾隆間人楊芳燦（一七五三——一八一五年）語，原文為：「楊蓉裳先生嘗稱南花北夢，江西九種。南花謂《天雨花》，北夢為《紅樓夢》，為二書可與蔣青容《九種曲》並傳。」見蔣瑞藻編，江竹虛標校：《小說考證．續編》（上海：上海古籍出版社，一九八四年），頁三九六。

【二】《玉釧緣》本身又接續《大金錢》與《小金錢》彈詞小說（作者性別不明）而來。

【三】彈詞小說以《再生緣》為中心建立女性敘事傳統的討論，可參見拙著：《才女徹夜未眠——近代中國女性敘事文學的興起》（台北：麥田出版，二〇〇三年），特別是第一章〈女性小說傳統的建立——閱讀與創作的交織〉，頁二一——八六。所謂「作者夾插自敘」，指的是作者往往在小說回首與回末插入相當篇幅的自述文字，內容包括季候描寫，寫作過程、成長經歷、人生遭逢以及個人心緒等等。

性張目」，【一】因此「女英雄」自然是多數作品的中心人物。然而，構成女英雄的質素是共通如常的，還是變動不居的？尤其，當女英雄的某種人格特質被推向極限時，將會產生特異的人物典型，這些極端的女性人物無法為一般的女性價值所規範，在女性文本中也往往被置放在邊緣甚至負面的位置。然而，卻往往是這類極端人物，而不是小說的第一正面女英雄，洩漏了文本的天機。以下本文將以女性彈詞小說中的三種極端人物典型為例，探討這種現象。筆者探討的對象包括酗酒的母親、瘋癲的妻子，以及獨身的女兒。

酗酒的母親

酗酒在中國古典文學中似乎從來不是一個問題，更絕不是一個女性的問題。在談到中國的飲酒文化時，最常被引用的資料就是《左傳·莊公二十二年》提到的「酒以成禮」。再者，則是酒的為樂、助興、解愁，以及文學刺激等作用。【二】這些理解或者強調飲酒的儀節與美學的層次，或者強調飲酒與淫樂之間的互乘效果；而婦女在其中扮演的角色，或者是備酒漿的司蘋蘩者，或者是淫樂活動的成員。然而基本上這些對飲酒的理解並沒有性別的針對性，也可以說根本不考慮女性。中國婦女當然是飲酒的，也有婦人嗜酒善飲的記錄，但無論是歷史上的婦德論述，或者現代學者對婦女生活史的研究，都很少論及婦女與飲酒的關係，顯見這並不是一個有討論價值的議題。傳統醫家也並不針對飲酒與婦女健康的關係進行討論。【三】在女教類書籍中，偶爾可以發現有關婦女飲酒的討論。例如，《女論語》提到：「凡為女子，當知禮數。……如到人家，……主若相留，禮筵待遇，酒略沾脣，食無乂筯，退盞辭壺，過承推拒。莫學他人，呼湯呷醋，醉後癲狂，招人怨惡。」【四】又或：「婦禁十三……三曰無故聚飲，即有事飲酒，不得

【一】鄭振鐸：《中國俗文學史》（上海：上海書店，一九八四年），下冊，頁三七一。

【二】例如，有學者指出，「酒以成禮」與「為樂」是中國酒文化的兩大基石。在文學作品中，《金瓶梅》的酒是淫樂的媒介，《紅樓夢》的酒是雅趣之樂，《儒林外史》的酒是文人澆愁解恨、暫時解脱的工具。李裴：〈文學與酒文化——《金瓶梅》、《紅樓夢》、《儒林外史》飲酒藝術表現及文化哲學含蘊之比較〉，《貴州社會科學》一九九六年第一期，頁六四—六九。

【三】中醫基本上認為酗酒可以致病，非攝生之道。漢代的《皇帝內經．素問》就一再提到「以酒為漿」的危險，這是沒有性別針對性的觀察。後世醫家曾特別指出酗酒對男精有損，但除了孕婦以及個別飲酒傷身的醫案以外，並未針對酗酒與婦女進行討論。這當然可能是婦女飲酒的現象不足以引起醫者的注意，但也可能是醫者認為同樣的飲酒習慣，對女性健康的威脅不若對男性來得明顯。感謝張哲嘉教授提供醫療史方面的資料與意見。

【四】〔唐〕宋若華：《女論語．學禮章三》，收入〔清〕陳宏謀編：《教女遺規》（上海：上海古籍出版社，一九九七年《續修四庫全書》，第九五一冊影印清乾隆四年至八年培遠堂刻匯印本），卷上，頁九a—b。

沈醉。」【一】再如：「女戒……莫輕赴酒席，……莫酒醉失儀。」【二】不過，這些與飲酒相關的女教有一共同特點，亦即婦女飲酒需有節制，而且重點在於公開場合的「知禮」，恐怕婦女在宴席中酒醉癲狂失儀。這些都不是本質性的考慮，也就是說，飲酒或過量飲酒對婦女的道德、健康、日常時間控制、持家能力等是否發生影響，並不在女教書的思考範圍內。儒者雖然偶有以飲酒與否判定婦德的言論，【三】不過並不特別受到注意。

文學傳統裡令人印象深刻的女性「飲者」不太多，賣酒的倒不少，從當壚的卓文君到開黑店的母大蟲，歷歷可數。不過敘事文學裡描寫女性在日常生活中飲酒的場面比較多，尤以世情類小說為著。《金瓶梅》中的女性多飲酒，而且飲酒總是與淫樂合為一體。《紅樓夢》也有不少閨秀們飲酒的場面，多與詩社活動或家庭宴樂有關，也有幾處喝醉的描寫，劉姥姥醉臥怡紅院就不必說了，第四十四回裡「鳳姐兒自覺酒沈了，心裡突突的往上撞」，【四】果然就鬧出事來；第六十三回怡紅夜宴，芳官醉酒，竟在寶玉身邊睡了一晚。至於第八十回寫夏金桂「生平最喜嚼骨頭，每日務要殺雞鴨，將肉賞人吃，只單以油炸的焦骨頭下酒」，【五】這個喝酒的形象帶有恐怖氣氛，活脫是潑婦性情大變的行徑，合該併入下文有關「瘋癲」的討論了。《紅樓夢》裡小姐們醉酒的記錄很少，只有第六十五回尤三姐借酒教訓賈珍、賈璉，表現其性情剛烈；另一次是第六十二回史湘雲醉臥，她醉酒後所表現的天真豪爽之態，向來為讀者所鍾愛。但是《醒世姻緣傳》裡薛素姐性情大變後的行為特徵包括「吃雞蛋，攮燒酒」，敘事者就說這「不像個少年美婦的家風」，【六】這裡倒是很明確地指出喝酒不是良家女子所當為。至於《醒世恆言》裡「蔡瑞虹忍辱報仇」故事中的蔡夫人田氏，與見了酒就不顧性命的丈夫兩人「也不像個夫妻，到像兩個酒友」，【七】終因吃酒誤事，全家在旅途中被害。這些敘事對女性飲酒的描寫相當多樣化，也沒有固定的價值判斷。

那麼，在文學傳統中女性自己是否，又如何表現女性與飲酒的關係呢？少數曾考察女性詩詞與飲酒之關係的論文發現了若干比較有代表性的例子。例如《全唐詩》收有〈答諸姊妹戒

【一】〔明〕王之鈇：《王朗川言行彙纂》，收入〔清〕陳宏謀編：《教女遺規》（上海：上海古籍出版社，一九九七年《續修四庫全書》，第九五一冊影印清乾隆四年至八年培遠堂刻匯印本），卷下，頁二六a—b。

【二】作者不詳，《女訓約言》，收入〔清〕陳宏謀編：《教女遺規》（上海：上海古籍出版社，一九九七年《續修四庫全書》，第九五一冊影印清乾隆四年至八年培遠堂刻匯印本），卷下，頁三一b、三二b。

【三】例如〔明〕解縉在〈先妣高太夫人鑑湖阡〉一文中，提到其母嘗曰：「先姑有言，婦人嗜酒，決非貞良。」解縉：《文毅集》（台北：台灣商務印書館，一九八三年影印文淵閣《四庫全書》），第一二三六冊，卷十二，頁三二b。

【四】〔清〕曹雪芹、高鶚：《紅樓夢（三家評本）》（上海：上海古籍出版社，一九八八年），上冊，頁六九八。

【五】〔清〕曹雪芹、高鶚：《紅樓夢（三家評本）》（上海：上海古籍出版社，一九八八年），下冊，頁一三二九。

【六】〔清〕西周生：《醒世姻緣傳》（台北：世界書局，一九六二年），頁四六三。

【七】〔明〕馮夢龍編刊，魏同賢校點：《醒世恆言》，收入《馮夢龍全集》（南京：江蘇古籍出版社，一九九三年），第四冊，卷三六〈蔡瑞虹忍辱報仇〉，頁七九三。

飲〉一詩，詩云：「平生偏好酒，勞爾勸吾餐。但得杯中滿，時光度不難。」【一】作者蔣氏是吳越時湖州司法參軍陸濛之妻。蔣氏嗜酒成疾，很可能已經到了現代人認知中酗酒的程度，由詩意判斷，這應當與她對生活的不滿有關。宋代則被認為是女性酒文化的高潮，女作家經常使用酒意象。【二】宋代文學中的女性飲酒現象最受研究者青睞的自屬李清照。李清照由少年到晚年的詞作都常提到飲酒活動與醉酒情緒，【三】甚至有學者提出統計資料，試圖證明酒在李清照作品中出現的頻率還高於李白。同時，李清照青年時期所描寫的飲酒活動或是風雅，或是閨思，晚期則多出於南渡後的身世愁緒，可以說與她的生命緊密結合。【四】不過，討論李清照飲酒的研究者多認為這是一個特例，酒本是男子事，李清照乃是因為生有「丈夫氣度」，受到文人詩酒文化陶融，又有身世之恨，所以才會在作品中大量表現飲酒。【五】李清照之外，朱淑真的詞作也常提到飲酒甚至醉酒，【六】這也跟她的生命經驗脫不了關係。

宋代以後的女詩人便少有如李清照這般引人注目的例子。當然，明清女性詩詞作品中並不乏與酒有關的詞語或意象，尤其妓女的作品更較常出現與飲酒相關的描述。只是這些大半屬於文學成規的運用，例如送別的作品便常提到儀式性的離酒。也有少數讓人比較印象深刻的例子，例如陳文述的女弟子吳飛卿【七】的〈青玉案〉詞說：「濁酒澆來心自警。歡時偏醉，愁時偏

【一】見〔清〕聖祖御製：《全唐詩》（台北：明倫出版社，一九七一年），第十一冊，卷七九九，頁八九九五。

【二】例如張玉孃〈石榴亭諸父夜酌〉詩：「永漏報高閣，榴亭出夜筵。紫檀熏寶鼎，銀燭散青煙。靈籟生脩竹，香風入夏弦。露濃羅袖重，歌遏酒杯傳。諸婦酣春夢，雙娥失翠鈿。玉山推不倒，看月背花眠。」張玉孃：《張大家蘭雪集》（北京：中國書店，一九八五年《託跋廛叢刻》，第六冊影印戊辰夏日涉園雕版本），卷下，頁六a—b。

【三】名句如〈如夢令〉：「常記溪亭日暮，沈醉不知歸路」；〈如夢令〉：「昨夜雨疏風驟，濃睡不消殘酒」；〈聲聲慢〉：「三杯兩盞淡酒，怎敵他，晚來風急」；〈菩薩蠻〉：「故鄉何處是？忘了除非醉」等，見〔宋〕李清照著，王仲聞校註：《李清照集校註》（台北：漢京文化事業公司，一九八三年），頁七、八、六四、一三。

【四】有關李清照詞作中飲酒描寫的探討，可參見綦維：〈易安詞與中國酒文化〉，《山東社會科學》二〇〇二年第二期，頁一一六—一一八；傅興林：〈從飲酒詞看李清照的情感歷程——兼論其飲酒詞的特點及文化成因〉，《漢中師範學院學報》二〇〇二年第五期，頁六四—六九；謝憶梅：〈酒意翻作愁情——從李清照的作品看酒文化對文人創作的影響〉，《丹東師專學報》二〇〇〇年第一期，頁四九—五一。趙孝萱也特別舉出李清照詞中所表現的飲酒情態，參趙孝萱：〈宋代才女詞人女性書寫的非「陰性」特質〉，收入黎活仁等編：《女性的主體性：宋代的詩歌與小說》（台北：大安出版社，二〇〇一年），頁二七—二八。

【五】傅興林：〈從飲酒詞看李清照的情感歷程——兼論其飲酒詞的特點及文化成因〉，頁六八—六九。

【六】朱淑真作品如〈春霽〉：「消破舊愁憑酒盞，去除新恨賴詩篇」；〈訴春〉：「嬌滯酒杯消舊恨，禁持詩句遣新愁」；〈雪晴〉：「冷侵翠袖詩肩聳，春入紅爐酒量寬。簾外有山千萬疊，醉眸渾作怒濤看」；〈圍爐〉：「如今獨坐無人說，撥悶惟憑酒力寬」。見〔宋〕朱淑真撰，〔宋〕鄭元佐註：《朱淑真集註》（杭州：浙江古籍出版社，一九九二年），頁五、一〇、八七、一六五。鄭垣玲：〈閨閣才女朱淑真飲酒詩的修辭藝術〉，《修辭論叢》第三輯（台北：洪葉文化事業公司，二〇〇一年），頁七九七—八二二。亦可參趙孝萱：〈宋代才女詞人女性書寫的非「陰性」特質〉，頁二七—二八。

【七】吳規臣，字飛卿，一字金輪。江蘇金壇人，長洲知縣顧鶴室。著有《曉仙樓詩》。《西泠閨詠》稱其工詩、善畫，花鳥神似南田，旁及醫方、劍術，閨閣中未易才。見〔清〕陳文述：《西泠閨詠》，收入《叢書集成續編》（台北：新文豐出版公司，一九八九年），第二三二冊，卷十六，頁三a。

醒，何處商量準？」【一】徹底質疑借酒澆愁的有效性。倒是女戲曲家曾在作品中就飲酒的主題發揮，將飲酒與女性對一種開放的生命的嚮往聯結起來。例如華瑋就曾經討論過吳藻在現實生活中曾自寫男裝的「飲酒讀騷」小像；在其劇作《喬影》（一八二五年）中，也描寫才女謝絮才在書齋中一面展玩自己的男裝畫像「飲酒圖」，一面飲酒抒懷，感嘆為女身所限，才華難伸，以此比附「屈原、李白的文學傳統」。【二】另一位女戲曲家王筠也在其作品〈鷓鴣天〉中提到：「閨閣沈埋十數年，不能身貴不能仙。讀書每羨班超志，把酒長吟太白篇。」【三】飲酒同樣既是表達志向的方式，也是抒解沈痛的管道。不難發現，不論是李清照、吳飛卿，或者吳藻、王筠，這些具體描寫飲酒經驗的女作家似乎常具有中性氣質，也以某種方式複製傳統上被視為男性的行為。其實，《紅樓夢》所描寫的幾個喝酒的女性人物，如鳳姐、尤三姐、湘雲等，也有類似的特質。也就是說，飲酒或者較大量的飲酒，其實是華瑋所謂女作家的「擬男」【四】現象的一種表現方式。

女性彈詞小說也極少寫女性飲酒，如果寫到，也多半有情節發展上的要求，例如《再生緣》裡孟麗君女扮男裝身份敗露的關鍵就在她錯喝了皇太后所賜的三杯玉紅御酒（第六十四回）。就筆者所知，唯一一個描寫女性大量飲酒的例子出自十八世紀末朱素仙的《玉連環》。由於這部書尚未廣為學界注意，在此必須先略作說明。《玉連環》彈詞，一名《鍾情傳》，雲間女史朱素仙撰，有嘉慶乙丑（一八〇五年）雨亭主人〈序〉，今存一八〇五年版及一八二三年亦芸書屋刊本。根據〈玉連環序〉：

> 雲間朱氏，貧家一女子也。少孤寡，有德性，嗜學頗博。註《周易》，擅詩賦。至晚年，亟愛盲詞，常邀太倉項金姊彈唱諸家傳説。語人曰：聽其音，則有響遏行雲之妙，味其文，而無勖正淫邪之美。僅可悅世人之耳，不堪娛帷薄之目也。因此作《玉連環》，又名《鍾情傳》，授項歌之。……後數年，朱與項相繼而亡，則《玉連環》之音韻，亦從而與之俱亡。嗟嗟！何《玉連環》之遭遇如此耶！幸伊戚鈞亭吳公拾來與予。予見之甚喜，遂錄存其稿，時常於綠陰深處，欹枕而歌之。未及三疊，則悲歡離合之情，冶艷美麗之態，畢現於眉睫間矣。……適吾友金君步雲，自橫山北麓之逋翁村來謁，余因出抄錄《鍾情傳》與之，並坐展閱，便讚賞稱道久之，幾至廢寢忘飡，人皆笑以為癡。……遂付之剞

【一】（清）丁紹儀編：《清詞綜補．續編》（北京：中華書局，一九八六年），頁一三七八。原詞為：「煙痕催暮風絲冷。算只有、儂心領。逝水年華真一瞬。春花多笑，秋花多病。都是傷心境。危樓鎮日無人凭。小立也，拋清茗。濁酒澆來心自警。歡時偏醉，愁時偏醒。何處商量準。」

【二】華瑋：《明清婦女之戲曲創作與批評》（台北：中研院中國文哲研究所，二〇〇三年），頁一二一——一二四。

【三】（清）王筠：《繁華夢》（清乾隆年間懷慶堂刻本），第二齣〈獨嘆〉，卷上，頁二a。

【四】華瑋：《明清婦女之戲曲創作與批評》，頁九九。

厕，願與天下知音者共之！願與後世天下之知音者共之！庶不負此《玉連環》，而《玉連環》亦幸天下後世酷愛之有人矣！時龍飛嘉慶十年歲次乙丑如月上浣錄於環春閣中。【一】

序文有幾個值得注意的地方。首先，序者雨亭主人與朱素仙有私人淵源。第二，《玉連環》作於素仙晚年，此序又作於素仙死後，因此可以推知小說的創作時間當是十八世紀末。第三，素仙是貧家女子，按照素仙自己的說法，是「農家子」。【二】這個身份認同與絕大多數以閨秀自許的彈詞女作家不同。第四，素仙與彈詞的接觸首先是音聲的，然後才是書面的。她的背景容許她直接與女彈詞藝人接觸。根據序文，她創作的本意是為了演出，而且也得到了實踐。【三】可惜的是我們仍無法由序文得知素仙與項金姐互動的方式，究竟是彈詞女藝人也能識字？還是素仙口授？第五，參其文意，朱素仙創作當時，恐怕並不熟悉其他女性的彈詞著作。這其實是合乎實情的，因為包括《再生緣》及其後一系列的作品，都要等到一八二〇年以後才陸續出版刊本，造成女性彈詞小說的流行。【四】朱素仙寫《玉連環》大約與陳端生寫《再生緣》的時間所差不遠，因此也算是比較早期的女性彈詞，她很可能還沒有機會接觸其他女性作品。

由序文提供的背景出發，也就容易解釋《玉連環》的形式特點。以《再生緣》為中心的女性彈詞小說有一些共通之處，包括作者是官宦家庭出身的閨秀，作品用七字韻文行文，是長篇的敘事體。如果用早期學者研究彈詞所使用的分類觀念的話，那麼這批作品全部屬於「文詞」【五】、「國音彈詞」【六】或者「敘事體彈詞」。《玉連環》卻似乎不屬於這個傳統。除了作者不出自宦門以外，還有許多形式上的歧異之處。例如，文詞系統的女性彈詞小說多用七言或多言回目，但《玉連環》的回目則是二言，與底本式彈詞（或稱「唱詞」、「小本彈詞」）接近。文詞系統的女性彈詞都是敘事體，《玉連環》則是敘事夾帶代言，有角色（如「正生」、「小生」、「正旦」、「作旦」、「花旦」、「小旦」等），有白口，有曲牌（如【箭腔】、【江兒水】、【園林好】、【點絳脣】等）。而且對話多，敘事少，是所謂「代言體」彈詞。同時，對話也大量使用「土音」（「吳音」），並且有不少插科打諢的戲謔場面，其表現手法與書場比較相似。這些形式上的特點，都與朱素仙的個人背景以及她寫作時所採取的模式有關。換言之，《玉連環》的敘事形式

【一】（清）雨亭主人：〈玉連環序〉，見（清）朱素仙：《繡像玉連環》（清道光癸未年〔一八二三〕亦芸書屋刊本），卷首，頁一a—二b。本文引用為上海圖書館藏一八二三年版。

【二】《玉連環》七十六回結尾詩曰：「詞人本是農家子，鄙語蕪辭多小疵。後三倘有希奇事，耕作餘時再及此」。同前註，第七十六回，頁四七b。

【三】Wilt Idema 也注意到《玉連環》是唯一與彈詞藝人有直接關係的女性彈詞創作。參 Wilt Idema and Beata Grant, *The Red Brush: Writing Women of Imperial China* (Cambridge, MA: Harvard University Press, 2004)。

【四】例如侯芝在一八二一年以後連續為坊家編輯《玉釧緣》、《再生緣》、《金閨傑》、《再造天》、《錦上花》等彈詞。

【五】趙景深：〈序〉，《彈詞考證》（台北：台灣商務印書館，一九六七年），頁一—二。

【六】鄭振鐸：《中國俗文學史》，下冊，頁三四八—三八三。

與敘事語言都代表與閨秀彈詞不同的另一模式。不過，在往後的發展中，《玉連環》模式並未成為女性彈詞小說的主流。

在接觸過多種閨秀彈詞作品後，《玉連環》對筆者而言是個相當新鮮的閱讀經驗。相對來說，《玉連環》的文字較乏辭藻，一開始讀來頗有俚俗之感；小說不但結構較為鬆散，也無意於突出特別的創作旨趣，不像所謂「彈詞三大」【二】有明確的敘事線索與強大的意旨。但是另一方面，《玉連環》的語言更輕鬆自然地在雅與俗之間流動，尤其對話的進行，不論是口白或者唱詞，都相當靈活生動，更接近彈詞演出的效果，這是閨秀的彈詞小說遠不能及的。在內容情節方面，《玉連環》雖然仍舊打著高官顯宦的招牌，其實所描述的往往更像是市井鄉里普通人家的生活。更重要的是，作者的道德標準顯然也與閨秀彈詞小說有別。也就是在這裡，我們遭遇了女性彈詞小說中的頭號酒娘子。

這位酒娘子夏侯夫人梁氏是小說男主人翁梁了玉的姑母，她年過花甲，兒女五人，言動皆詭，並不能給讀者任何女性丰韻的聯想。這個人物一出場就把自己定義為一個酗酒者，而且還有一整套女人合當醉酒的理論。梁氏的出場詩就說：「一世少愁腸，樂則體胖心廣。多半昏昏在醉鄉，榮華合與癡人享。」【三】她接著提到要去為葉家表姊張夫人上壽，順便調解葉家的夫妻關係，她建議的方法是：

他一生最喜看小傳，我在紅芝姪女處，借得《玉連環》一部，攜去與他看看，由他煩惱，看了也要笑將起來。張夫人，張夫人，只為你不會飲酒，所以不會快活。〔唱〕一樽在手最逍遙，把那閒是閒非盡撇拋。醉時只要昏昏睡，那有功夫把悶氣淘。〔白〕老身未會飲酒之時，也常與相公費氣，鬧得來〔唱〕夜桶翻身鍋底碎，〔白〕停無片時，〔唱〕船頭相罵又話船梢。〔白〕後來得了飲酒的妙訣，〔唱〕天坍大事非干我，朝朝吃得醉酕醄。【三】

梁氏這個人物在小說裡的身份是太守夫人，不過她的自述倒更像尋常人家的婦道。這段自述以及後文中有幾個反復出現的主題。首先是婦女與小說的關係。小說人物中，梁氏本人、葉家表姊，以及姪女梁紅芝都是「小傳」的愛好者。梁氏以《玉連環》為例，看來小傳當指彈詞、小說一類的書籍。女性嗜愛小說，而且毫不掩飾，這與閨秀彈詞中左遮右掩的搖擺態度大不相同。第二，梁氏惱來會掀淨桶、砸鍋子，是個不折不扣的悍婦。本回稍後，梁氏與姪子梁子玉談及女兒親事，表示若丈夫有一言半語，「管教他，〔唱〕扯得身上紅袍雪粉碎，打得他頭上烏

【一】指《天雨花》、《再生緣》、《筆生花》三部彈詞小說經典作品。
【二】朱素仙：《繡像玉連環》，第四十三回，頁三九a。
【三】朱素仙：《繡像玉連環》，第四十三回，頁三九b。

紗歪半邊」。【二】這個諾言在第四十八回也如約實踐了。另一方面，她也是個滑稽小丑，無法自制地不斷開玩笑。例如第四十三回就有一大半都在寫梁氏跟姪子所講的笑話。最後，醉酒是梁氏的最終歸宿。她在出場時自稱朝朝醉酒，之後她迎接丈夫夏侯大人的台詞則是：「醉薰薰，黑地昏天，笑呵呵，聽酒話連篇。〔醉白〕哈哈哈！你回來了！」【三】雖是小說人物，但這位酒娘子卻具有十足的舞台效果，她的聲口與姿態都顯示她是一個無可救藥的酗酒者。梁氏相信醉酒是解決女性一切煩惱的訣竅，她的選擇豈不與眾多在個人困阨或者政治混沌中以酒為鄉的文人相同嗎？而與男性文人的處境同樣矛盾的是，醉酒其實並未解決問題，否則聲稱沒時間淘氣的梁氏也不必與丈夫大打出手了。

其實，醉酒並沒有讓梁氏萬事不在意，倒反而使她潑悍的行為與玩笑的態度有了著力點，更好借題發揮。梁氏這個角色身為妻子與母親，顯然對生活懷有深刻的不滿，因此沈溺於酒。她的言語與行為好似充滿笑鬧，是個輕鬆的喜劇人物，但是又隱含著悲傷的背景及酷烈的暴力傾向。從這個角度看，梁氏這個人物是個不折不扣的小丑。

梁氏在小說情節上的作用，主要是拒絕丈夫為女兒安排政治婚姻，執意讓女主角之一的夏侯淑秀嫁給無名無產的書生梁子文。不過，這個角色其實也與作者之間存在神秘的連結。《玉連環》的第四十三回好像是一個特意安排的寫作遊戲，不但由醉酒的女小丑領銜主演，更好像是由許多的笑話與遊戲串連起來的。這其中最大的遊戲，就是以《玉連環》本身作為目標。

梁氏一出場就提到要將從姪女紅芝處借來的《玉連環》借給表姊解悶，稍後紅芝前來，梁氏便質問：「姪女，為何這《玉連環》五卷中，少四十四回？……那得個閒人續了一卷也好。」紅芝於是提議要求梁氏的表姊葉夫人續這兩卷。在情節裡故意置入小說的題目等這一類的遊戲設計，其實在彈詞小說中屢見不鮮，倒也不算稀奇，但是《玉連環》這一回在正文結束後又附了一段說明：

> 此一回諒親戚各歸府第，不必再敘。葉夫人者，乃素仙之親也。欲葉氏續之，因借夏侯母口中言出，葉竟不續。後數十年，乃金生補出〈餞別〉、〈榮行〉二回。〈拜年〉乃素仙文章。【三】

按，「餞別」、「榮行」、「拜年」分別是小說第四十四到四十六回的回目，而第四十四回也註明「橫山金補」。金生當即序文提到的金步雲。這段文字相當撲朔迷離。這段話透露內情，

【一】朱素仙：《繡像玉連環》，第四十三回，頁四一b。

【二】朱素仙：《繡像玉連環》，第四十八回，頁一七b。

【三】朱素仙：《繡像玉連環》，第四十三回，頁四五b。

所以最可能出自作序的雨亭主人之手。那麼，邀請葉夫人補齊所缺兩回的，是當年的朱素仙刻意留白，然後邀請親戚葉夫人（很可能是《玉連環》創作時期的第一手聽眾與讀者之一）共同創作？還是雨亭主人得到手稿後，試圖請原作者的親戚補出但未成功？若是後者，那就表示雨亭主人或金生也對第四十三回動過手腳，把請葉夫人補續的事情交代出來。但是這就無法解釋為何在請續不成後，仍要保留葉夫人這一段。因此，筆者以為前者的可能性比較大。這麼一來，問題就更有趣了。小說裡，葉夫人是梁氏的親戚，梁氏拿小說供她閱讀，調解她的情緒，打趣她的識字水準，【一】並且打算要求她補續《玉連環》第五卷所缺的兩回。現實中，根據四十三回回末的說明，朱素仙的確有位親戚姓葉，而且素仙曾請她補續四十四、四十五回。對照下來，那麼梁夫人其實部分是朱素仙的化身了。

作者安排某個人物作為自己的代言人，這在小說中也很常見。朱素仙設計了一個酗酒的老婦人作為替身，然而梁氏的形象與現實中素仙的生活是否有所反映，是無關緊要的。重要的是梁氏這個人物與作者有所重疊後，她的形象便形成了一種敘事的動力，而醉酒便是此一動力的象徵。在酗酒形象與年老母親的身份的保護傘下，梁氏在意識昏瞑中釋放著衝動、遊戲、鬧劇與暴力，在在經由她肥胖的身軀與酒味的氣息向外噴發。她不自制，也沒人制得了她，但是這個人物卻並未被妖魔化。在閨秀系統的彈詞小說中，我們尋常看到慾望、挫折、憤怒與壓抑，但在《玉連環》的梁夫人這個角色上，我們才見識了一種歡樂、恣縱又不需要受到規訓懲罰的女性力量。她也令人聯想到希臘的酒神戴奧尼索斯（Dionysus），誠如尼采在《悲劇的誕生》一書中所示，希臘悲劇與喜劇的起源都是酒神的祭典，因為酒神狀態正是悲與喜、痛苦與狂歡、毀滅與再生等衝突元素的交織激盪。【二】這種強大的「醉」的意志力量竟賦予一個女性的人物，這更促使我們重估《玉連環》的「草莽性」在女性文學上的意義。

梁氏醉酒的力量不但使小說增加了嬉笑怒罵的層面，也帶出小說在道德界限上的模糊鬆動。《玉連環》無論對男女感情、婚姻關係甚至貞節觀念都相當寬容。梁氏作主將女兒淑秀嫁給書生梁子文，明知將遭到丈夫反對，索性趕在丈夫回家以前，讓女兒坐了一乘小轎，直接住進梁子文家裡，形同私奔。父親回家後將女兒搶回，打算另配他人，女兒自然不從，寧可躲進尼庵。其實，類似這種家長嫌貧愛富、女兒矢志不移的故事，通俗小說裡儘有，尼庵也是必備的場景。然而在《玉連環》裡，這件事的始末卻好似從不與禮儀或貞節相關。母親與女兒不在乎六禮全備，父親不在乎女兒實際上已經成婚，顯然也不認為以後他安排的新丈夫會在乎。同時，雖與《再生緣》時代接近，但女扮男裝的情節在《玉連環》中並無所謂女性自覺的作用，

【一】梁氏先是開玩笑地說葉夫人只認得「玉連環」三個字，然後又說她其實能認得千字文，所以一定要請她補續。

【二】尼采對酒神迷狂境界的論述參見 Friedrich Nietzsche, *The Birth of Tragedy and The Case of Wagner*, tran. Walter Kaufmann (New York: Vintage Books, 1967)。

倒是方便了跨越性別疆界的感情的發展。扮裝的女主角王文彩與梁子玉以兄弟相稱，彼此鍾情，第十四回寫兩人重逢時，二人「四目相窺，依依眷戀」，旁觀者「只認是兒女私情」，敘事者卻說：「那曉得他兩個是好朋友，即使王小姐果是男兒，今日相逢，亦有這般情思。」之後子玉得知文彩是女，感嘆：「他如今還是吾朋友，不是吾朋友？（唱）是朋友難將友愛屬閨人，非朋友撇他不下舊交情。」又說：「吾那王文彩的賢弟，你必是，（唱）心中撇不下吾知心友，才人畢竟愛才人。俺情因愛你才華美，卿意應憐吾才思深。那知道兩才既合仍難合，才多福薄古猶今。」【二】另一方面，被錯許王文彩的女子謝蕙心也對王文彩相思不盡，但並不是因為「女子不二嫁」的道德規約，而是愛慕王文彩「憐香惜玉」、「一笑春風百媚生」，所以「無論他男人與女人」，聲稱要堅守與王文彩的婚姻。【二】經過女扮男裝以後，這三人慕色憐才，並不把性別看作限制。而一旦感情事件回到單純的兩性關係時，小說的態度也很寬大。梁子玉曾夜訪恢復女裝的王文彩，甚至打算走入床帷，雖被文彩責以失禮，但兩人仍在閨中私語良久，互訴衷情。【三】未婚男女閨中夜語，閨秀的彈詞作品中的正面人物是絕不會發生這種事的，這倒比較接近非女性作品的婚戀故事中的情節。小說貞節觀念之寬鬆在孫凌雲、梁紅芝與趙月哥這三個人物的故事中表現得最清楚。丈夫孫凌雲原是不羈浪子，妻子梁紅芝則是嚴謹佳人，凌雲沈溺嫖賭，紅芝規勸無門，因此設下計謀，先私下買了賣身葬父的月哥為妾，並將私產託付給月哥。凌雲蕩盡家產後，竟然起意賣掉房子與妻子，於是男裝的月哥出面作了買家，與紅芝假扮夫妻。孫淩雲再次走投無路以後，投奔月哥家為僕，飽受煎熬，最後悔悟成人，與紅芝、月哥復合。當淩雲為僕時，曾因思念舊情而私通「主母」，並且希望有朝一日可以把她贖回。這是一個通俗的浪子回頭金不換的故事，故事裡一般有敗家子、智慧的妻子、靈巧的小妾等角色。值得注意的是，雖然一切都是一場騙局，但是鬻妻這種事畢竟只會在下層階級出現。而且紅芝這個角色在過程中被買賣、再嫁、又涉嫌通姦，但即使在真相大白以前，小說敘事也從未安排紅芝遭受任何旁人的輕視或指責。在閨秀的彈詞作品中，從未出現這樣的安排。

所以，《玉連環》不但在語言與形式上比較接近演出，人物的言行比較接近一般人，似乎道德標準也是通俗化的。有趣的是，《玉連環》在回目之前列有十六項「小說所無之病」，包括：

一無男扮女裝；一無私訂終身；一無先姦後娶；一無淫女私奔；一無失節之婦；一無謀財害命；一無牢獄之災；一無陷害殺人；一無私通外國；一無奸佞專權；一無仙法傳

【一】朱素仙：《繡像玉連環》，第十四回，頁四五b—四七a。
【二】朱素仙：《繡像玉連環》，第五十三回，頁五一a—五二b。
【三】朱素仙：《繡像玉連環》，第二十三回，頁四八a—五〇b。

授；一無鬼怪妖邪；一無僧道牽連；一無夢寐為證；一無穿窬偷竊；一無強搶逼婚。【二】

「十六無」比較可能出自編者之手，因為小說是作者身後出版的，而且「十六無」所暗示的觀念有文人的影子。此處所列，倒的確是傳統小說的程式大全，大多數女性彈詞小說也不免於此，《玉連環》若能逃脫這些俗套，其實很是難得。當然，我們也可以找出一些漏洞，例如，小說雖然沒寫男扮女裝，卻有女扮男裝；【三】夏侯淑秀、梁紅芝等人物的故事，未必不能解釋成「私奔」或「失節」。換句話說，《玉連環》當然有一些基本的道德要求，但是在這個範圍以內，不但青年男女之間的主動愛悅之情可以接受，就連不貞的行為也可以通融。這部小說裡有兩種相對的勢力，一種主導著遊戲、玩笑、衝動與暴力，一種力圖堅守一定的倫理與社會秩序，而作者則透過猶如梁氏一般的醉眼來平衡這兩者之間的關係。

瘋癲的妻子

瘋女人具有強烈的敘事與舞台效果，也很容易賦予特定的象徵意義或者道德判斷，無論在小說或戲劇中都是一種有力的人物設計。傅柯（Michel Foucault）早已說明瘋癲不只是一個醫學的問題，不但瘋癲與理性的界限隨著歷史而改變，人們看待瘋癲的方式也在改變，甚至還對應著十七世紀以降西方理性主義的權力的逐步擴張。【三】另外，在十八世紀以後英國的文化傳統中，瘋癲甚且被賦予強烈的性別聯想，在隱喻的層次上成為一種陰性的疾病。簡單地說，由於女性在象徵系統中歸於非理性的那一端，在身體上又有特屬於女性的生理週期的「缺陷」，所以被認為在本質上就與瘋癲相通，或者說，瘋狂是女性傳統最重要的代表之一。【四】在女性主義者的眼中看來，瘋女其實可以視為女性主義的象徵，尤其十九世紀英國女小說家筆下那些神出鬼沒的瘋女，更具象地呈現了作者對父權社會的怨憤。【五】無庸贅言，傅柯對瘋狂與西方文明之關係的論說無法直接在中國的歷史文化中複製。而從中國醫療史的觀點來看，雖然在明清以

【一】朱素仙：《繡像玉連環》，頁一 a—b。

【二】這可能是因為小說中的男扮女裝往往是意圖完成姦情，女扮男裝則不然。

【三】Michel Foucault, *Madness and Civilization: A History of Insanity in the Age of Reason*, trans. Richard Howard (New York: Vintage Books, 1988).

【四】肖瓦爾特著，陳曉蘭、楊劍鋒譯：《婦女．瘋狂．英國文化（1830—1980）》（蘭州：蘭州大學出版社，一九九八年），譯自 Elaine Showalter, The Female Malady: Women, Madness and English Culture, 1830-1980。

【五】此即所謂「閣樓中的瘋婦」，可說是二十世紀女性主義的經典論述之一，參見 Sandra M. Gilbert and Susan Gubar, *The Madwomen in the Attic: The Woman Writer and the Nineteenth–Century Literary Imagination* (New Haven and London: Yale University Press, 1979)。

後，的確有醫學案例顯示醫者將瘋癲與女性的某些特質聯繫在一起，【一】但是瘋癲或癲狂與性別的關係並不是傳統醫家共同的著力點，更無從將瘋癲引申為女性文化的象徵。

然而，女性彈詞小說傳統裡倒真的出現過不少瘋女人。我們必須把這些瘋女放在文學史的脈絡裡來看。瘋、癲（顛）、狂、癇這些相關詞彙，在傳統文獻上本來就不能完全分殊，大約只要出現錯亂的情緒與不可控制的行為舉止，也就是異於某種被認定的常態，就可能以這些詞彙形容。文學中的瘋癲有千百種姿態，例如醉酒後的精神狀態與言行方式，未嘗不可以視為一種癲狂，所以上文所描述的梁氏，其實就是一個瘋婦。但是，不論是作為瘋癲的成因、症候或者結果，更常與女性的瘋癲連在一起的現象是春情與悍妒。同時，性的慾望不能滿足，又往往被認為是悍妒的原因之一，所以，我們的討論不妨由悍妒婦開始。

魏、晉至唐與十七世紀往往被認為是中國妒悍婦集體出現的兩個高峰期，【二】其實，只不過是這兩個時期留下比較多的材料，或者有其他因素促使當時的人們注意這個現象罷了。筆者之所以將妒與悍並稱，是因為這兩者本來就是相依而成，互為因果。【三】拜小說發達之賜，明清時期文學中的妒悍婦形象最為鮮明。明清時期的男性作者愛寫妒悍婦各逞「奇技」，更愛寫對妒悍婦的「懲」與「治」，【四】許多學者都歸因於當時的社會陰長陽消、秩序顛倒、男權失落，以致於男性對保守價值的崩潰產生極大的困惑與焦慮。【五】而妒悍婦的極端心理與行為，則被解釋為女性在社會壓力下的怨憤與反彈。【六】至於思春之情、淫慾之心不得滿足而造成的精神狀態失

【一】例如陳士鐸（明末清初人，以醫名世）以為思春婦女會得到「花癲」。而婦女因生理週期與生產經驗所引起的「血病」，也被醫家認為會影響心理情緒。感謝張哲嘉教授提供相關資料。陳秀芬也指出，處在婚姻關係以外的成年婦女，被認為容易得到花癲，參見 Hsiu-fen Chen, "Articulating 'Chinese Madness': A Review of the Modern Historiography of Madness in Pre-Modern China," paper presented in The First Annual Meeting, ASHM, IHP, Academia Sinica, 4-8 November, 2003。

【二】此說參見張兆凱：〈魏晉南北朝的妒婦之風〉，《文史知識》一九九三年第十期，頁一一四—一一八；王萬盈：〈魏晉南北朝時期上流社會閨庭的妒悍之風〉，《西北師大學報》（社會科學版）第三十七卷第五期（二〇〇〇年九月），頁七七—八二。

【三】Keith McMahon 對潑婦的定義是不遵從家族尊卑秩序，為控制男人而欺凌其他女性（婆婆、妻妾、姑嫂等），不顧絕嗣危機而執意拒絕一夫多妻制的女人。同時，潑婦還會使用暴力來弱化男性的權力，而妒忌正是潑婦的主要行為形式。Keith McMahon, *Misers, Shrews, and Polygamists: Sexuality and Male-Female Relations in Eighteenth-Century Chinese Fiction* (Durham: Duke University Press, 1995)。

【四】有關明清時期戲曲與小說中妒婦的手段與懲治妒婦的方法，參見林保淳：《古典小說中的類型人物》（台北：里仁書局，二〇〇三年），頁二〇七—二五〇。

【五】許多有關明清悍婦的研究都有類似的討論。例如：Yenna Wu, "The Inversion of Marital Hierarchy: Shrewish Wives and Henpecked Husbands in Seventeenth-Century Chinese Literature," *HJAS*, 48.2 (Dec. 1988), 363-382；段江麗：〈男權的失落：從《醒世姻緣傳》看明清小說中的「女尊男卑」現象〉，《浙江社會科學》二〇〇二年第六期，頁一四七—一五一；陳泳超：〈妒婦悍妻：類型敘事的語法與心理〉，《南京師大學報》（社會科學版）一九九八年第一期，頁一〇九—一一五。

【六】付麗：〈男權壓抑下的悍婦心理〉，《明清小說研究》二〇〇三年第一期，頁一九四；段江麗：〈男權的失落：從《醒世姻緣傳》看明清小說中的「女尊男卑」現象〉，頁一四九。

衡，自然與妒忌結合在一起。但是無論成因為何，重要的是文學作品如何呈現妒悍婦。經由不同的處理，妒悍婦可以是絕佳的喜劇題材，【二】也可以造成不能用理性理解的恐怖效果。男性讀到《聊齋志異》的江城，或是《醒世姻緣傳》的薛素姐，能不觳觫？她們不但荼毒同性的競爭對手，也酷嗜以非人手法淩虐男性。男作家讓妒悍婦們在毒虐的方式上爭奇鬥豔，彷彿在考驗自己想像力的極限。當女性的悍妒到達一定程度時，她們往往就被視為瘋癲。跟因果報應的解釋一樣，瘋癲的標籤反而將非理性的極端行為給合理化了，如此一來，違反規範的舉動與行為對社會而言也就不再具有真正的危險性。

有趣的是，學者往往以為所有妒婦悍妻形象的創作者都是男性。這其實不然，只要粗讀幾部女性彈詞小說就能證明。女性彈詞小說裏，惡女、淫婦、悍婦（不賢之婦）、瘋女這幾種形象也往往彼此勾連。因此，我們需要統合這幾種形象，才能更完整地理解女性筆下的瘋女角色。

女性彈詞小說中處處可見不肯恪守傳統規範的女子。例如，《再生緣》裡的孟麗君之母就是悍妻的形象，至於孟麗君這個人物，在續書《再造天》的作者侯芝眼中，其欺君、不孝、抑夫等種種行為，更根本就是一個應受天譴的惡女。然而侯芝自己在《再造天》裡創造的皇甫飛龍，卻是從小狂悖不受約束，最後幾乎顛覆了整個朝廷，堪稱惡女中的佼佼者。《玉連環》中的性別關係較有彈性，妻子的角色多是強勢的。例如梁子玉娶了王文彩與謝蕙心，謝蕙心原來的身份是義妹，本來相處時就十分嬌縱，婚後性情不改，嫉妒惱怒下會以象牙衣尺打掉梁子玉的紗帽【二】。不過這只能算是嬌嗔，離真正的悍婦境界還差得遠。倒是另一種典型應該注意。梁子玉的妹子梁紅芝賦性嚴肅，婚後督促丈夫孫淩雲讀書，讓孫淩雲大嘆命苦：

> 受累耳朵邊瑣碎何時了。晦氣娶妻娶了個女書獃。……〔白〕咳，我孫淩雲本是個風流浪子，誰知撞有了恁般一個希奇古怪的內人，分明是一位道學先生。〔唱〕耽文墨，薄梳妝，綠窗鋪設盡文房。時時刻刻談詩禮，〔白〕真正累殺人也，就是〔唱〕枕兒邊也與吾講文章。〔白〕如今有了這個冤家，再休想〔唱〕邀朋酌酒尋春去。再休想開懷暢飲醉昏黃。再休想呼么喝六堆金賭。再休想月下私偷韓壽香。【三】

紅芝的女中儒者形象，不免令人想到《儒林外史》中擅長制藝的魯小姐。這種督夫向上的妻子理應被當作賢婦與女英雄，為眾人所頌讚，但是對孫淩雲來說，她其實是另一種形式的悍

【一】Yenna Wu, "The Inversion of Marital Hierarchy: Shrewish Wives and Henpecked Husbands in Seventeenth-Century Chinese Literature," *HJAS*, 48.2 (1988), pp. 363-382.

【二】朱素仙：《繡像玉連環》，第三十二回，頁二九b—三〇a。

【三】朱素仙：《繡像玉連環》，第二十四回，頁五五b。

婦罷了。《玉連環》的梁夫人在酒後也是一個十足的悍婦，例如當她與丈夫為女兒的婚事發生爭執時，小說便如此描述：

〔中旦〕你，你來。〔淨〕夫人，下官在此。〔中旦〕你方才挺撞我。〔淨〕阿唷，夫人放手，求你〔唱〕開恩放手相饒我，把這鬍鬚單剩幾根毛。……唷唷，吾那夫人，一聲大喝如獅吼〔白〕唬得下官是〔唱〕屁滾尿流心膽寒。【二】

由於梁夫人總是以醉酒的姿態出現，嬉笑怒罵，所以她的悍婦形象倒是喜劇的，引起的笑聲多於恐懼。

女性彈詞小說的悍妒婦群中，令人印象最深刻的人物當是《筆生花》裡的沃良規。「沃良規」其人誠如其名，一生都在以劇烈的方式背離普遍為人所接受的好規範，這個角色從少女到死亡，完整體現了惡女——妒悍婦——瘋女的進程。她的故事透露著荒謬與陰森，是一齣黑色喜劇，也是一場恐怖經驗。

《筆生花》其實寫了一系列的妒悍婦，但多半是出身低微的姨娘小妾等角色，顯示作者對多妻家庭的疑懼，尤其是妾淩正妻的情況。【三】這其中只有沃良規是名門之女，而且在小說中得到完整的處理。小說描寫沃良規身軀略微肥胖，使得她在行兇使惡時帶著點喜感的威武，除此之外，她的形象設計與女性彈詞小說裏常出現的惡女所差不遠：【三】稍具姿色但稱不上絕色；做閨女的時候就脾性暴躁，愛拿家人使女出氣；閒來不拈針線、不讀經史，只愛讀小說、玩音樂，甚至拿刀動棍；不安於室，老想著往花園玩耍，而且毫不掩飾自己的懷春之思。總之，就是閨範的反面教材。沃良規的悍婦首演就是新婚之夜，她見夫婿文炳似乎對自己的身形容貌不太滿意，當下：

> 心輾轉，意推排，一挺珠冠把體撞。
> 怒叱侍兒諸左右，為什麼，大家立此擠挨挨？【四】

又說：「這般汗酸氣味，可不薰殺了人？快快與我走開！」【五】這場首演雖然遠不及薛素姐撒

【一】朱素仙：《繡像玉連環》，第四十八回，頁一八a—b。

【二】例如姜府之妾花氏，吳府之妾成氏。

【三】部分類似的特徵也出現在《天雨花》的左婉貞、《再造天》的皇甫飛龍等人物身上。

【四】〔清〕邱心如著，趙景深主編，江巨榮校點：《筆生花》（鄭州：中州古籍出版社，一九八四年），中冊，第十六回，頁七三二。

【五】邱心如著，趙景深主編，江巨榮校點：《筆生花》，中冊，第十六回，頁七三二。

帳坐床那般石破天驚，不過新婦如此大膽，果然已把丈夫跟觀禮的客人嚇了一大跳。新婚未及一月，良規越發妒忌乖戾，動輒對丫頭打罵針刺，丈夫要是出面勸解，她就一頭撞在懷裡，再不放手。文炳認為她是「魔障」、「梟姬」，朋友們稱她作「京師裡有名的母大蟲，胭脂虎」。【一】爭鬧之際，自以為是大丈夫的文炳也只有喊叫丫頭婆子來救命：「快來看你小姐，得了瘋症麼？」【二】對文炳來說，沃良規的行為不可理解，唯一可以將之合理化的解釋就是瘋癲。這個方便的理解方式決定了良規的命運。

文炳刻意與良規疏遠後，良規的想法與行動果然帶點瘋勁。她曾經懷疑文炳是被死去前妻的魂魄所迷，所以穿上全身戎裝，帶領她自幼訓練的丫頭隊伍殺到停靈處，打算燒掉棺木。【三】文炳避居姊丈家，十日不歸，她就跑到人家裡去，在眾人面前指責姊姊與弟弟通姦，還指稱必是姊丈「謝郎無用」，讓姊姊「不遂風流」，所以作此醜事。正如文炳無法理解良規為何逞兇，良規也無法理解丈夫為何有不足之意，因此疑神疑鬼，想像力發揮到了近乎妄想症的地步。

沃良規與丈夫決裂，負氣回到母家，此後她違背規範的行為包括與親族遊山玩景，拜廟燒香，看戲觀燈，鬥牌擲骰，男女相雜，嬉笑聲傳於屋外。這些行為項項都是薛素姐的複本，更精確地說，是反寫的閨範教條。良規因賭博而蕩盡娘家產業後，精神狀態更惡化了，敘事者說她「一腔怨憤無從出」，她認為自己所有的不幸都來自文炳的薄倖，因此終日痛罵丈夫，成天想著寧可抵命，也要趕到京師去砍那狂徒一刀。然而當她在第二十一回中迫於現實而趕赴京師夫家以後，並不曾真的砍丈夫一刀，而是如前文所述，跑到文炳的姊丈謝府去大鬧一場。這一次的放肆有很嚴重的後果，因為她跟薛素姐碰到相大妗子一樣，遇上了對頭。沃良規尋夫，發狂逞兇，對著姊姊

> 氣殺良規容失色，跳起來，金蓮飛步撲千金。
> 狂叫喚，放悲聲，高振喉嚨放潑形。【四】

就地撒潑起來，沒想到文家姊姊不是易與之輩，喝令家下人等，一起上前痛打良規。良規在急痛之間，也只能再逞口舌之能。她開口大罵：

> 謝家合宅該遭殺，有日天災被火燃。
> 生女為娼男是盜，宗支斬絕斷香煙。

【一】邱心如著，趙景深主編，江巨榮校點：《筆生花》，中冊，第十六回，頁七四〇。

【二】邱心如著，趙景深主編，江巨榮校點：《筆生花》，中冊，第十六回，頁七三六。

【三】邱心如著，趙景深主編，江巨榮校點：《筆生花》，中冊，第十七回，頁七六二—七六三。

【四】邱心如著，趙景深主編，江巨榮校點：《筆生花》，中冊，第二十一回，頁九七一。

雙雙父子當龜號，婆媳開娼把客纏！【一】

這場叫罵跨越了所有的底線，沃良規至此已不能回頭，不可能再留在正常的人際網絡裡。

果然，大鬧謝府後，良規被綑綁送回文家，也就是說，她已經被當作一個瘋子來對待了。文府既不能放了她，恐她再逞兇狂，又不能休棄她，恐文府顏面不存，只好將她軟禁起來。事實上，幽禁本來就是對待癲狂者的主要方式，瘋女尤其如此。【二】他人問起時，文炳承認妻子已被父母軟禁，「後堂深閉不通風。憑其生死誰相問，非我家寒理欠通」。【三】當文炳終於與原配姜德華完聚以後，沃良規開始在鎖禁的幽房碰頭磕腦，日日悲號狂叫，敲門打戶。敘事者這麼描述她：

自幽禁冷房之後，真是萬種愁懷，一腔盛怒，無處發洩。
鎖禁幽房似獄牢，身難自主日悲號。
滿懷毒氣從何洩，一點春情無處消。
觸目淒涼憐命薄，終身誤適怨劬勞。
情已極，怒偏高，滿室東西亂擲拋。
寶鏡一輪分兩半，衣裙撕下一條條。

長門自是無梳洗，弄得個，垢面蓬頭顏色焦。
正在狂威高萬丈，忽悲忽罵獨喧嘈。……狂恨不得，立把文君砍一刀。
怎奈拘囚難得出，早不覺，狂魔並與病魔交。【四】

如果敘事者不曾交代沃良規的心事，她現在的外形就只能證明她已經是個瘋婦。文炳的原配也對外宣稱沃良規「素染瘋癲奇怪症」，必須「永閉房櫳學楚囚」。雖然她試圖用怨憤的哭嚎與扭曲的形貌衝撞幽禁的門鎖，但是可以想見，唯一能留存的可能只是一個幽暗神秘的家族傳說，等待後人去挖掘。然而沃良規的故事並未在此停止。小說的敘事還需要安排她犯下最後的罪行，才能把她推向深淵。良規因為懷孕，曾經被暫時放出禁房，但是她因為對文炳的多妻不忠懷恨在心，於是在這段期間企圖引誘少年男子，以為報復。在沃良規犯下不貞之罪後，亡父魂靈入夢引其同去，當夜良規便因難產而母子俱亡，並未留下任何子嗣，因此她在這個家族

【一】邱心如著，趙景深主編，江巨榮校點：《筆生花》，中冊，第二十一回，頁九七一。
【二】對瘋癲病患處以幽禁，對象多為婦女。楊宇勛：〈降妖與幽禁——宋人對精神病患的處置〉，《台灣師大歷史學報》三一期（二〇〇三年六月），頁七一。
【三】邱心如著，趙景深主編，江巨榮校點：《筆生花》，中冊，第二十二回，頁一〇二〇。
【四】邱心如著，趙景深主編，江巨榮校點：《筆生花》，下冊，第二十四回，頁一一一七—一一一八。

裡得不到半點救贖。文府全家女眷聽著她痰湧、氣喘、牙挫的聲音在半夜迴盪，戰戰兢兢地見證妒悍婦與瘋女的收梢。

沃良規的故事以陰森慘烈結局，小說更需要提供一個合理的道德詮釋。首先，在良規猝死之前，小說藉由冥君之口，解釋沃氏前生乃山中母狼，文炳乃天上星宿，出遊時為母狼所觸，一怒殛之。上帝遂命母狼轉世為人，星官謫凡，結此孽緣，以償冤債。沃氏本應壽逾花甲，為其夫一世魔星，但因虎狼本性不容於人間婦道，所以冥君決定將其壽算一筆勾消，罰使夭亡，以彰果報。【二】良規死後，敘事者為這個人物蓋棺論定：

青春屈指剛三七，只為為人性戾乖。
遂使椿萱都氣死，更教鸞鳳兩分開。
空生富貴豪華族，不及貧寒下賤材。
自是終身無善德，因而一旦遇奇災。
平生做事雖堪笑，今日收成亦可哀。
正所謂，一失足成千古笑，再回頭是百年胎。
要須知，大凡世上閨中婦，四德三從份所該。
但看而今文沃氏，為人無德更無才。

因教折盡平生福，一旦無常泣夜台。
准擬輪迴歸畜道，料其獅吼逐狼豺。
收成若此誠何取，閒話書中且略裁。【二】

這兩種解釋都有不足之處。用前世冤孽來解釋今生惡緣，這正是《醒世姻緣傳》的框架故事，但是《筆生花》卻直到沃良規死前，才匆匆交代因果，自然比較沒有說服力。更何況，上帝既然安排星官遭一世魔星，那麼母狼恪盡職責，何以反遭奪算呢？星君並未善盡夫職，何以卻能逃過此劫？如此的果報，所「彰」的究竟是什麼？而敘事者似乎代表理性的聲音，教訓天下閨人恪守婦德以趨吉避凶，不過她其實無法決定良規的故事究竟是可笑，還是可悲？而且，敘事者的評論與之前冥君的答案其實是矛盾而不和諧的。在冥君的版本裡，文炳與良規是前生注定的孽緣，良規最好的「收成」就是扮演文炳的一世魔星。但在敘事者的版本裡，良規的命運卻本來是操之在己的，只因未能略修善德，才會落到這個下場。

小說中冥君與敘事者分別代表一種聲音，用不同的方式來解釋沃良規的一生，兩種聲音的

【一】邱心如著，趙景深主編，江巨榮校點：《筆生花》，下冊，第三十回，頁一三八七。
【二】邱心如著，趙景深主編，江巨榮校點：《筆生花》，下冊，第三十回，頁一三九〇。

吵雜正是因為這個人物有不可解之處。小說其實表達得很清楚，沃良規雖然有極端的言行，但是她從來就沒有真的發瘋。以社會學觀點來看所謂精神疾病的學者，往往指出瘋癲不過是貼在不當或者過激行為上的標籤，為的只是方便社會控制與醫者的治療而已。[二]在女性彈詞小說中，《筆生花》是對多妻家庭的人際關係最感興趣的一部。讀者往往只注意到小說如何美化女主角姜德華（即文炳原配），讓她在位極人臣後恢復女兒身，在眾多姬妾間展現婦女不妒之德的極致。當然，現代讀者或者認為這是作者思想的局限，或者不滿姜德華這個人物因完美而造成的僵固。但事實上，《筆生花》在描寫婦德典範以外，更突出了其他婦女角色的焦慮與挫敗，而所有這些婦女壓抑下來的怨懟之情，又好似都透過沃良規這個人物的極端言行噴發出來了。無疑地，《筆生花》的作者是嚴厲批判悍妒婦的，然而在沃良規的故事裡，小說其實暗示了這婦人瘋癲的本質，或許不在她自己，而在她身處的環境。敘事者說沃良規是「可笑」但又「可哀」，是最好的註腳。

悍妒婦們總是想往外跑，諸如登山、拜廟、遊園，這些都是有違閨訓的事情。在女性彈詞小說中，一踏出家門就是危險的荒野，悍妒婦們跨越了界線，不但說明這些婦女不循正道，其實也暗示了她們的下場——不安於室者，終至無室可棲。沃良規究竟是因瘋癲而鎖禁，還是因鎖禁而瘋癲，已不堪聞問，更值得我們注意的是，形體上的幽禁所象徵的反而是社會身份上的放逐。沃良規被當作瘋婦幽囚以後，所有的家庭權利或義務都與她無關，連最基本的晨昏定省都被「豁免」，成了真正的多餘之人。沃良規死後，文家決定瘋婦不應葬於祖塋，這當然在象徵意義上決定了她永作放逐之婦，無家可歸了。

沃良規因為無法控制自己逾越常理的言行，所以被貼上了瘋婦的標籤，也受到了瘋婦的待遇，遭到禁閉、隔離與放逐。這樣的命運雖然是她的「收成」，卻不是出於她的意願。不過，筆者在前文已經指出，某些特立獨行的婦女也可能被視為瘋癲，而這未必不是個人的選擇。例如《玉連環》中酗酒的母親梁夫人便是如此，她故意醉酒讓自己有放縱的藉口，因此她的癲狂像是演出，她的小丑形象與譫言妄語自成系統，相對於丈夫所代表的世俗、勢利與腐化，她倒反而洩漏了一種另類的人生真理。

若從癲狂的角度來看，那麼被當作瘋女而打入冷房的沃良規與故意終日醉酒放縱的梁夫人，其實根本是一樣的。這也令我們想起《筆生花》中的謝雪仙（絮才）。謝雪仙有心修道，迫於孝道壓力而出嫁，沒想到夫婿竟正好是女扮男裝的姜德華。德華恢復女身以後，雪仙拒絕遵循共歸一夫的小說舊套，執意獨居求仙。為了達到這個目的，最有效的方法就是裝瘋。謝雪仙

【一】Hsiu-fen Chen, "Articulating 'Chinese Madness': A Review of the Modern Historiography of Madness in Pre-Modern China," p. 15, conference paper presented in "The First Annual Meeting", ASHM, IHP, Academia Sinica, November 4-8, 2003.

臥倒床中已兩天，不茶不飯不開言。
有時獨自孜孜笑，看他那，神氣分明半是癲。【一】

她「忽啼忽笑，大有瘋癲之狀」，【二】不但從此不供婦職，就連面對親生父母也佯作不識，割斷親情，徹底自我放逐，成為一個畸零人物。有趣的是，如果謝雪仙不這麼做，而選擇與姜德華同歸文炳的話，那麼她的境遇其實就與沃良規是一模一樣的。裝瘋？還是被逼瘋？我們猛然驚覺《筆生花》所描繪的瘋狂女性圖像，果然是如此幽暗的。

獨身的女兒

《筆生花》中以拒絕再嫁之名行獨身之實的謝雪仙，可以說預告了許多後期女性彈詞小說的女性生命抉擇。就這一點來說，《再生緣》在清代女性彈詞小說的傳統裡也有重要意義。《再生緣》以前的《玉釧緣》，或是與《再生緣》大約同時的《玉連環》，都寫過女扮男裝的角色。《玉釧緣》的謝玉娟瓜代孿生兄長謝玉輝，一旦危機解除，就順理成章恢復女身，嫁做人婦，還替哥哥白賺了一位妻子。《玉連環》的王文彩「幼承閨訓，每慕淑女之風，長習經綸，欲奪文人之秀」，【三】在難中也曾女扮男裝，不過她不但從未拒絕婚姻，甚至很早就對梁子玉傾心。

後半部的趙月哥自幼承父命喬裝男子，讀書有才，媒婆說她自稱「我野勿嫁個，要做一個，〔唱〕烈烈烘烘的女丈夫」，【四】但是因為家貧，喪父後便不得不賣身於梁紅芝，與紅芝同心合力完成感化孫凌雲的任務。這些人物都被描寫成才貌雙全、胸有韜略，然而除了應付急難變局以外，她們從不曾想像自己的生命可能有其他的選擇。她們是被置入家庭中的女英雄，其德行與社會職責都要在家庭中表現。《玉連環》中的主婦就有這樣的英雄自覺，例如梁紅芝與趙月哥約定共同持家以後，兩人以唱段互讚：

〔作旦白〕賢妹，難得啊難得你〔唱〕忠心赤膽扶持吾。〔小旦白〕姊姊，難得你〔唱〕無驕無妒量寬宏。〔作旦白〕賢妹，吾敬你〔唱〕巾幗鬚眉真女子。〔小旦白〕姊姊，吾折服你〔唱〕度量仁慈有君子風。〔作旦〕賢妹誰說女中無道德。〔小旦〕姊姊孰云閨閣沒英雄。〔作旦〕賢妹亂臣十八原有婦。〔小旦〕姊姊補天偏出女媧功。【五】

【一】邱心如著，趙景深主編，江巨榮校點：《筆生花》，下冊，第二十三回，頁一〇四一。

【二】邱心如著，趙景深主編，江巨榮校點：《筆生花》，下冊，第二十三回，頁一〇四三。

【三】朱素仙：《繡像玉連環》，第五回，頁二八a。

【四】朱素仙：《繡像玉連環》，第五十八回，頁一七b—一八a。

【五】朱素仙：《繡像玉連環》，第六十二回，頁三七a—三七b。

不必出閨閣，也可以成英雄，主婦自覺地以持家為事業，並不認為還需要爭取其他的社會角色，所以謝玉娟、王文彩、趙月哥這些曾經假扮男子的女性人物都不抗拒恢復女裝，走入家庭。

這個傳統到了《再生緣》出現了轉變。《再生緣》寫到女扮男裝的孟麗君身份即將暴露，面臨最後抉擇而急怒吐血的時候，作者陳端生便突然封筆，留下無限懸疑。雖然後來梁德繩續成的版本仍安排孟麗君在無奈中接受女性身份，回歸家庭，但是不少現代評者都認為這不是原作者的本意。評者認為陳端生之所以停筆，正是因為不甘心讓孟麗君屈服，又不敢寫孟麗君公然反抗，困境無解，只好懸宕。【一】這些猜測自然無從證實，不過孟麗君不再毫無抗拒地恢復女身則是事實。在此之後，與其說女性彈詞小說一再重複著女扮男裝的舊套想像，倒不如說不斷嘗試用不同的方式面對女性的社會角色的問題。也可以進一步說，女性彈詞小說開始出現了以激烈手段主導自己生命的女性人物，而她們的共同選擇往往是某種形式的獨身主義。

除了《筆生花》的謝雪仙之外，《夢影緣》【二】彈詞更出現了集體實行獨身主義的一批女性人物。這部小說的作者一再感嘆身為女人，無法撇棄家庭義務，追求人生的終極意義，【三】不過她小說中的十二花神在謫入人間後，其中的十個都自願終身不婚，而且全部以某種慘烈的方式自裁以終，以證明自己意志的堅決。另外兩位花神也是長期抗拒不成以後才勉強結婚的。值得我們特別注意的是，這一批女性人物之所以慷慨赴死，並非為男子殉節，而是對自己獨身的選擇忠實不屈，是一種殉道的行為。當然，《夢影緣》的架構本身就是追尋仙山的象徵旅程，宗教導向的思維讓小說可以盡量發展女性人物的獨身選擇，這一點與其他的女性彈詞小說有很大不同。

另一種變形的獨身主義是藉由終身扮裝來完成，例如一八六〇年代《金魚緣》【四】中的錢淑容。錢淑容女扮男裝求取功名後，與李玉娥成婚，前者打定主意永不恢復女性身份，後者自願放棄異性婚姻，與同性的假丈夫共度一生，在假鳳虛凰同心合意之下，果然共謀成功，兩人以夫妻之名終老。當然，由於小說對兩人關係的描寫有不少曖昧之處，我們其實不應將這兩個人物直接稱作「獨身」，不過她們的確用自己的意志與手段抗拒了體制的壓力，決定了自己的命運。作者孫德英不需要像陳端生一樣廢然封筆，也不需要像鄭澹若一樣把人物一一賜死，她筆下的錢淑容與李玉娥不但作了選擇，還享受了成果，可以說對女性的生命有了更樂觀的想

【一】例如郭沫若就主張陳端生可能打算寫孟麗君吐血而亡。郭沫若：〈《再生緣》前十七卷和它的作者陳端生〉，《郭沫若古典文學論文集》（上海：上海古籍出版社，一九八五年），頁八七〇—八七五。

【二】有一八四三年作者鄭澹若序。

【三】《夢影緣》的作者鄭澹若在小說第一回的回首自敘詩中就提到：「我亦久思遺世事，隱名遁跡入深山；偏教身困於巾幗，義在難行祇嘆嗟。」。見〔清〕爨下生（鄭澹若）：《夢影緣》（台北：文海出版社，一九七一年），卷一，頁一。

【四】《金魚緣》的創作時間是一八六三年到一八六八年。

像。【一】此外，無法堅持獨身，於是在對所謂婦職有所交代以後才毅然放棄家庭，這種安排其實也應該算是獨身主義的另一種形式，《榴花夢》中的桂恆魁就是最好的例子。桂恆魁這個角色被作者李桂玉形容為古今未有的全人，是「仕女班頭，文章魁首。抱經天緯地之才，旋乾轉坤之力，負救時之略，濟世之謀，機籌權術，萃於一身，可謂女中英傑，絕代梟雄，千古奇人，僅聞僅見」，【二】也就是集賢臣、名將、英主、哲后、良母於一身。當她女扮男裝而功成名就之後，本已受封出鎮藩國，卻與孟麗君一樣面臨恢復女身的危機，來自父母親長、未婚夫家、姊妹知己等人的壓力排山倒海而來。當父親出面逼她恢復女裝時，桂恆魁一一描述自己在外奮鬥的艱苦，直陳「都道孩兒閨內女，不應隨朝掛錦衣。不知兒受千般苦，卻把殘生換一官」。【三】直到皇帝下旨令她改裝，桂恆魁不得不從，心中「一天怒氣沖霄漢，萬道嗔容震九霄」，【四】暗禱蒼天促壽，讓她早日離世歸仙。桂恆魁終於無法擺脫龐大的壓力，成為多妻家庭的一員。不過，與姜德華不同的是，桂恆魁雖然進入家庭而成婦，但是她在婚後仍然活躍於國事，繼續完成了許多功業，更重要的是，她從不曾放棄追求自我生命意義的理想。在小說中，這個理想由人間的王侯功業轉變為離棄人世的求仙渴望。她在新婚期間曾因悲憤而一時氣絕，【五】魂魄神遊九華仙山，並執意從此留住仙山，不再回到紅塵去供婦職：

念情不願臨凡世，在此甘隨姊姊前。

紅塵擾擾真無味，提起般般恨未消。
空費心機和血汗，空籌妙策與奇謀。
空受刀傷弓箭射，空歷千災百難磨。
博得錦衣和玉帶，中計含羞作女郎。
有氣難爭遭暗灑，無能千古桂恆魁。
何面重回花世界，何面重逢冤孽郎。
不因媚仙相纏絆，此身早已訪仙山。
今朝得到蓬萊地，豈有重歸世上來！【六】

所謂心機血汗、妙策奇謀，乃至刀箭之傷、百難千災，都是桂恆魁為了完成自我而付出的

【一】孫德英本人即以奉母為由終身未婚。
【二】〔清〕李桂玉：〈自序〉，《榴花夢》（北京：中國文聯出版公司，一九九八年），第一冊，卷首，頁一一。
【三】李桂玉：《榴花夢》，第二冊，卷六十八，頁一三四一。
【四】李桂玉：《榴花夢》，第二冊，卷六十九，頁一三六一。
【五】不妨留意，桂恆魁悲憤而死，這段情節倒果真符合郭沫若所推測的《再生緣》中孟麗君應有的結局。
【六】李桂玉：《榴花夢》，第三冊，卷七十一，頁一四〇〇。

代價，但這一切都將只是因為她是女兒，而必須一筆勾消。不過，雖然萬念不甘，女英雄卻不可能想像徹底顛覆性別限制，而只能選擇以撤退為抵抗。即使如此，仙山眾仙女卻告訴桂恆魁，事皆前定，前債未滿，豈能違逆天命，唯有「早完塵債」才能「早升天」。回魂之後，桂恆魁努力完成人世的女性義務，為妻為母。中年以後，恆魁重新立志清修，斷絕夫妻情緣，八年後終於功成果滿。桂恆魁正當人生火熱之際，卻仍不忘初衷，堅持完成志願。這個人物好像是姜德華與謝雪仙的綜合體，她先是與姜德華一樣決定放棄獨身，接受為妻為母的角色，但是在完成世間的職責以後，又回頭溯尋謝雪仙走過的道路，她只是延遲實踐她對人生意義的追求罷了。當然，《榴花夢》與《筆生花》並沒有影響關係，只不過這些人物的交集，也正是女性彈詞小說家所關懷的核心。

更極端的是決然以死亡來抗拒回歸女性身份與職責之呼喚的例子。《子虛記》【一】的趙湘仙就是這樣的人物。彈詞女作家多半一生只寫作一部彈詞，《子虛記》的作者藕裳另著有《群英傳》，這也是在道光年間的侯芝以外絕無僅有的例子。《子虛記》的〈序〉大概寫於光緒九年（一八八三年），作者是藕裳之兄，署名「祖綬」，題詞中又分別有藕裳之弟「祖亮」、「祖馨」、「祖鼎」等人所作。藕裳從小隨侍父親彰德公於署中，知書識字，十七歲失怙後歸里，嫁桐城胡松巖，早寡無後，隨兄居，晚年課姪孫輩。倒是題詞中有「同里王錫元」所作倚聲一首，應該就是編修《盱眙縣志》、《盱眙金石志稿》以及《童蒙養正詩選》等書的王錫元。證諸祖綬在〈序〉中提到「咸豐九年赭匪闌入吾盱，舉家南徙，同寓吳中」，則藕裳是盱眙人無疑。據最近的研究，藕裳姓汪，生於道光十二年（一八三二年），卒於光緒二十九年（一九〇三年），其父汪根敬曾任河南彰德知府。作序者汪祖綬實為藕裳堂兄，祖亮、祖馨為其弟，而祖鼎則是堂弟。【二】根據〈序〉文，藕裳流寓吳中以後開始大量接觸「史學及書古文詞」，可能也在此時孕育了對彈詞的興趣，後來又隨大兄僑寓安宜（在揚州寶應），閒暇時開始寫作《子虛記》。到了祖綬寫序之時，藕裳的創作已「迄今幾二十年」。〈序〉文對藕裳的描述相當符合女性彈詞小說作家一般的創作背景。她們寫作彈詞小說時，要不是閨中的綺年少女，如《玉釧緣》的作者、創作《再生緣》前半部的陳端生、《筆生花》前半部的邱心如等等；要不就是中年以後，如開始介入彈詞小說創作、編輯與出版的侯芝，續成《再生緣》的梁德繩，《夢影緣》的鄭澹若等等，當然也包括放棄創作多年以後又重新執筆的陳端生、邱心如；甚至也有終生不婚的，如《金魚緣》的作者孫德英。不妨說，女性彈詞小說家在創作期間往往都處於某種廣義的獨身

【一】此書有上海圖書館藏舊抄本六十四回。另光緒辛丑年（一九〇一年）年世界繁華報館版十卷，未完，中研院傅斯年圖書館有藏。經筆者比對，世界繁華報版有作者親友提供的序文、讚詞等，文字與若干章節安排上也略有更動，但內容大致與抄本的前十回相同。本文引用以上圖抄本為主，世界繁華報版為輔，尤其是序文材料方面必須藉助於世界繁華報版。

【二】有關藕裳的家族，可參見王澤強：《清末才女汪藕裳及其家族名人研究》（上海：上海三聯書店，二〇一七年）。

狀態中。從獨身的作者到小說中獨身的女英雄，其實可以讓我們體察十七到十九世紀間女性自我意識發展的一個特殊方向，到了二十世紀初，這一思考方向的理路將更清晰。

《子虛記》其實有不少值得注意的特點，例如對征戰場面特別有興趣，對英雄形象非常重視，而且很喜歡處理背叛（叛國、叛降）的英雄等。小說的女主角趙湘仙在第一卷就男裝出走。趙湘仙的父親在外地為官，湘仙在家不得於後母，竟遭毒打監禁。危急之中，魁星顯像，告訴湘仙：「爾本中台上界星，偶因小過謫凡塵。他年尚有三公位，仗汝匡扶社稷寧。輔佐明君成相業，功行圓滿復歸神。」【一】湘仙於是易服逃家。魁星（並不是《鏡花緣》中以女相出現的女魁星）居然出現在女性人物的夢兆中，已經象徵意味十足，敘事者更進一步指出：

今宵易服離家去，再作紅顏萬不能。
嚴氏兇頑空作惡，反教女子永垂名。
揚眉吐氣為男子，赫赫炎炎執政臣。
事破一朝歸極樂，驂鸞跨鳳上瑤京。【二】

我們必須注意這只是小說的第一卷，一切尚未展開，而作者已經明確設定了易裝女英雄未來的命運。一方面她不會讓趙湘仙像姜德華一樣，回到閨中扮演妻子的角色，但另一方面藕裳也不像《金魚緣》的作者孫德英那麼樂觀，她的人物是要為自己的選擇付出重大代價的。同時，趙湘仙並非無情，她為官出巡時，剛好碰見未婚夫張端遭人陷害下獄，十分關情，卻又堅持不能團圓。湘仙自思：

已不思量作女娃，此生永遠戴烏紗。
為何還把張公子，日日心頭記念他。
前定姻緣雖説假，不由人，有些繫戀在他家。
……咳，張君，你可知道我，
〔唱〕彩筆高標榜首題，御香日日染朝衣。
此身要作奇男子，他日裡，紫誥金章也娶妻。
月下老人空作戲，我與你，紅絲繫足事皆虛。
職居風憲充天使，何肯去，雌伏閨中不畏譏。【三】

【一】〔清〕藕裳：《子虛記》（光緒辛丑年《世界繁華報》版），卷一，頁一五a。
【二】藕裳：《子虛記》（光緒辛丑年《世界繁華報》版），卷一，頁一六a—b。這段敘事者的發言見於世界繁華報版，抄本中未見，不無可能是後來的修訂。但作者確實一開始就為趙湘仙安排了獨身而死的命運，並無可疑。
【三】藕裳：《子虛記》，上海圖書館藏抄本，卷八。《世界繁華報》版，卷七，頁一〇b。

這種已為男子、恥作閨閣的心態，普遍表現在女性彈詞小說中女扮男裝的人物的身上，幾乎所有的易服女英雄都曾發出類似的感嘆。不過，如果仔細體察其脈絡，那麼這些女英雄並非否定自己的性別，而是抗拒社會對女子必須成妻為婦、從人事人的期待。日後趙湘仙面對身份敗露的危機，便是出於這樣的心情而死的。

由以上的討論可知，《再生緣》之後的女性彈詞小說持續圍繞著《再生緣》所提出的核心問題發展，嘗試用各種方式解決陳端生無法面對的困境，而且女作家們不再認為為婦成妻是女件人生唯一的選擇。小說人物所表現的廣義女性獨身主義越來越明顯，甚至對應作者在現實中的人生選擇。在女性彈詞小說的文學想像中，獨身主義代表的正是把自我價值放在中心的生命態度，這確是與家族及社會期待完全不同的思考。婦女拒嫁的實例自古皆有，往往以孝道之名行之。在清代，曾有拒婚的女性在名義上嫁給已死之男子，稱作「慕清女」。不過，誠如學者所言，至今我們對當時的拒婚行為仍不十分瞭解，因為拒婚與節烈不同，並不為社會讚許，不但是父母，就連本人都不會以此為榮，所以文獻上對拒嫁的描述很少。【二】女性彈詞小說中的人物通過拒婚、扮裝等方式表達對獨身生活的嚮往，事實上其最終的渴望仍是拓展女性自我意識以及社會角色的可能性。【二】

文學想像不是現實的反映，但卻與現實有往復駁雜的關係。女性彈詞小說透過人物所表達的女性獨身想像，在二十世紀初確曾一度成為焦點話題。民初時期，婦女逐漸發展謀生技能，婦女論述也鼓吹經濟獨立，於是開始有婦女為追求自由而提倡獨身制。某些婦女發起組織性的號召，例如一九一六年南京成立「不嫁會」；一九一七年江蘇江陰成立「立志不嫁會」，以「立志不嫁，終身自由」為目的；一九一九年上海成立「女子不婚俱樂部」等等，雖然都只是曇花一現，但光從這些表象看來，彈詞女作家的漫天大夢，竟似在新時代有實現的曙光。然而歷史從來不會如此單向發展。獨身主義成為一種公開的主張以後，報章雜誌如《婦女雜誌》、《新女性》、《京報》等刊物上不時散見相關討論【三】。有些主張女子獨身的言論相當激烈，例如發表在《婦女雜誌》的〈吾之獨身主義觀〉一文，作者魏瑞芝當時還只是浙江女子師範的學生，她在分析婚姻帶給女性的各種苦痛與限制以後，認為獨身主義是女子擺脫家庭束縛、追求個人自由與成就的最佳方式。她的結論是：

【一】郭松義：《倫理與生活：清代的婚姻關係》（北京：商務印書館，二〇〇〇年），頁四九九—五〇二。此外，地方性的不婚風俗，如廣東的自梳女，則又是另一種形態。

【二】至於選擇獨身或扮裝後所連帶引發的性別認同、身體情慾等問題也在女性彈詞小說的想像範圍內。相關討論參見拙著：《才女徹夜未眠——近代中國女性敘事文學的興起》，頁二一三—二一七。

【三】游鑑明曾對二十世紀前半期中國對獨身的言論進行詳盡的分析，並整理成表。游鑑明：〈千山我獨行？廿世紀前半期中國有關女性獨身的言論〉，《近代中國婦女史研究》九期（二〇〇一年六月），頁一二二—一八七。

吾願犧牲一般所謂幸福快樂，以避此等苦痛。不自由，毋寧死，不得志，毋寧死，此則吾之所不肯屈撓者也。吾當善養吾氣，善修吾志，以地球之大，何患無吾託足之地；以事業之多，何患無吾立身之處。吾之貢獻苟有補於人，吾之言行倘有用於世，則不愧為人類之一分子，而吾之幸福與快樂亦在於此矣。【一】

然而，獨身思想威脅家庭制度，不免引起爭議，因此同期《婦女雜誌》的第一篇論文就是〈現代的男女爭鬥〉，作者紫瑚指出，本期《婦女雜誌》同時刊登女學生魏瑞芝主張獨身的文章，以及男教授鄭振壎說明自己為何「逃婚」（指離婚）的文章，可見現代的男女關係已進入危險的爭鬥期。紫瑚並且認為女子獨身的主張是「把男子當作仇敵，不願意和他接合，組織家庭」，而「這種男女爭鬥的現象……是家庭的破裂，是社會病態的呈露，是人類自滅的預兆」。【二】類似這樣的往復交鋒很多，使得二十世紀前期的獨身主義討論既多樣又複雜，【三】也說明獨身從來不只是女子個人的選擇問題，而永遠是一個公共的問題。如果我們想到女性彈詞小說如何藉由孟麗君、桂恆魁、謝雪仙、錢淑容、趙湘仙、殉道花神等這些人物表達獨身的想像與實驗，那麼二十世紀女學生魏瑞芝的慷慨陳詞便有跡可尋了。女性彈詞小說中獨身女兒的角色之所以到今天仍能魅惑讀者與研究者，豈不正是因為文學所體現的問題仍然歷久彌新嗎？

結語

筆者在本章開頭已經指出，「女英雄」是多數女性彈詞小說的中心人物，也是研究者目光的焦點。既然是英雄，那麼僅僅具備才貌並不足夠，必須有異乎尋常的表現才行。女英雄的特質是危行在懸崖邊上的，《再生緣》的孟麗君之所以引起《再造天》作者侯芝極大的焦慮，就是因為她認為孟麗君的人格與行為只要再推進一步，就會成為《再造天》裡顛覆家國的皇甫飛龍。女性彈詞小說裡出現的某些言行極端的人物典型，雖然在情節架構上不見得重要，卻往往是女英雄的背面文章，也是驅動敘事的動力之一。

本章討論了三種女性彈詞小說中的極端人物典型，即酗酒的母親、瘋癲的妻子，以及獨身的女兒。在文學表現中，女性大量飲酒可以象徵對開放生命形態的嚮往，也是困惱的解脫法門，甚至成為嬉笑與暴力的護身符，造成婦德標準的鬆動。瘋癲可能是貼在錯亂且不能規範之女性身上的標籤，她們必須受到幽囚封鎖，以防破壞社會秩序，而身體的鎖禁其實反是身份的

【一】魏瑞芝：〈吾之獨身主義觀〉，《婦女雜誌》第九卷第二號（一九二三年二月），頁二八。
【二】紫瑚：〈現代的男女爭鬥〉，《婦女雜誌》第九卷第二號（一九二三年二月），頁三。
【三】游鑑明：〈千山我獨行？廿世紀前半期中國有關女性獨身的言論〉，頁一七九。

放逐。獨身是女性彈詞小說中的女性為了追求自我而選擇的生命形態，然而她們往往必須透過性別扮演、自我幽禁、自我放逐，甚至自我毀滅的極端途徑，才得以實踐獨身的理想。事實上，這三種極端人物在許多層面上是重疊的，例如酗酒是癲狂的一種形式，瘋癲是達到獨身的一種手段，幽閉是瘋癲與獨身的共同命運。這些衝破傳統價值與社會規範的極端人物在女性彈詞小說的文本邊緣出現，她們是畸零人物，是女英雄的對手，也是替身。這些極端人物豐富了彈詞文本，也將女英雄的想像更為立體化，是彈詞小說典範性建立的重要環節，我們若正視女性彈詞小說在明清敘事文學中的位置，那麼這些人物所牽涉的文學、文化與社會問題確乎應是我們探索的對象。

原題〈酗酒、瘋癲與獨身：清代女性彈詞小說中的極端女性人物〉，曾收入王瑷玲、胡曉真合編：《經典轉化與明清敘事文學》，台北：聯經出版公司，二〇〇九年。

還血與還淚

——女性敘事中的感情暴力

夢領貔貅隊，欃槍掃霧霾。師疑霆雹下，陣是鳥蛇排。關塞抒雄略，雲霄寫壯懷。鐘聲忽催覺，依舊著弓鞋。

——駱綺蘭，紀夢詩八首之七【一】

前言

清代女詩人駱綺蘭有八首紀夢詩，大致涵蓋了二十世紀以前中國閨秀所有難以企及的夢想。【二】駱綺蘭詩中所述及的主題，在很多女作家的作品也都有所發揮。例如科舉成名、立身朝堂的夢想，在清代女性創作的敘事文學中，出現頻率應當高居首位。另一方面，就像現代父母往往仍傾向讓男孩玩汽車與玩具槍，讓女孩玩洋娃娃一樣，女性多被認為——或期待——較為愛好和平，不喜歡戰爭廝殺。然而壯志凌雲、征戰沙場正是上引紀夢詩第七描寫的主題，而且，證諸清代女性的敘事作品，不少女作家也對這個題目頗有興趣。當然，除非身經離亂，大多數女作家對戰爭畢竟缺乏切身瞭解，而她們的虛構敘事作品也證實，女作家對戰爭的描述往往流於浮面、單純，或者純然出於遊戲之筆。歷來的批評很少注意女作家敘事作品中的戰爭描寫，其實也不很冤枉。不過，我以為雖不能奢求女作家記述戰場有驚世之作，但觀察女作家如何通過戰爭聯繫到其他主題，例如暴力與情感，反倒充滿意趣。彈詞小說是清代女性最常使用的長篇敘事形式，也是探索此一議題最好的媒介，本章便擬以此為材料，觀察女性敘事作品對戰爭主題及其延伸隱喻的處理。

韻文體的彈詞小說雖然不是女性專屬的敘事形式，但是二十世紀以前女性鮮少創作白話小說，【三】相對來說，女性的彈詞作品數量相當多，篇幅更為驚人，也多方觸及古典女性生命中的情感與經驗，因此，筆者認為就性別的意義來說，彈詞小說是一種與白話小說對等的形式。在一般的認知中，女性彈詞小說的主要關懷是女性命運、兒女之情與家庭生活。這麼說當然並不為過，畢竟大多數作品都是描寫理想化的女英雄在事業、感情、家庭各方面都獲得成功的故事。然而仍須留意，女性彈詞小說也涵蓋許多傳統上與女性關係較遠的主題，而戰爭正是其中之一。本章將討論女作家的彈詞文本如何表現女性對勇武豪壯的夢想，以及對戰爭的描繪。本

【一】駱綺蘭：《聽秋軒詩集》（一七九五年）卷二，頁二b。引自哈佛大學燕京圖書館「明清婦女著作集」網站（http://digital.library.mcgill.ca/mingling）。

【二】八夢的內容分別為天宮羽裳、讀書樓讀書、青衿掛榜、優曇習靜、瑤宮誦金經、渡海求仙、沙場征戰、耕桑力作。

【三】有關清代女性創作與閱讀白話小說的討論，魏愛蓮的著作最具代表性。參見 Ellen Widmer, *The Beauty and the Book: Women and Fiction in Nineteenth-Century China* (Cambridge, MA: Harvard University Asia Center, 2006)。

章最後，我將討論號稱中國最長敘事文學作品的《榴花夢》彈詞。這部作品卷帙浩繁，議題紛雜，對評者是很大的挑戰，之前也一直未有學者進行全面研究。筆者在此將集中於此文本中「血」的意象，如何在戰爭與情愛的主題中發揮雙重的隱喻作用。

文才武德，一肩雙挑——彈詞小說中家庭與戰爭的平行結構

陳端生的《再生緣》大概是最有名，影響也最大的一部彈詞。這部作品其實是一系列彈詞小說中的一部。《再生緣》是《玉釧緣》彈詞的續編，而《玉釧緣》則又是《大金錢》及其續集《小金錢》的續書（這兩部書的作者性別無法確定）。未完的《再生緣》以稿本形式流傳以後，女詩人梁德繩代為補成，以團圓收場。另一位女詩人侯芝應出版商之託，將《再生緣》編訂出版，之後又把原始故事大幅度改寫，題名《金閨傑》出版。後來，她又寫成一部續書《再造天》，再度挑戰陳端生原作中所表達的思考方式。又有一位邱心如，在熱切地讀過《再生緣》之後，傾半生之力創作了《筆生花》，試圖提供一個更加美好的女英雄版本。在這一系列彈詞作品中，多才的女英雄總是改扮男裝，在公共領域成功揚名。這個傳統一直延續到十九世紀末，在《金魚緣》、《子虛記》等女性彈詞作品中，經過轉化而繼承下來。雖然這幾部後期的作品不再公開引述《再生緣》作為創作的源頭，但是以讀者的角度看來，它們一無例外，仍然與

《再生緣》這部傑作的傳統進行對話，往往問的是同一個問題，而試圖提出不同的解決方案。大部分的女性彈詞小說研究，總是圍繞「女英雄的末路」這個問題打轉：曾經以男裝建功立業的女英雄，如何可能再著弓鞋，以婦人之身，操井臼之事？但是另一方面，一旦真身敗露，她又如何可能抵抗家庭與社會的壓力，拒絕回到閨閣中謹事蘋蘩？然而在這裡，我打算暫時擱置這個經典問題，轉而提出另一個要考慮的問題，亦即彈詞女作家究竟如何處理戰爭的描寫。要知軍功乃是彈詞女英雄的功業中不可或缺的一環，就算她自己不親上戰場，無論如何也要沾上點邊。因此，彈詞小說往往有一個平行情節的架構，也就是說，一方面寫家庭生活中的妻妾瑣事，一方面寫邊境上男女英雄的征戰。

正因如此，《再生緣》開首前幾回，剛寫到孟麗君男裝逃婚時，同時便要寫將門虎女的皇甫長華與母親以罪人家眷身份押解上京，在途中便遇見扮成男性的女強盜衛勇娥。兩個身手不凡的女子自此結為異姓姊妹，未來也將共圖大業。一方面要有才女孟麗君在朝當宰相，一方面要有長華、勇娥聯手平定江山，這也可以說是出於平行結構的要求。因此，在小說中，女將軍的角色是與孟麗君分庭抗禮的。然而，當陳端生寫到戰爭的時候，實在不免破綻百出。例如第十五回，陳端生如此描寫強盜頭子衛勇娥生擒帶領元朝大軍的劉奎璧：

寨主輕輕唸咒言，定身法術果非凡。

好一個，耀武揚威劉奎璧，霎時間，垂首呆呆立陣前。
枉執鋼刀難動手，空騎烈馬不能前。
喊聲不好我該死，今日裡，落在強人妖法間。
喝令諸軍來救我，元營將士應聲連。
催戰馬，磕征鞍，招展旌旗趕上前。
片片刀光搖日影，重重甲葉扣連環。
馬蹄滾地塵沙起，雉尾沖天雲霧旋。
吶喊一聲來救也，團團圍裡戰場前。
口唸真言三四番，寨主未待人臨近，
婉轉鶯聲呼站住，一般將士不能先。【二】

這一段文字清楚顯示，在描寫戰場時，陳端生還是只能訴諸法術，而無法直接描摹戰事，更不用說她對所謂法術的細節其實也是毫無所知，因此只能空洞地使用「咒言」、「真言」幾個詞彙。尤其是在小說的第六卷中，有好幾章專門寫戰爭，但是總歸不脫類似的格局，整個寫戰場的文字效果是相當貧乏的。

陳端生寫不好戰爭場面，雖然遺憾，卻不令人訝異。正如伍爾夫（Virginia Woolf）討論十

八、十九世紀女小說家時所說，女作家難免較男作家缺乏經驗。【二】要寫戰爭，不論男女作家，除非曾經身遭戰亂，否則便只能靠想像，而陳端生正是如此。有趣的是，對某些女作家而言，既然全靠想像，想像便可無邊無際。《再生緣》的前作《玉釧緣》就提供了一個例子。《玉釧緣》這部作品出於年輕女性之手，而最大的敘事特色本來就是專注細節，有時其細節描寫瑣碎到令人發笑的程度。即使是描寫場面浩大的戰爭，作者寫來也是玩笑自若，使人發笑之餘，亦自有一番淋漓酣暢。以第十九回為例。在這段情節中，因為大將謝玉輝失蹤，王景星緊急奉詔趕到北方邊境接替。叛臣朱亮與女真公主明華所率的軍隊實力堅強，很難取勝，因此戰場經驗老到的王景星決定放棄正面作戰，改採陷阱戰術。他的計劃是佯作荒佚無能，令宋軍假裝軍紀鬆弛，以使女真軍隊疏於戒備。之後，為了乘機偷襲朱亮與明華公主，王元帥預備了一場「百花踢毬會」，讓宋軍中的女兵女將們大跳豔舞，勞軍順便娛民。女真將領們為了刺探虛實，扮成宋國平民參加盛會，竟而陷入陷阱。這個計劃究竟有效，還是可笑，暫且不論，小說描寫的踢毬會倒值得一讀：

【一】陳端生：《再生緣》（鄭州：中州古籍出版社，一九八二年），頁二〇〇。

【二】Virginia Woolf, "Women and Fiction." *Women and Writing* (San Diego: Harcourt Brace & Company, 1979), pp. 43-52.

百花棚子起青雲，紅桂花幃造得精。
五彩羅飄風細細，八仙帶舞日沈沈。
彩結牡丹霞爛爛，羅星芍藥玉亭亭。
千花共擁雲三朵，萬錦同迎一日輪。
……
真是中華人物巧，棚成應標百花名。
……
明華公主心暗讚，番將眾人喜又驚。
……
番將番兵心羨慕，貪歡不敢動刀兵。

引文雖短，已足以看出文本中瑣碎細節凌駕敘事的傾向。細節使讀者的注意力轉向，突襲的緊張不再是重點，踢毬會的狂歡才是焦點，因為敘事者努力描述的是美艷的女戰士們裙飛鞋現，隨樂起舞：

四位夫人風度女，百花棚裡把毬拋。

彩雲片鞋尖起片，花萼紛紛鳳口開。
繡旂共起輕還疾，錦帶齊飄動更搖。
宛轉秋波飛鳳履，低迴翠帶展尖腰。
四個綵球不著地，此處抛時那處移。
風落桃花千片滾，□催楊柳萬枝搖。
彩棚只見香風亂，繡球惟有碎錦飄。
六十四門毬法妙，祥雲旋繞四多姣。
抛到急時人不見，萬軍踴躍把鑼敲。【一】

這段文字集中於舞者豔麗衣物的描述，而且充滿肉慾的暗示，遠遠抛離戰場的敘事框架。我以為作者純粹沈浸於細節的樂趣中。顯然，《玉釧緣》的作者與陳端生一樣，無法正面處理戰爭場面。不過，由於作者全心放在鳳履、錦帶等細節上，竟意外地造成令人啞然失笑的效果。

同時應該注意的是，這段文字在衣著、舞步等細節上下足功夫，顯然意在營造視覺效果。

【一】《玉釧緣》，頁四二b—四三a。

我以為，作者企圖以文字呈現的其實是一個放大的舞台。舞台的影響在彈詞小說描寫男女英雄戰場遭遇時，特別明顯。作者往往加意摹繪英雄兒女的容貌風度，更絕不放過如戲服般光華燦爛的盔甲與武器。下面的例子引自《再生緣》，描寫皇甫長華的母親尹夫人初次見到扮成男裝的衛勇娥：

但見他，黃金鎧甲身中掛，紮額平分龍兩條。
金線細盤紅箭袖，征衣輕罩錦雲袍。
粉底烏靴斜踹足，瓊田寶帶半垂腰。
左邊暗配青鋒劍，右首明懸金背刀。
結束鮮明奇打扮，生成英偉美豐標。
桃花嬌面生紅暈，柳葉長眉露翠微。
眼映秋波橫俊俏，鼻懸玉膽倚瓊瑤。
珠唇一點櫻桃小，粉頰雙含顏色嬌。【二】

尹夫人這時還只當這強盜頭子真是男人。見「他」如此偉奇俊美，尹夫人認定將來必是一代霸主，起心要把長華許配給「他」。當然，在傳統舞台上，我們尋常見到年輕的男女英雄在戰場上相會，彼此欣賞對方的風致，進而將武打動作與調情姿態融合在一起。台下的觀眾一方面觀賞動作精彩的武戲，一方面接受浪漫甚至豔情的暗示，從而得到樂趣。總的來說，女性彈詞小說中的戰爭描寫，很大一部分都受到傳統舞台的影響，視覺娛樂效果遠勝戰爭本質的呈現。

身被離亂的彈詞小說作者及其戰爭書寫

上一節討論所及是《再生緣》系列作品中的戰爭場面，基本上都是以娛樂效果為主。然而，在涉及世變動亂的彈詞作品中，戰爭的表現便遠為嚴肅，甚至令人膽寒。以明末或清末為歷史背景的作品往往如此。《天雨花》雖然不見得是清初時期的女性遺民所寫，但確實是唯一一部認真處理明代覆亡悲劇的彈詞小說。《天雨花》深度探索父女關係，以及才女女兒無效地爭取繼承父業的努力，並藉此暗寓傳統價值的崩毀。這部作品的歷史背景是明末，全作又深銜哀惋終結的情緒，讀者因此可能期待小說中出現戰爭的描述。但事實上，小說直到最後幾章寫到流寇時，才開始直接處理全國性戰爭的問題。另一方面，與上一節幾部作品不同的是，

【一】《再生緣》，頁一〇三。

《天雨花》中的女性人物並不上戰場，唯一會打仗的女性角色是一個鬧劇型的女山賊。雖然不直接寫戰爭，但敘事從一開始就是明代逐漸走入終結，而整部小說的所有事件，也都在末日漸近的烏雲籠罩下。由於末日將近的氣氛濃厚，小說最主要的女性人物左儀貞向父親求得盤龍軟劍，隨身佩帶，以備亂時保身。這把盤龍劍深具象徵意義，因此，儀貞求劍代表的是父親將權威移轉給女兒，或者說，女兒暫時借用了父親（小說中絕對正面的人物）的陽性力量。儀貞得劍以後，「縫一錦囊，把劍盤曲如盞口大小，盛在囊中，繫於裙帶之上」。【一】姊妹們嘲笑她身懷兇器，但儀貞則認為時難國危，「人生在世，哪裡說得盡？」果然，在第十一回，儀貞用此配劍斬下花園中樹妖的手臂，救了一眾姊妹。然而這只是小試身手，盤龍劍真正的大用在第十五回，儀貞被篡位的奸臣鄭國泰所俘，竟能趁機用暗藏的盤龍劍斬其頭顱，化解了國家的危機。儀貞的父親左維明是小說中的最高道德權威，這項英勇事蹟可說是儀貞代行父職，完成保君衛國的使命。在《天雨花》中，女性的位置被嚴格規範在閨閣之內，因此，象徵的意義上，儀貞不只為了國家而戰，也是為了打破自身的限制而戰。總之，雖以明末為背景，《天雨花》中的戰爭其實不在寫實的意義上產生。

在筆者所閱讀過的女性彈詞小說中，兩部晚清作品對戰爭題材的處理方式較為特別。顯而易見，晚清作品描寫戰爭較為寫實，歡笑式的娛樂感不再，蒼涼感取而代之。第一部作品是周穎芳（？—一八九五年）的《精忠傳》。【二】周穎芳是鄭澹若（一八一一—一八六〇年）之女，鄭寫過《夢影緣》彈詞，於一八四三年出版。【三】周穎芳一生遭遇兩次大悲劇，都與戰爭有關。一八六〇年，周穎芳的母親鄭澹若在太平軍攻入杭州城時自殺，周穎芳得訊，哀傷幾絕。【四】一八六五年，她的丈夫嚴謹（？—一八六五年，字子衡，號叔和，浙江桐鄉人）在貴州，為平撫苗變而殉職。之後，周穎芳攜子女移居浙江以終。【五】她花了後半生近三十年的時間完成《精忠傳》彈詞，大約一八六八年開始，直寫到一八九五年，而她自己也在這一年辭世。【六】也就是說，寫作《精忠傳》期間，正是周穎芳個人的慘淡時光，恰也是晚清危機重重的時代。

《精忠傳》以彈詞形式重述岳飛故事。岳飛身後不久，他的故事便開始以口頭流傳，不過

【一】《天雨花》（鄭州：中州古籍出版社，一九八四年），頁四二八。

【二】《精忠傳》遲至一九三一年才由周穎芳的兒女及女婿編校後，由上海商務印書館出版。

【三】根據葉德均，澹若是鄭貞華的字。參見葉德鈞：〈彈詞女作家小記〉，《戲曲小說叢考》（北京：中華書局，一九七九年），頁七四六—七四七。王蘊章則稱鄭澹若是「夢白中丞之女」。同時她也是清代女詩人王瑤芬（著有《寫韻樓詩抄》）密友。參見王蘊章：《然脂餘韻》，收入《清詩話訪佚初編》（台北：新文豐文化出版公司，一九八七年），八冊，頁四一一。

【四】李樞：《精忠傳．序》，一九一一年。

【五】李樞：《精忠傳．序》，一九一一年。

【六】李樞：《精忠傳．序》，一九一一年。李樞的消息來源，很可能來自周穎芳的姪子。

最早的文本當是熊大木於一五五二年編纂出版的《大宋中興通俗演義》。【一】晚明動盪時期，此書出現許多版本。【二】流傳最廣的岳飛故事是《精忠演義説本岳王全傳》，一般簡稱《説岳全傳》，有一六八四年金豐的序。這個版本影響了清初以後所有關於岳飛的文本，【三】包括周穎芳的《精忠傳》。在清代，岳飛故事當然相當敏感，《説岳全傳》也在禁書之列。【四】雖然被禁，岳飛故事仍然廣泛流傳，而清朝政府必須將其轉化成有利於朝廷的忠君思維。【五】

《精忠傳》描寫戰事，基本上依循《説岳》的架構，幾次經典戰役都沒缺席。然而，周穎芳的描寫以展現氣勢為主，並未發揮彈詞重視細節的敘事特性。例如第三十二回寫高寵挑滑車，小說如此表述：

行來將近那營門，早有小番飛報去。
哈鐵龍命速推輪，一聲令下滑車出。
高寵不識利害深，當先奮勇將槍舉。
挑起滑車打轉身，又挑二輛滑車子。
挑去挑來手不停，共拒鐵滑車十一。
雄心不減半毫分，挺槍再拒滑車子，正待高挑卻不能。
坐下馬匹力已盡，噴紅不絕倒埃塵。

高寵此時難自主，墮騎身被鐵車傾。
可憐年少英雄將，戰死沙場慘不禁。【六】

挑滑車事件是個人英勇的表現，其動作是極為形象的，而且十一次的挑車動作，應在重複中仍有變化。這在舞台的表現中清晰可見。而作者僅以「挑去挑來手不停，共拒鐵滑車十一」兩句，便交待了高寵從頭到尾的挑車動作，幾乎跳過了所有的細節。第四十九回寫楊再興誤陷小商河也是類似的情況。描寫楊再興連殺雪裡花南等番將四名，小說如此敘述：

【一】最早的版本是一五五二年版，有熊大木序。參見《中國通俗小說總目提要》（北京：中國文聯出版公司，一九九〇年），頁五六。

【二】如《新刊按鑑演義全像大宋中興岳王傳》、《岳武穆精忠傳》、《岳武穆盡忠報國傳》。參見賈璐：〈岳飛題材通俗文學作品摭談〉，《岳飛研究》第三輯（一九九二年），頁三三七—三三八。

【三】參見杜穎陶、俞芸編：《岳飛故事戲曲說唱集》（上海：上海古籍出版社，一九八五年），頁六。

【四】參見王利器：《元明清三代禁毀小說戲曲史料》（上海：上海古籍出版社，一九八一年），頁四八；李時人：《中國禁毀小說大全》（合肥：黃山書社，一九九二年），頁二五九。

【五】乾隆便曾著〈岳武穆論〉，將岳飛稱為與日月同光的忠貞英雄。參見李漢魂編：《宋岳武穆公飛年譜》（台北：台灣商務印書館，一九八〇年），頁三六七。

【六】周穎芳：《精忠傳》，卷上，頁二三三。

未滿一時誅四將，再興奮勇果非常。
當時嚇殺胡兒輩，抱頭鼠竄盡張皇。
再興如入無人境，鐗打槍挑殺氣昂。
屍橫遍野諸番卒，自相踏踐太慌忙。
眾番兒是逃生向北尋歸路，楊再興矯矯銳氣勇無當。【一】

大致表現楊再興萬夫莫敵的氣概。然而寫到小商河一段，小說卻只以先彈詞體提到楊再興憤起追敵，「揚鞭催動長征馬，不計嶙峋道路長。雪滿關河難辨界，將軍可惜陣前亡」，繼而再以散文說明小商河都是淤泥敗草，「被雪掩蓋，不分是路是河」，楊再興快馬跌入河裡，「連人帶馬陷在淤泥之內，欲出不能。那些番兒看見，萬矢齊發，可憐楊再興連人帶馬，射得如柴蓬的一般」。【二】這樣的敘事不出《說岳》框架，雖然交待了發生的事情，但對誤陷小商河當下的動作、反應、情緒等等，一概都不敷演。彈詞在敘述動作時慣於「停格」，再以慢動作分格處理，因此才有描寫小姐下樓要說書三天這樣誇張的說法，書面化的彈詞小說不至於如此，但是細部處理動作是很常見的，前文所引《玉釧緣》寫踢毬陣便是一個例子。因此，《精忠傳》寫戰爭場面偏向精簡敘述，反而是與彈詞慣例不同的。這樣的敘事態度，在寫到鉤連槍、鐵浮陀等經典場面時（第五十四回），大致也是不改本色。再以第三十六回寫梁紅玉金山擊鼓為例。

這是女英雄本色的場面，照理說作者必會特別用心處理。事實上，周穎芳的確以較大的篇幅描寫黃天蕩一役。她首先以散文寫梁夫人調兵遣將，將船分為六十四隊，看中軍白旂暗號，又在大桅上架起鼓樓，自己「踏著雲梯，把纖腰一扭，蓮步輕勾，早已到桅杆絕頂，離江面有二十多丈，看著金營人馬如螻蟻似的。那裡動靜，一目了然。江南數十里地面，被梁夫人看作掌中地理圖般」。之後，再以彈詞七字體寫梁夫人擊鼓：

梁氏在桅頻遠眺，暗令三軍啞戰征。
近將箭射屏聲息，礮打他船遠遠兵。
吶喊金聲皆不用，引近焦山可就擒。
兀朮乘舟心暗異，韓營寂寂靜無聲。
疑時忽聽驚天礮，箭似飛蝗躲未能。
番船四散尋生路，高桅鼓打勝雷鳴。
號旂角上燈球亮，軍隨旗轉拒番人。

【一】《精忠傳》，卷下，頁一〇三。
【二】《精忠傳》，卷下，頁一〇三。

韓爺帶領雙公子，戰船三路夾攻臨。
可憐兀朮難招架，上天入地兩無門。
潛行退進黃天蕩，那知有進無出門。
紅玉高桅觀仔細，料思兀朮可成擒。
纖腰玉軟流香汗，半偏雲髻喘嬌聲。
將鎚輕放回蓮步，下桅臨鏡整精神。
今朝喜煞韓元帥，拜服夫人女俊英。【一】

對此一場面的經營，在《精忠傳》已經算是較為鋪陳細節的段落。不過，雖然敘事提到梁夫人流香汗、發嬌喘等女性化的細節，但是對於梁夫人「擊鼓」動作本身，以及其聲響效果，卻只有「勝雷鳴」一語形容而已。也就是說，即使情節發展到金山擊鼓這樣為女英雄生色的場面，周穎芳也並未見獵心喜，更未像《玉釧緣》作者那般被細節的樂趣牽引而去，而是一以貫之地保持了《精忠傳》精簡直接的敘事風格。當然反過來說，周穎芳選擇了彈詞這個體裁，便是要訴求熟悉這一體裁之敘事特色的讀者，然而她卻又特意與這些特色保持距離，這確是很有趣的現象。

根據李樞的序，周穎芳寫《精忠傳》本來就是基於強烈的歷史感懷，在欽佩關羽、岳飛忠義精神之餘，思以岳飛小說扶正時俗。【二】這話雖有點陳腔濫調，但周穎芳寫這部小說以歷史意識當先，確是事實，這當然也與她個人遭遇以及清末的時代有關。這一情況顯然主導了周穎芳的寫作策略與敘事風格，可以解釋《精忠傳》為何不在細節上多所發揮。不過，這並不是說《精忠傳》完全不利用彈詞小說這一敘事體裁的可能性。例如，與《說岳》不同的是，《精忠傳》在戰爭之外，同時處理岳飛的家庭生活，而且在這方面給予許多細節描寫，幾乎自成一條情節主線。同時，在《說岳》中，岳飛的家人是面目模糊的，但在《精忠傳》中，岳母、岳夫人、岳小姐都被賦予明確的性格與重要性。換句話說，在處理戰爭時，周穎芳受《說岳》的影響很深，以大筆表現戰爭場面的速度與壯烈，但同時作者仍以較細膩的筆觸，敘述英雄家居的另一面，因此展現了彈詞小說的特質。

第二部晚清彈詞小說是彭靚娟的《四雲亭》。該書有一八九九年序言。小說的歷史背景設定在明末，講述趙繼龍在一連串的奇遇中，娶了四名名字裡都有一個「雲」字的妻子。四名妻子各有所長，而且都是文武兼備，在妻子們的協助下，趙繼龍為明朝保住最後十二年江山。然而，當流寇遍佈，事不可為，趙繼龍等人決定乘桴浮於海，最終一家人在海島安身，永與中原

【一】《精忠傳》，卷上，頁二五九。
【二】李樞：《精忠傳．序》。

斷絕。

據夏曉虹的研究，彭靚娟是晚清上海一位思想前進的女性，曾公開支持婦女教育。【二】《四雲亭》出版時，邀集了六位閨秀題詞，以抬高身價，其中一位嚴杏徵，正是周穎芳的女兒。彭靚娟在閨秀社交圈大概有一定的地位，但是如此大張旗鼓，其實跟她出身側室也有一定的關係。在小說中，彭靚娟跟其他彈詞小說家一樣，不遺餘力地稱揚女性的才能。不過，扮裝、家庭生活細節，以及多妻家庭中的人際關係等傳統女性彈詞主題不再是《四雲亭》關心所在。這部小說的主要關懷是混亂政局、天災人禍、流寇、戰爭以及海防等等。小說發展到接近結尾時，趙繼龍及妻子們眼見局勢危險，便盡傾家財，成立鄉團，以備參加護國戰爭。小說完成於一八九九年，作者寫作時回應時局的意圖十分明顯。在強烈的危機意識下，作者提出各種穩定秩序的假想，而她所想像的英雄世界，卻是充滿了險峻的暴力的。

小說二十四回，可略分為三大節。第一節由第一回到第十三回，寫天啓年間，各方動亂四起，趙繼龍先遇到劍仙耿雲佩，又透過雲佩與盜魁李雲素結婚，並與其攜手從軍，共平流寇。雲素並帶領禁衛軍，力保崇禎皇帝登基。趙繼龍原配劉雲翠才高八斗，自願投入奸臣門下臥底。同時，宰相女兒崔雲鳳則力勸父親棄暗投明。到第十三回結束時，天下底定，魏忠賢伏誅，四雲與趙繼龍共結連理。接下來的第十四回到十九回是轉折期，寫趙繼龍等人退隱回鄉，營建自己的理想家園。十九回以後，進入小說的結尾。此時天下又亂，流寇蜂起。趙家雖然訓練鄉勇，與流寇激戰，但已無力回天，最後全家流亡海外。

彭靚娟在小說中對戰爭的主題多所發揮，這一點，小說所附署名「新安江干獨釣客孫武後裔」所寫的〈鏡湖閒評十則〉，特別予以評述，並不吝稱讚：

說部演義之善言戰者，《列國》、《三國》、《水滸》，過此寥寥焉。是書所陳兵戰，只昭忠信、厚口糧、精器械、重賞罰十二字，而其用則只知己知彼、攻其不備八字。是皆七子精義，而散衡軍尤能致勝。雖以今日西法盛行，竊蓋代之動，終不踰此數語。【二】

把《四雲亭》中的戰略與《三國》、《水滸》等著名小說相提並論，算得上美言了。的確，至少就彈詞小說而言，《四雲亭》寫戰爭，不但篇幅多，而且手法也遠較其他作品成熟。周穎芳的《精忠傳》雖然也寫戰爭，但畢竟是本於《說岳》。下文將討論到的《榴花夢》彈詞也愛寫戰爭，但是涉及神怪之處極多。彭靚娟在自序中，自稱早年「從郎萬里，戍鼓驚霜」，看來她對兵事或曾稍有接觸，藉小說寫戰爭場面的興趣，也多少與此早年經驗有關。

【一】夏曉虹：《晚清女性與近代中國》（北京：北京大學出版社，二〇〇四年）。

【二】《四雲亭．鏡湖閒評十則》，頁二 a。

彭靚娟不但愛描寫戰爭，更愛寫暴力與流血。有趣的是，雖然小說第一部分的主要情節是李雲素領兵作戰，但作者筆下的戰爭場面並不太血腥，只是往往誇張死傷之慘。例如第五回寫火攻燒船，「三萬賊焦頭爛額，叫苦連天，逃到江邊，大船上盡都起火，公子督隊如牆而進，可憐不是燒死，便是逼下水去，竟沒一軍逃脫」，天明後趙繼龍與雲素「騎馬看看，賊屍足有三四尺厚」，善人之家出身的趙公子看了如此傷生之事，不覺淚下。【一】雖寫勝利，卻無喜樂，這是《四雲亭》對戰爭的基本態度。反倒是國家戰事結束，英雄們在返鄉的路上，一路斬奸除惡，敘事才出現對極端暴力的細節描述。首先，第十四回中，未習武事的劉雲翠遇到與響馬勾結的魏忠賢餘黨，她運籌帷幄，收服流匪，誅除餘黨。敘事者因此讚美她：「美雲翠生來多才幹，他平生殺人當戲頑」。【二】雲翠多才，早在之前的情節中已有許多發揮的機會，但作者似乎認為，唯有讓雲翠表現殺人不眨眼的氣概，才能證明她的女英雄地位。在下一回中，趙繼龍搭救了一個被惡僧綁架的女子，並下令將惡僧「五體分屍」。他的三位妻子「立在簾後，暗暗吐舌說：『公子一介書生，卻這樣膽壯，真是難得！』」【三】原來趙繼龍的才幹遠不及妻子，這一次殘忍的行動終於讓他有機會證明自己的膽識。而妻子們目睹分屍的慘況，也無所驚懼。第十六回輪到女將軍李雲素表演。她夢見身為盜首的兄長控訴遭到殺害，便繞回山寨，一探究竟。原來嫂嫂「母大蟲」串通外人，害了李大王。李雲素於是發兵攻下山寨，活捉姦夫淫婦及其黨羽，然後演出一場活殺祭兄的儀式。作者寫這場祭拜，以殘酷血腥為能事：

叫把兩賊右手砍下綁起，……叫把醜蟲右手砍下，一同綁著。……滿堂掛白，兩旁嘍囉排立，雀鳥無聲。銀安殿左邊停了棺木，右邊擺列靈位。……雲素坐了公案，十餘個嘍囉把醜蟲等赤條條抬出來，對靈跪下。……把三個胸腹一刺，取出血淋淋三顆心來，擺在靈前。……此時公子等坐在樓上，捲起珠簾，焚著寶香，看到此處，暗暗吐舌。……十餘個嘍囉把三個屍首拖出，剁為肉泥，拋下山溝去餵蛇蟲。……雲鳳道：「素姐姐真是英雄女，作事實在痛快！」雲翠道：「難得他慌忙之中，卻是清清靜靜，一絲不亂，他日安邦定國，也當如此。」……崔夫人道：「向在京師，看演武松殺嫂，莫說真假不同，實在沒有這般快活！素夫人真是奇人！」【四】

砍手、挖心、剁泥等舉動，比前一回的分屍更殘酷，把暴力與英雄對等起來。正如崔夫人所說，這場活祭的描寫，全從「武松殺嫂」而來。崔夫人回想起在京中看戲的經驗，而眼下這群人「坐在樓上，捲起珠簾，焚著寶香」，豈不是也在看戲？的確，這根本是一場證明雲素英

【一】《四雲亭》，第五回，頁八a—b。
【二】《四雲亭》，第十四回，頁三b。
【三】《四雲亭》，第十五回，頁四a。
【四】《四雲亭》，第十六回，頁八b—一〇a。

雄蓋世的表演。流血、暴力與殘酷是雲素英雄氣質的表現，甚至還是「安邦定國」的要件。雖然慘烈暴力描寫的原意是為了追求穩定的秩序，但是在小說中，此處所有的血腥其實只是預示了即將到來的天崩地裂，以及帝國崩毀過程中更多的殘暴事件。

小說第二部分描述趙繼龍回鄉後，在短暫的和平時期，與妻子共築理想家園。他們的莊園治理有法，經濟獨立，禮節井然有序，並且具有武裝自衛的實力。理想家園實現不久，鄰近各省出現旱災，國家動亂又起。趙家認為國家已無力保護地方，緊急組織鄉勇以保護家園。當流賊過境時，雲素率鄉勇劫營，大勝賊兵，然而戰勝之餘，雲素「只見屍橫綠野，馬匹死的無數，生的散在田中吃麥。七個草營，一片灰土，殘鍋碎碗，堆積滿地。夫妻灑淚一番。……可憐這二十里中，不惟無賊，抑且無民」。【一】如此劫後景象，使得這場勝利毫無光彩，只剩蒼涼。隨後，流賊劫掠南方各省，雲素奉詔勤王。然而，社稷傾毀，其勢已不可免，因此趙家雖然傾家報國，卻是充滿悲劇意識，連戰無不克的雲素也對朝廷承認「疆場之上，有進無退，有死無生。至於勝負輸贏，非臣妾所能預定也」。【二】二十三回以後，軍情緊急，小說以彈詞體表示：

> 四路文書如雪片，救兵猶如救火然。蘇杭一帶全糜爛，兩廣三月不見天。月前又復陷福建，松江上海難保全。文官投降武官竄，湘湖一路是狼煙。【三】

小說仍以超乎現實的尺度誇張雲素的戰功，說她：「流賊全不能戰，一經對壘，如殺豬羊一般，杭州福州廣州一帶，……無不消魂散魄，……。一直戰到次年四月，三路將帥都在杭州取齊跑了紅旗二十五次，奪回城池百七十座，約殺流賊百二十萬，搶來軍裝馬匹一概變賣，合些糧餉，共有八百餘萬。」【四】之後，戰情急遽逆轉，李自成大軍大南下，雲素在常州，但聞蘇杭已失，賊兵圍城。小說描述雲素等試圖殺出重圍，「一齊衝進賊營，亂砍亂殺，血流成河，午天無光」，最後潰圍而出，數騎逃至高處時，只見：

> 卻有個古廟，彼此下馬，就空階坐歇。渾身鮮血淋漓，西風驟起，毛骨悚然。黃葉滿山，悽悽瑟瑟，如鬼如夢。坐了一刻，雲開月出，回望常州，昏昏沈沈，哨樓上紅燈尚在。【五】

【一】《四雲亭》，第十六回，頁一〇a—一〇b。

【二】《四雲亭》，第二十二回，頁八b。

【三】《四雲亭》，第二十三回，頁四a。

【四】《四雲亭》，第二十三回，頁五a。

【五】《四雲亭》，第二十三回，頁七a。

此處，作者企圖在帝國崩毀的前一刻，營造一個鬼魅森森的氣氛。從「不唯無賊，亦且無民」的無奈，到「悽悽瑟瑟，如鬼如夢」的恐怖，《四雲亭》的戰爭書寫，確實體現了晚清特有的末日迫近的緊張感。

戰場如情場——《榴花夢》中血的隱喻

在長達三百六十卷的《榴花夢》中，血是戰場與情場的共同語言。《榴花夢》的情節與表現方式是奇情式（fantasy）的，小說中不但有很多激烈戰爭的描述，也用最極端的方式探測情愛的深度。情愛之深，唯有用人體內溫暖的血液才能定義與表達。不妨說，血在《榴花夢》中的作用，一如《紅樓夢》中的淚。在《榴花夢》中，情場比戰場更為慘烈，而戰爭的表現方式，則好似一場神奇的戀愛。

《榴花夢》的篇幅本身就是一個傳奇。三百六十卷，至少有五百萬字。【一】作者署名李桂玉，她的自序與女性友人陳譸松的序都是一八四一年。根據兩序提供的資訊，李桂玉出身隴西，嫁到湖南，最後隨夫定居於福州，晚年以教女塾為生。她完成了《榴花夢》前三百五十七卷，雖然未完，但在福州當地傳抄很廣，深受婦女歡迎，據說有些女性還以《榴花夢》抄本作嫁妝。【二】到了二十世紀三〇年代，才有人補成最後三卷。【三】

小說的歷史背景是中唐以後，講述幾個世家家族中的英雄兒女，他們彼此結拜、通婚，並攜手解救陷於閹宦、外戚、奸臣與外敵等重重危機中的帝國，之後各自列土封王，而他們的下一代又是新的一批少年英雄。女性彈詞小說大多「為女性張目」，《榴花夢》也不例外。小說中眾多女英雄縱橫全局，「他」們先在宮廷中擔任后師，後來在長年征戰中，率軍擊敗外敵或國賊，而丈夫們則在麾下聽令。不只如此，男性英雄不論在道德、智力或武功上，都遠較女英雄們遜色。作者顯然希望她創造的女英雄在各方面都震古鑠今，尤其核心人物桂恆魁更被稱為古今女性的最高典範，成就超過歷代聖王、哲后、賢臣與名將。【四】然而，在小說中，這一切功業並未使桂恆魁的心靈得到滿足。事實上，小說最後安排她為了超脫身為女性的生命困境，決

【一】鄭振鐸在《中國俗文學史》中將《榴花夢》稱為「評話」，不過鄭氏本人其實並未讀到該文本。參見鄭振鐸：《中國俗文學史》（上海：上海書局，一九八四年），頁三八一。阿英也說《榴花夢》是最長的彈詞，參見阿英：〈彈詞小說論〉，《小說閒談》，頁三六，收入《小說閒談四種》（上海：上海古籍出版社，一九八五年）。

【二】有關抄本的流傳，參見譚正璧：《評彈通考》，頁三二六；陳建才編：《八閩掌故大全》（福州：福建教育出版社，一九九四年），頁一五〇—一五三；關德棟：〈李桂玉的榴花夢〉，收入《曲藝論集》（上海：上海古籍出版社，一九八三年），頁四〇—四六。不過，在清代，此書的流傳限於福建地區。

【三】翁起前與親戚楊美君合作補成《榴花夢》。參見王鐵藩、張傳興：〈訪榴花夢續作者浣梅女史〉，收入譚正璧編：《評彈通考》，頁三二六—三二七。

【四】李桂玉：《榴花夢．自序》（北京：中國文聯出版公司，一九九八年），頁一一一—一一二。

心離棄塵世，返歸仙山，因此決心求死。不少現代學者認為陳端生本來有意在《再生緣》中安排進退兩難的孟麗君吐血而死，以凸顯女性的困境，然而陳端生並沒有機會這樣寫。《榴花夢》讓女主角以死解脫，這是具有突破意義的。

桂恒魁與許多彈詞小說的人物一樣，都曾扮成男裝，獲取功名。不過，她一生最大的成就卻都是汗馬功勞，這便與其他彈詞人物不同了。小說中，桂恒魁在少女時代便在仙人指點下修習武術，還曾打敗精怪。當然，由此可見，《榴花夢》中的奇幻成分是相當高的。筆者以為最有趣的是，這部小說多寫戰事，對「血」的意象也特別有興趣，而「血」與「戰場」又進一步與情感聯繫起來，使得「血」最後成為情感濃度的隱喻。

純就戰爭的描寫而言，《榴花夢》一方面慣於敷演神怪鬥法場面，一方面喜歡鋪陳對陣雙方的容貌盔甲，更不放過對話與情緒。這當然與《玉釧緣》、《再生緣》等一系列女性彈詞小說在同一個脈絡中，而《榴花夢》在篇幅與想像力的幅度上，又都較其他作品更勝一籌。試舉小說對女扮男裝的英雄桂恒超離營出戰的描寫為例：

身披金甲龍鱗現，頭頂金盔鳳翅飄。
錦袍緊束黃金帶，前後雙輝寶鏡明。
懷存令箭流星火，手提一杆紫金槍。

英武昂昂人怎及，飄飄降世二郎神。
催動金鞍飛馬快，西苗營寨在跟前。
對對刀槍迎旭日，層層旗幟捲春風。
招討橫槍輕勒轡，口誦仙家變化奇。
迎風一閃分身妙，化成二十四恆超。
一樣金槍披鎧甲，同跨龍麟錦戰駒。
齊聲喝道西苗賊，快些躲避讓歸城。
擺動神槍來勢猛，挑倒牛皮虎帳篷。
無數苗兵同發喊，湧集前來各舉刀。
恆超手起金槍耀，挑死西苗數十人。
一齊吶喊如蜂亂，鼓聲響處有英雄。
出馬苗邦雙大將，威風凜凜氣昂昂。
各提兵器高聲問，來將通名莫逞能。
恆超也不回言答，手起神槍照面挑。
兩次金光人落馬，殺了苗邦二將官。
踹倒旌旗有怎阻，催鞍又進一層營。

耳聞喊叫如雷震，飛來苗國一英雄。
虎背熊腰雄赳赳，蠶眉豹眼勇騰騰。
手輪雙斧來交戰，隨帶精兵把路攔。
恒超早已催鞍到，迎面金槍閃閃飛。
照定敵人斜刺入，卻中咽喉跌下鞍。
西苗兵卒魂飛散，齊聲發喊各先逃。
如飛入報都元帥，招討飛鞍又一層。
但聽鼓聲敲不絕，不知出馬幾多人。
一派紅纓遮密密，鑾鈴處處有英雄。
來了西苗十八將，執劍提刀勇似龍。
都叫何方年少將，快下金鞍莫妄為。
卻聽鑾鈴聲振處，紛紛都是桂恒超。
同著金盔金鎧甲，龍駒戰馬挺金槍。
驚了苗邦諸上將，不知誰假與誰真。
各舉利刀攔去路，中軍招討展神通。
神槍北指宣仙術，火輪萬道似飛來。

烈焰騰騰燒得急，狂風滾滾助威狂。
西苗八將難遮抵，招討神槍早已臨。
左勾右撥無虛落，苗邦墜馬五將軍。
發喊一聲回馬走，苗兵苗卒散紛紛。
英雄招討真無敵，匹馬單槍勇絕倫。
催動火球翻上下，層層營帳起迷煙。
萬重黑氣沖霄漢，一道紅光捲碧空。
蕩破三層圍子寨，衝開八面虎狼軍。【一】

此處引文甚長，其實是反映了《榴花夢》的敘事風格。小說極力鋪張桂恆超的容貌金甲，威風凜凜，搭配鼓聲隆隆、鈴聲刺耳、殺聲震天的音響效果，以及碧空、紅纓、烈焰、黑煙的視覺背景，然後敘述（二十四位！）金甲將軍手執長槍、連踏三營的爽利威猛，總之，為了達到熱鬧兩字的閱讀效果，小說作者絕不吝惜費去少許篇幅，堆疊幾個花俏詞彙。如果我們繼續讀下去，將會看到苗邦主將桂騰先出現，與桂恒超先禮後兵，陣前不忘鬥口，然後恒超先使槍

【一】《榴花夢》，頁九二一—九二二。

法，後用仙器，最後踹破苗營十八座，熱鬧滾滾的程度更勝於前。這是一個極為典型的例子，《榴花夢》中的戰爭場面，大致都以這樣的形式處理。可以說，《榴花夢》已將彈詞小說戰爭場面舞台化的傾向發揚光大。

回到戰爭在《榴花夢》中隱喻的層面。首先，半生戎馬的桂恆魁一直深信自己在戰場上殺人如草芥，雖然是為了保衛國家，但仍然血債深重，將來必然不能長壽。同時，桂恆魁對曾與她在戰場上同生共死的結拜姊妹懷有複雜且強烈的情感。姊妹之情（sisterhood）在女性彈詞小說中是很常見的主題，常常以扮裝婚姻關係中假鳳虛凰的方式表現。《再生緣》中的孟麗君與蘇映雪，或者《筆生花》中的姜德華與謝絮才都是很好的例子。這些假鳳虛凰的兩女關係，在小說中被描寫為和諧親暱，遠比男女婚姻來得美滿。在一八七一年的《金魚緣》彈詞中，女作家甚至將兩女關係盡情發展，當女扮男裝的「丈夫」決心永不易服後，另一位女性也欣然接受，願意永遠扮演「妻子」的角色。然而，以上舉出的各個例子，都無法與《榴花夢》中桂恆魁與其結拜姊妹桂恆超之間糾纏難解的情感相提並論。恆魁與恆超的關係發展，一路都以戰場為背景，而且她們的情愛深度，必須以淚水、血肉，以及生命來試煉與證明。

《榴花夢》篇幅太長，情節也太過複雜，無法有效地簡介給現代讀者。本章所能集中處理的問題，局限於桂恆魁（原名桂碧芳）、結拜姊妹桂恆超（原名梅媚仙）與她們兩人共同的丈夫桓斌玉身上。三人彼此具有表親關係，後來又結成夫妻，然而他們之間的關係始終隱含著戰爭的元素。

恆魁與恆超都是斌玉的表妹。斌玉最先與碧芳（後來的恆魁）訂婚，因為碧芳誤傳死訊，才又與媚仙（後來的恆超）訂婚。不久後，媚仙被皇帝賜予鄰國和親，在邊境又傳出她不從自殺的消息。事實是兩名女子都奇蹟式地獲救，而且還有緣相遇，兩人決定扮成兄弟，改換姓名，進京求取功名。結果恆魁得中文狀元，恆超得中武狀元。之後，唐王朝受外國武力威脅，恆魁與恆超便雙雙請纓。而她們共同的未婚夫斌玉這時已經得知兩人的真實身份，也自願加入大軍，在恆魁帳下聽令。此後超過八年的時間，這三人都在邊境並肩作戰，同時發展出既親密又緊張的三角關係，終三人一生，都是如影隨形，無法圓滿解決。

究竟如何定義他們的關係呢？首先，恆魁與恆超之間的關係是具有多重可能的。兩人初遇時，決定結拜姊妹，而且已知兩人的訂親對象是同一個人。她們互稱「金蘭」，這當然是一個形容異姓姊妹之情的套語。再者，由於兩人決定一同扮裝，因此在不知情者的眼光中，「他」們是親兄弟。此後，不論在公開或私下場合，兩人都習慣互稱兄弟。最後，兩人的情感深厚，糾纏不清，不管是互動方式或者內心世界，都是一對情愛纏綿的愛侶。當然，最後這層關係存在著致命的障礙，便是兩人的未婚夫斌玉。斌玉對恆超特別鍾情，這造成無盡的困擾——並不是因為恆魁與恆超都要在斌玉面前爭寵，而是因為斌玉與恆魁始終競爭著得到恆超的芳心。一場情愛大戰於焉開始，即使多年後，恆魁與恆超的真實身份被揭露，三人結成夫妻，但他們的戰場仍然延續。

在小說中，恆魁慣於將恆超形容為「千古多情」，或者「絕世多情」，而自稱「千古無情」。不甚專情的斌玉並無情場封號，姑且稱之為濫情。恆超的多情對象，最主要是恆魁，但對斌玉也十分留情。另一方面，當恆魁自稱「無情」，她的意思其實是對異性愛情有疏離感，尤其不甘心在婚姻中扮演妻子的角色。恆超源源不絕的感情，總是以各種溢流的體液來表現，尤其是淚與血。小說通篇，當其他人評論恆超的個性時，總是說他之所以有顛倒眾生的魅力，除了美貌以外，正是他多情、多心、多慮、多病、多淚等等特性。如此形容，除了《紅樓夢》中的黛玉，還有誰當得呢？甚至，當恆超以男子身份在戰場上揮軍進攻時，敘事者也描寫他眺望遠方，滿眼淚水，心中懷想著思念的對象，或者是恆魁，或者是斌玉。相反的，恆魁總是一派冷淡收斂，好似他缺乏情感，或者無血無淚。

同為多情，林黛玉來到世間是為了還淚債，而霜女臨凡的恆超則是來還血債。恆超流血的場面極多，不論戰場或情場，讀者總是見他熱血流瀉。首先，恆超本有吐血之症。這個病根應種自唐王下令梅媚仙和親，媚仙因為自己已經訂親，痛心疾首，不覺吐血。【一】此後，她在從京城到邊境的路上，便不斷吐血，成了一種慢性病。扮裝為男子，奉旨領軍到邊境作戰以後，恆超曾有一次因為擔心出征的斌玉的安危問題，竟然吐血如泉湧，險些死於極度焦慮。【二】不過，在此一事件之後，恆超的血都是為了恆魁而流的。例如，當恆魁在一場戰役中受了重傷，眼見不治，恆超驚痛幾絕。小說如此敘述：

芳心好似飛刀割，血湧如潮信口傾。
口中猶把哥哥叫，玉體難支軟在床。
珠顏玉臉精神散，飄渺三魂已出關。
可憐重誼多情女，血吐傾盆已喪身。
生前姊妹多恩愛，至死相隨入鬼關。【三】

二十餘年後，恆魁終於如願死於一場謎樣的怪病（其實這是方便她回歸仙山），傷心欲絕的恆超甚至當場刎頸自殺：

青鋒下處如風疾，如潮鮮血一齊傾。……

【一】《榴花夢》，頁三〇五。
【二】《榴花夢》，頁五一七—五二一。
【三】《榴花夢》，頁六〇二。

扶上床中魂已散，斷送癡情絕代人。
萬縷情絲纏不解，一腔熱血謝知心。【一】

這一次恒超大難不死，被眾人救了回來。頸上傷口雖然平復，但恒超吐血的舊症又再次出現。半年之後，正當眾人都以為她的心情已經回穩，事實上她卻是死意已決。在死前，恒超寫了遺書留給斌玉，直言自己一生唯一不能忘的一個字就是「情」，因此已下定決心跳樓自殺，用鮮血證明用情之深。寫到恒超跳樓，敘事者這麼說：

熱血一腔迎面灑，成就芳名只為情。【二】

在小說中，恒超吐血的毛病被稱為「血症」。更有趣的是，即使情節已發展到恒超離開戰場多年，敘事者仍常習慣性地以「女帥」來稱呼她。的確，在戰場上她是女帥，在情場上，她仍是衝鋒陷陣的女帥。事實上，恒超在情場上所流的血，比戰場上還多。

作為恒超的伴侶，恒魁卻始終認定自己是無情的，唯一的罩門就是恒超。如果恒超的參考值是林黛玉，那麼恒魁便令我們想起《再生緣》的孟麗君。《再生緣》第十七卷寫到結尾時，孟麗君面臨八方風雨，父母與夫家都逼迫她立即自揭身份，君王則對她私心垂涎，孟麗君在內外交煎之下口吐鮮血，生死未卜。陳端生的《再生緣》手稿就寫到此處，便戛然而止，後續的情節如何收場，作者並未提供明確的線索。當梁德繩續成此書時，當然選擇安排孟麗君在百般無奈下屈服於家庭與社會的壓力，終與皇甫少華結成姻緣。然而現代評者則往往別有他想。例如郭沫若就認為陳端生很可能打算安排孟麗君吐血而死，只是顧慮讀者的反應，畢竟不敢如此下筆，為難間便留下了懸宕的未完文本。這種臆測自然無法證實。然而，扮裝女英雄如何回應恢復女性社會角色的壓力，自始至終都是彈詞小說作家思考的問題。在《榴花夢》中，桂恒魁雖然也屈服於壓力，下嫁桓斌玉，還把自己出征八年掙得的王位，拱手讓給丈夫，但在新婚之刻，她突然失去知覺，魂靈出竅，飄然來到她一直嚮往的仙山。仙山的女仙卻說時候未到，不准恒魁留下，只令她服下兩顆藥丸，第一顆的作用是化開她胸中血塊鬱積的不平之氣，第二顆則在她心中種下情根。恒魁醒來時，「嘔盡鮮紅消盡氣，胸前壘塊一時開」，【三】此後暫時看破身為女性的命運，扮演「王后」的角色。可見，對恒超而言，血與淚是體內洶湧熱情溢流而出，而對恒魁來說，血淚都是凝結的塊壘、焦慮的結果。女仙賜下「種情丹」，正是因為恒魁在

【一】《榴花夢》，頁六六八〇。

【二】《榴花夢》，頁六八八三。

【三】《榴花夢》，頁一三九七—一四〇三。

「情」上是匱乏的，就如她對自己的認知，她無法因男女之情而接受命運。

雖然號稱無情，但只要牽涉恆超，恆魁的感情則極為執著，而且數度以自己的血肉來證明真情。例如，早在第二十七回，恆超因為吐血過多，危在旦夕，為了救恆超一命，恆魁暗中剜下臂肉，煮了湯給恆超喝下，果然起死回生。【二】典型的割股行為，基本上是一種極端的孝行，偶爾也有妻子以割股表現維護丈夫的心意。恆魁竟然為了恆超而割股，自是非比尋常的感情表現。之後，恆魁又以割腕見血的行動來證明自己絕不離棄恆超的誠意。而恆超的回應，則是喝下恆魁的血，立下永不分離的血誓。

我們若將以上這些情節片段聯繫起來，便可發現《榴花夢》中兩個最重要的女性人物之間的情感比戰爭還來得慘烈，真可謂淚與血橫流，血與肉交織。由這個角度來看的話，小說所描寫的大小戰役，或對抗敵國，或剿滅內賊，動輒死傷萬千，其實都只是為了提供一張背景畫布，好讓恆魁與恆超揮灑血淚。

這時讀者不禁要問，結拜姊妹之情，無論如何深厚，真的需要以如此暴力的方式處理嗎？如果覺得不能解釋的話，那就免不了要考慮同性愛的可能性了。筆者必須指出，在我所接觸過的女性彈詞小說中，有不少牽涉到女性人物之間的親密關係，但是《榴花夢》的描寫，表現女性彼此性的吸引最為露骨。在小說的第一部分中，恆魁與恆超以男子身份在邊境並肩作戰，到了晚上「他」們總是以兄弟的名義同寢同睡。恆魁一再發現自己難以抗拒恆超的美貌。例如第二十八回的描述：

嫂嫂入宮虛繡榻，請弟今朝在此眠。
錦帳春光仍似海，自當把弟當嫦娥。……
代脫錦袍除紫履，多將繡被蓋嬌軀。……
見弟沈沈含醉眼，臉映桃花稱玉顏。……
錦被展開攜愛弟，並臥鴛鴦枕上存。……
堪愛溫柔如片玉，動人憐惜不勝情。
戲撫香腮凝曉露，出水芙蓉讓汝嬌。
桓郎未近嬌軀體，不及恆魁獨佔先。
撫弄春尖溫又軟，不勝嘆息鎖春山。【二】

這裡恆魁口中的「嫂嫂」，指的是她以男子身份所娶的妻子。恆魁與妻子的關係自是假鳳

【一】《榴花夢》，頁五二四——五二五。
【二】《榴花夢》，頁五四三。

處凰，然而她更急於讓恆超扮演妻子的角色。她對於能先於桓斌玉親近恆超的嬌軀，感到十分滿意，但想到終有一天要將恆超拱手讓人，又不禁不勝嘆息。恆魁與恆超之間愛撫與親暱的描寫在小說中處處可見。例如第四十回，恆魁自稱永不恢復女裝，並要求恆超嫁給她，放棄桓斌玉。當天晚上兩人同睡，敘事者便如此形容恆魁的舉動：「狀元憐愛多嬌妹，撫惜嬌軀掌上珍」。【一】後來，恆超先揭露身份，與斌玉成親，而恆魁仍暫時堅持扮裝。即使如此，外觀上是一男一女的恆魁與恆超仍然同宿，毫不提防不知情的外人議論。關於兩人同寢的描寫總是非常曖昧，恆魁不斷悲嘆自己不幸生為女子，不得不眼看心愛的妹妹嫁給別人。【二】有的時候，敘事者則一再提到關門、寬衣、侍女退到外房等等細節。敘事者並未明說，但已足夠引人遐想。【三】即使到了兩人都已經嫁給桓斌玉十年之久，邁向中年的恆魁仍然在肉體上受到恆超的吸引。恆魁時常要求與恆超同寢，總是不忘欣賞她的美貌。例如以下這個段落：

女王惜妹嬌如玉，撫惜香肌最可人。
春睡美人難賽你，解語名花第一籌。
蒼天不助恆魁願，錯過知心貼意人。
金屋重重難貯汝，不得恆超管六宮。……
枕邊細盼知心妹，睡態依依不自持。

春山秀黛含顰鎖，櫻口珠唇一點含。
玉手春尖橫枕畔，輕輕擁入繡鸞衾。
久盼不由心更愛，嬌軀不快好難安。【四】

恆魁與恆超之間，感情如此投入，肉體如此具有吸引力，又如何不引人談論。有趣的是，當兩人都以男子裝扮在邊境領軍時，同生共死的帳中弟兄時常交頭接耳，討論恆超過於女性化的美貌，以及恆魁與恆超之間不尋常的親密。【五】反而是兩個人都恢復女裝，嫁給斌玉之後，人們再也不懷疑「他」們的關係。顯然，兩名男子的親密關係可能是醜聞，那麼，為什麼在小說的邏輯中，兩名女子的親密關係並不具有同樣的話題性呢？

面對這樣無法實證的問題，若干臆測顯然不可避免。整部《榴花夢》中，慣常以「金蘭」

【一】《榴花夢》，頁七八六—七八七。
【二】《榴花夢》，頁一二五四—一二五五。
【三】例如《榴花夢》，頁一三二五。
【四】《榴花夢》，頁二一一八—二一一九。
【五】例如，一位戰士曾提到恆超如此美貌，難怪元帥鍾情。他同時懷疑兩位元戎單獨在帳中寢宿，必然恩愛勝於愛侶。《榴花夢》，頁七四三。

一詞指稱女性之間的親密友情。誠然，這個詞彙可以用在男性或女性的友情上，具有相當普遍性，不過，這部小說使用這一詞語實在太過頻繁，總是引人注意。在某些以特殊形式的女性情誼著稱的地方，例如廣東的部分區域，「金蘭」也是很常用的詞彙，這在當地的許多「木魚書」文本中輕易可見。而在湖南的部分區域，特別是「女書」與「女歌」被發現的一帶，「金蘭」也是描寫女性情誼時最常用的詞彙。還可注意的是，在《榴花夢》文本中，作者好幾次用「訴可憐」一詞指稱女性人物之間親密的閨中私語，而這個詞語卻正是女書與女歌傳統中的關鍵詞之一。【二】而根據陳儔松所寫的〈序〉，李桂玉在遷居福建以前，曾隨夫在湖南地區住過，小說中桂恆魁等人受封的藩國，也正是湖南地區。因此，李桂玉在湖南居住期間，可能多少接觸過當地婦女特有的文化。假設如此，那麼《榴花夢》中女性情誼的表達之所以如此強烈，也可得到解釋。不過，李桂玉在小說中所描述的感情狀態，是否能以今天吾人所瞭解的同性戀的角度來檢視，仍然是個問題。在本文中，只能說《榴花夢》用了大量的戰爭場面與血傾如注的意象來象徵女性之間親密感情的濃烈，即使在女性的敘事文學作品中，這也是極為特殊的例子。

結論

總之，女性小說中其實不乏戰爭的表現，這主要是因為不少女作家雖然本人沒有戰爭經驗，但正因如此，反而對戰場上的英勇事蹟特別嚮往。但也因為沒有體驗，女作家在描寫戰爭時，往往受到戲台上的戰爭場面，或者其他小說中的戰爭敘寫的影響。對多數女作家而言，幻術或仙法是贏得戰爭最方便的方法。於是她們筆下的戰爭敘事，不但常牽扯愛情，也常造成幼稚、遊戲或者笑謔的效果。不過，當描寫的時代是晚明或晚清的動亂時期時，女作家處理戰爭的態度也相對嚴肅起來。在這一類作品中，戰爭的愛情聯想與遊戲成分都大幅減低，而暴力元素則大增。極端的暴力往往被視為英雄的前提，救國的根本。而不論如何，以本章所討論的所有作品看來，戰爭表現一無例外地與情感有關，不論是浪漫情感，或者忠貞情感。因為牽涉了情感，所以小說中戰爭的表現才能為激烈緊張。《榴花夢》是最好的例子。在討論這部奇異的作品時，我試圖探測這位女作家如何瞭解情愛對人類情感所造成的衝擊，而她又為何將情愛放在戰爭的脈絡中呈現。在這部作品中，戰爭已成為愛情的寓言，而流血則是最有效的愛情隱喻。

本章對女性敘事文本中的戰爭表現問題，只作了初步的探索，尚未能提出回答，不過，我們還是可以獲致以下的結論。女性彈詞小說中最引人注目的主題是女性人物的事業成就與婚姻

【一】參見 Fei—Wen Liu, "From Being to Becoming: Nushu and Sentiments in a Chinese Rural Community," *American Ethnologists* 31.3 (Aug. 2004), pp. 422-439。亦見 *The Red Brush*, pp. 542-547。

生活，兩者都已形成明確的傳統。相對地，戰爭與暴力的描寫則有較多歧異。女作家寫作的依據有時是舞台，也有切身經歷，當然也有小說的閱讀經驗。因此，女性彈詞小說中的戰爭與暴力描寫，表現出各個不同的特色與層次。

原題〈血債血償——女性彈詞小說中的戰爭暴力與愛情隱喻〉，發表於「記傳、記遊與記事：明清敘事理論與敘事文學」，台北：中研院文哲所，二〇〇七年八月三十至三十一日。

閨情、革命與市場

——閨秀作家切入民初文壇

前言

民國二十年（一九三一年），譚正璧（一九〇一——一九九一年）的《中國女性的文學生活》一書由上海光明書局出版，開女性文學研究風氣之先。他在〈自序〉中，開宗明義，指出該書與之前謝无量的《中國婦女文學史》（一九一六年）與梁乙真（一九〇〇—？年）的《清代婦女文學史》（一九二五年）二書不同之處。譚正璧直言謝、梁二氏「其見解均未能超越舊日藩籬，主辭賦，述詩詞，不以小說戲曲彈詞為文學」，而譚氏本人的著作，則認為「自宋而後，以小說戲曲彈詞居文壇正宗」，【一】所以專力於此。無庸贅言，譚正璧的主張，源自當時流行的文學史觀，特別重視以往不入殿堂的通俗文學，而此一態度，也的確為中國婦女文學的研究，開拓了新的空間。再者，譚氏是嘉定人（今屬上海），所以他對彈詞的重視，必有地緣的關係。【二】該書第七章（即最後一章）綜論清代通俗小說與彈詞，其實乃以女性彈詞小說為主，對《天雨花》、《再生緣》、《筆生花》、《鳳雙飛》等清代彈詞小說名作，一一考證分析。本章最後提到的一部作品是「映清女士」的《玉鏡台》，這部書是為譚氏全書收煞的作品，照理講應該有某種文學史上的象徵意義。但對這部書，譚正璧只說：「最近，有映清女士作《玉鏡台彈詞》，傳本頗多，內容係取材溫太真的故事。但篇幅很短，在工作的繁簡上，遠不及前述各本，故不詳述。」【三】由文意可以探知，當時還是青年學者的譚正璧，其實對此書並不熟悉，僅止於聽聞，所以內容究竟如何？作者究竟是誰？作品究竟何時出現？有何意涵？等等問題，他都一概略過。民國二十四年（一九三五年），譚正璧將《中國女性的文學生活》修訂補正，改題《中國女性文學史》，仍由上海光明書局重新出版。書名之所以改動，是因為作者認為增補修訂之處很多，已可算是新作。譚正璧在自序中指出，在材料增補方面，主要是因為他寓居上海，搜索新舊書舖，所以找到了許多以前未能親見的女性作品。這些材料，實以戲曲及彈詞為主：「戲曲如劉清韻之《小蓬萊仙館傳奇》十種，彈詞如朱素仙之《玉連環》，鄭澹若之《夢影緣》，周穎芳之《精忠傳》，映清之《玉鏡台》，均先後不惜以重資獲得。」[四]根據這些新得的材料，譚正璧對清代女性彈詞小說重新評價，對《玉鏡台》一書也有了專節討論，而且提出「在彈詞方面，映清的《玉鏡台》，卻做了結束過去女性彈詞的黃金時代的殿軍」這樣的判

【一】譚正璧：《中國女性的文學生活．自序》（台北：河洛圖書出版社，一九七七年），頁一。事實上，一九二九年出版《中國文學進化史》時，譚正璧已經專立「彈詞文學」一目，首開其例，可見他對彈詞的重視，其來有自。

【二】尤其有趣的是，譚正璧本人在一九二二年還發表過彈詞小說《落花夢》。參見吳宗錫主編：《評彈文化詞典》（上海：漢語大詞典出版社，一九九六年），頁一四一——一四二。

【三】譚正璧：《中國女性的文學生活》，頁四六五。

【四】譚正璧：《中國女性文學史話．三版自序》（天津：百花文藝出版社，一九八四年），頁五。

斷。【一】這個斷語，確切地為映清在女性文學發展的脈絡中定位，而一直到一九八四年該書改名為《中國女性文學史話》再次出版，【二】譚正璧都沒有改變他的判斷。

筆者以為，譚正璧對映清在彈詞小說乃至中國女性文學發展上之地位的判斷，具有指標性的象徵意義。映清其人作為一個作者，以及她的相關作品，在今日可說已完全遭到遺忘。然而當我們重新追溯清代女性彈詞小說的發展軌跡，試圖理出頭緒並賦予意義時，竟發現映清作為中國第一代職業女作家，其作品的生產與傳播方式、作品的風格與內容，乃至她與同時期男性作家的關係等等，在在說明民初女性創作通俗小說的環境與心態，並透露其與舊傳統及新方向如何同時處於如履薄冰的尷尬狀態。映清所代表的，一方面如譚正璧所言，是「女性彈詞的黃金時代的殿軍」；另一方面，也是中國現代小說史上女作家出現的「外一章」。其人及其創作生活在中國婦女史上，自有其意義。因此，我在這一章也可以說就是要寫一個映清的個人故事。不過，筆者並不打算以今天的後見之明，用俯視角度綜觀映清的個人歷史，而將逐步追溯民初當時材料中的映清形象，對照最近學術資料中的相關訊息，從而以其人及其作品為中心，向上回顧清代女性彈詞的創作環境與創作心態，延伸而至晚清時期彈詞小說的轉向企圖，最後歸結到民初上海的文學市場及其意涵。

一、從閨情到革命——《玉鏡台》與晚清彈詞小說的幾種線索

映清的《玉鏡台》彈詞，於民國十三年（一九二四年）由上海有威書室出版（排印本一本），書共五回，未完。很可惜的是筆者一直未能找到這個本子，所以只能以譚正璧在《中國女性文學史》中的說法及引文為準，稍作申述，並藉此略窺此書與清代女性彈詞小說傳統的關係。

譚正璧在寫《中國女性文學史》的「映清和《玉鏡台》」這一節時，雖已得見《玉鏡台》一書，但仍未考訂映清的生平來歷，甚至連其姓氏也還不知道。他在此對映清其人的了解，完全根據《玉鏡台》書首的「開篇」而來。【三】由這段自敘的文字，譚正璧歸納出關於映清身世的一些線索，例如她早年亡父，歸陳氏，生一男一女皆夭亡，惟存次子。映清的丈夫是文人，但

【一】譚正璧：《中國女性文學史話》，頁四六一。值得注意的是，鄭振鐸在一九三八年出版《中國俗文學史》，於女性彈詞小說部分，對《玉鏡台》仍僅提其名，略無敘述。

【二】天津百花文藝出版社出版。

【三】譚正璧這裡所說的「開篇」，不同於今日彈詞書場的開篇，而是清代女性彈詞小說的寫作成規之一，指的是敘事者在情節開始之前，先以若干篇幅交代季節景物或自己的創作背景、遭遇感懷乃至家庭瑣事等等。筆者稱此一成規為「夾插自敘」，據筆者的觀察，此一成規具有相當高的自傳性。

並不得意，所以她為了生計，只好設帳授徒。根據這些敘述，譚正璧認為映清寫《玉鏡台》是在中年，時代則可能還在清末。【一】根據後出的資料，可知譚正璧的猜測與推論雖無大謬，但仍有可商之處，筆者在此先賣個關子，容後再敘。由於《玉鏡台》一書並未完成，有威書室的版本原來就只有五回，所以譚正璧也只能就這五回，勾勒小說大概的面貌。不過，由於作者在第一回的開始，已大致提出了一個情節概要，所以雖然只有五回，譚正璧仍然可以判斷作者構想中此書的情節其實幾乎與《再生緣》全然相同，也是一個女扮男裝中狀元，之後推辭天子私慕，孤貞謹守的故事。當然，這已經修正了他在《中國女性的文學生活》中，僅憑書名而猜測此書乃述溫太真故事的錯誤。有趣的是，譚正璧對清代女性彈詞小說的藝術成就多所稱揚，唯獨對《玉鏡台》，則說：「《玉鏡台》的文藝的伎倆亦平常，關目既嫌鬆懈，敘事又多脫落。……至於細膩的描寫，委曲的敘述，在本書中更難覓見。」【二】描寫細膩，敘述委曲，正是彈詞小說的藝術特點，而《玉鏡台》兩失之，故此一批評，不可謂不嚴厲。與其他的女性彈詞小說相較，《玉鏡台》顯然並非成功之作，那麼，譚正璧何以稱之為「女性彈詞的黃金時代的殿軍」呢？其實，在「映清與《玉鏡台》」一節一開始，譚正璧就毫不保留地指出：「中國舊體文學到了清末，無論文雅的，通俗的，受了歐風東漸的影響，一概都成為強弩之末。在通俗文學方面，小說像《紅樓夢》，彈詞像《鳳雙飛》那樣篇幅冗長，描摹細膩的作品，再也不可復得。」【三】譚正璧以《再生緣》、《筆生花》、《鳳雙飛》之類的作品為彈詞小說的黃金時代，在比較之下，《玉鏡台》便象徵著此一傳統的結束，只不過因為還有一、二段可讀的文字，所以能落得一個「殿軍」的封號。而這個一語定評，至今仍為彈詞研究者所引述。【四】同時，這一段論說也指出新舊文學的交替，突顯了《玉鏡台》作為舊文學尾巴的位置。

女性彈詞小說在清代是一個重要的文學傳統，代表性的作品有一些共通的特點，由於可與《玉鏡台》對照觀之，筆者願試圖略作歸納，以利後文的申論。首先，彈詞演出雖是通俗說唱，但女性彈詞小說則多出於閨秀之手，以詩才寫入彈詞，故文詞常以藻麗為長，至少也能於淺顯中見典雅。第二，作者於婦職閒暇時間創作小說，少則二三年，多則歷經一二十年，方能完成一部作品，而且都是動輒數百萬言，篇幅極為宏大。作者在此一漫長的創作過程中，逐漸將作品的完成視為自己一生最大的成就。第三，作者在創作過程中，手稿往往已開始在若干閨閣之間傳抄。至於全書的出版，則或在作者生前，或在身後。最後，這些彈詞小說在內容上多

【一】譚正壁：《中國女性文學史話》，頁四六二。
【二】譚正壁：《中國女性文學史話》，頁四六五。
【三】譚正壁：《中國女性文學史話》，頁四六一。
【四】例如鮑震培就稱《玉鏡台》是「民初彈詞的殿軍」。參見鮑震培，〈從彈詞小說看清代女作家的寫作心態〉，《天津社會科學》二〇〇〇年第三期（二〇〇〇年五月），頁八八。

半誇張表現女性的才智德能，常常利用女扮男裝成功立業的情節，以「為女性張目」，【一】而在風格上則不憚鋪敘，極盡細膩之能事。以此背景觀之，可以發現《玉鏡台》其實仍在這一個傳統之內。例如，映清雖在自敘中自稱「椿庭早謝戶蕭條」，但觀其婚後與夫婿「刻燭聯吟興倍饒」的描述，即使其他佐證尚未出現，也可知她是受過良好教育的女性，以晚清的背景而論，其出身不可能太低。而就譚正璧所引的幾段文字看來，她也還是遵照前輩作者的成例，基本上以七言詩寫彈詞。再者，雖然《玉鏡台》並未完成，僅存之五回篇幅甚短，但我們由開首的情節概要，可以探測作者本來是希望寫一部情節複雜、人物眾多的長篇小說的。故事的精神，也不出為女性張目的框架。根據譚正璧的引述，她在第一回開頭就寫道：

幽齋靜坐太無聊　濁酒難將塊壘澆
萬卷詩書供寂寂　一簾風雨響瀟瀟
天邊雁字長天列　不斷蟲聲滿院驕
露滴秋花香茉莉　月移新綠上芭蕉……
悲歡離合新奇蹟　玉鏡台中細細描【二】

映清在這裡說的是身處幽閨，感受庭院景物、四季風光，雖有詩書為伴，但胸中似仍有不得不發的意念與感懷，所以決定寄託於彈詞小說。這樣的經驗與創作動機，其實與許多前輩作者在夾插自敘中所呈現的情況若合符節。【三】換言之，由作者作書的立意來看，《玉鏡台》仍然不出清代女性彈詞小說的遺緒。這麼看來，姜映清與前輩作者最明顯的差異，可能就是作品出版的方式了。根據譚正璧引姚文枏（一八五七——一九三三年）的序云：「近以所撰《玉鏡台》彈詞兩冊見示，都凡六卷，展誦一過，似為未竟之稿。」【四】姚氏所見的卷數（六卷）與有威書室出版的（五回）不合，所以譚正璧推論作者其實可能已寫了六卷共三十回。但即使如此，姚氏所見的稿子也並非完稿。可見姜映清本來書還沒寫完，就已經將作品交由出版社印行了，之後，也沒有任何補成的消息。晚清民初時期的小說，常分次出版，而不一次出齊全書，故中斷的情形所在多有，這或者可以說明有威書室的《玉鏡台》為何只有一冊。不過，《玉鏡台》究竟在何種情況下出版一冊？之後沒有繼續，究竟是出版社的原因還是作者的原因？我們都還找不到其他佐證資料。但是可以確定的是，作者不待書成即逕行出版，可見姜映清不但在作品的

【一】鄭振鐸：《中國俗文學史》（上海：上海書店，一九八四年），下冊，頁三七一。
【二】引自譚正璧：《中國女性文學史話》，頁四六三——四六四。
【三】筆者所謂「夾插自敘」，指的是彈詞女作家在卷或回的情節開始前與結束後，同樣以七言體插敘當時的季節景物，以及自己的創作過程、生活點滴、人生經歷、心情起伏等。
【四】引自譚正璧：《中國女性文學史話》，頁四六三。

流傳上已不再循同前輩作者的模式，甚至對創作的觀念也已不同於以往。

不過，以上的分析，並不表示清代女性彈詞小說在《玉鏡台》以前，都是同一面貌。事實上，由清初的《玉釧緣》、《天雨花》一直到《玉鏡台》，女性彈詞小說自有其複雜的發展脈絡，不但關乎此一文類的內部生成與變異，也烙印著由清初到晚清的文化、社會、政治等歷史因素，只是這些問題並不在本文的處理範圍內。筆者在此願縮小時間斷限，首先將《玉鏡台》定為一個清末民初時期的作品，然後就離此時代未遠、出現於鴉片戰爭以後的幾部作品，試探《玉鏡台》在此脈絡中的位置。鴉片戰爭以後、新小說出現以前的中國小說，一直被視為舊文學的末路窮途，極少受到學者的重視，何況彈詞小說份屬小道中的小道，糟粕中的糟粕。然而，筆者一直以為這一段時期的小說，其實很有特色，其中女性創作的彈詞小說，背負著錯綜複雜的政治與性別考慮，尤其值得我們重新審視。姑舉數例：《夢影緣》，鄭澹若著，一八四三年序；《金魚緣》，孫德英著，一八七一年序；《精忠傳》，周穎芳著，一八九五序；《鳳雙飛》，程蕙英著，一八九八年版本為最早；《四雲亭》，彭靚娟著，一八九九年出版。《夢影緣》在宣揚孝道與修仙中透漏了女性對終極追求的渴望，以及對人生與社會變化的焦慮；《金魚緣》重複著彈詞小說女扮男裝的舊套，作者本人卻做了終身不字的特異抉擇；《精忠傳》的作者以殉國遺屬的身份，重寫了充滿民族主義暗示的岳飛故事；《鳳雙飛》以女性作者而寫男性同性戀故事，跨越疆界，奇趣盎然。晚清的《四雲亭》則處處顯示作者身處晚清十里洋場的商人意識與亡國恐懼。以只有五回的《玉鏡台》，要和這些豐富的文本放在同一天平上相提並論，難怪會受譚正璧嚴詞批評了。

就縱向的脈絡來看，《玉鏡台》之所以成為清代女性彈詞小說的「殿軍」，重點倒不在其內容思想的深度或寫作技巧的水準，而是它的命運見證了以往閨秀曼吟長詠、抒寫情意、寄託心志的創作心態，在新的市場需求以及傳播模式之下，必然不能繼續存在。《玉鏡台》未完稿即已付梓，已刊一冊卻又戛然而止，兩者都是此一出版新趨勢下的結果。這個趨勢的影響，在映清的下一部作品上有更強烈的展現，筆者將在下文論及。

另一個足堪比較的脈絡，則是橫向的，包括世紀之交的政治或思想宣導式的彈詞小說，以及當時與《玉鏡台》同樣部分延續清代女性彈詞小說傳統的作品。不過必須注意的是，宣導式彈詞的作者大多是意圖向女性發言的男性啟蒙知識分子，而非閨秀本身。晚清人對小說的定義仍舊寬泛，故徐念慈（一八七四—一九四八年）、夏穗卿（別士）（一八六三—一九二四年）、狄平子（一八七三—一九二一年）諸小說理論家皆以彈詞小說為小說之一體。【一】晚清的小說理論，近年學者多有精彩論述，筆者無須續貂，只願指出，彈詞小說在晚清小說理論中，當然被視為行將為時代淘汰的舊文學，甚至可說集舊小說的短處於一身。夏穗卿就說彈詞小說盡

【一】其中夏穗卿雖於〈小說原理〉釋明彈詞與小說之淵源甚異，但同意「備閨人潛玩」之彈詞小說已與小說合流。

蹈「小說五弊」，亦即只會寫君子不會寫小人、只會寫大事不會寫小事、只會寫富貴不會寫貧賤、只會寫假事不會寫真事；惟有夾雜大段議論這一項缺點，彈詞小說還談不上。【一】然而，在另一方面，晚清知識分子又體認到彈詞小說對女性具有巨大影響力，所以，為了啟迪民智、宣揚理念，彈詞小說就被賦予教育婦女的重大使命。狄平子曾稱彈詞小說為「婦女教科書」；【二】吳趼人（一八六七—一九一〇年）公開承認此類文學對女性的重大影響；【三】徐念慈也鼓勵作家創作合於普通女子之心理、專供女子觀覽的小說，而彈詞正是他認為合適的形式。【四】除了小說理論之外，小說家本身也在作品中提及彈詞的垷實功能。光緒三十一年（一九〇五年），頤瑣於《新小說》第二卷發表《黃繡球》，【五】是專講婦女問題的白話小說。【六】書中第十五回，女主角黃繡球訓練了兩個還俗的尼姑，「把女人纏足不纏足的利害同那婚姻衛生、體育胎教、養成做國民之母纔能遺傳強種的道理，編為白話，又編為七字彈詞」，教她們四處彈唱，後又新編二三十套，「短的仿著俞調開篇，五更曲、四季相思的調門，長的仿著演義，一段一段的，七八百字、千把字不等」，讓她們到大戶人家家裡彈唱，使女客們「聽了同《天雨花》、《再生緣》、《鳳雙飛》情事不同」。【七】這一段情節，雖然講究的是彈詞的演出，而非彈詞小說，但整個理路仍絲毫不爽地對應著晚清小說理論對彈詞教育功能的期許。總之，晚清啟蒙知識分子認為，維新的道理，或者透過小說的閱讀，或者經由說唱的演出，下可達於市井，上可通於仕紳；各階層的婦女，都能潛受教育。

這還不只是理論而已，實踐者亦頗有其人。姑以出版先後為序，舉例言之。晚清小說名家李伯元（一八六七—一九〇六年）就寫了兩部彈詞——《庚子國變彈詞》（一九〇二年）與《醒世緣》（一九〇三年）。《庚子國變彈詞》原於《世界繁華報》一九〇一年十月至一九〇二年十月排日連載，同年十月由世界繁華報館印行線裝巾箱本六冊。此書為李伯元「第一部長篇通俗文學作品，也是李氏投身小說創作的先聲之作」。【八】小說主要描述庚子事件始末，盡寫人民流

【一】參見夏穗卿：〈小說原理〉，原刊於《繡像小說》第三期（一九〇三年），引自陳平原、夏曉虹編：《二十世紀中國小說理論資料》（北京：北京大學出版社，一九八九年），頁六〇。

【二】狄平子：〈小說叢話〉，《新小說》第八號（一九〇三年），頁一六九—一七五。

【三】吳趼人：〈小說叢話〉，《新小說》第二年第七號（原第十九號）（一九〇五年），頁一五一—一五二。

【四】徐念慈：〈余之小說觀〉，《小說林》第十期（一九〇八年），收入陳平原、夏曉虹編，《二十世紀中國小說理論資料》，頁三一六。

【五】此書於一九〇七年由新小說社出版單行本。今收入《晚清小說大系》第十一冊（台北：廣雅出版公司，一九八四年），頁一—二五三。

【六】有關《黃繡球》的討論，可參見阿英：《晚清小說史》（北京：人民文學出版社，一九八〇年）；賴芳伶：〈晚清女權小說的淵源及其影響〉，《文史學報》第一九期（一九八九年三月），頁五八—六五；洪曉惠：《晚清女性政治文本的性別與家國》（新竹：清華大學中國文學系碩士論文，一九九七年），頁六六—六七。

【七】頤瑣：《黃繡球》，頁一二〇。

【八】黃錦珠：《晚清時期小說觀念之轉變》（台北：文史哲出版社，一九九五年），頁一二。

離慘狀，而政治傾向則比較保守。【一】其〈例言〉云：「是書取材於中西報紙者，十之四五；得諸朋輩傳述者，十之三四。」又說：「編為七言俚句，庶大眾易於明白，婦孺一覽便知。無非叫他們安不忘危，痛定思痛的意思。」【二】《醒世緣》載於商務印書館《繡像小說》（一九〇三年），後因雜誌停刊而中斷。【三】小說的目的是針砭時俗，批評迷信、纏足、鴉片等舊習，宣揚維新觀念。這兩部作品的時事性與教育性，極為明顯，而李伯元自己也說得很清楚，選用七字彈詞體，為的就是擴大讀者範圍，使婦孺大眾都能接受新知。簡單地說，李伯元作書之意實與晚清的啟蒙思潮有關。【四】他利用彈詞形式，取悅下層並教育民眾，而女性讀者顯然也在其考慮範圍之內。於此可見，彈詞在晚清當時並不讓小說專美，也是知識分子屬意的啟蒙工具。

李伯元寫彈詞，目的還在「變俗」，不脫傳統小說的載道精神；之後的幾部作品，則在意識形態上明顯地激烈許多。例如光緒甲辰（一九〇四年）小說林出版挽瀾詞人的《法國女英雄彈詞》，【五】敘事者宣稱欲以羅蘭夫人生平事蹟，激勵繡閣金閨之女，與男人一同負起解救中原的責任。【六】小說後附的廣告詞中，將此書列為「歷史小說」，並強調此書「用筆清倩明顯」，故「閨閣中人讀之，足以激發熱誠，恢弘志氣」，而且「以《天雨花》、《安邦志》等較之，真白雪陽春，不同於巴人下里矣」。作者既自許為婦女政治覺醒的警鐘，出版者也將其放在清代較具歷史意識的幾部彈詞小說的脈絡中品評，在在顯示彈詞小說這個文類在晚清小說與小說理論中的位置。革命女傑秋瑾（一八七五—一九〇七年）也寫過彈詞《精衛石》。秋瑾原來打算在

《中國女報》上連載《精衛石》，因女報停刊，並未正式出版，而在身後才被蒐羅為秋瑾史料。此書有回目二十回，但存者只有六回，大約是秋瑾留日期間以及回國後的一九〇六年所寫。小說嚴厲批判男尊女卑的習俗，講黃鞠瑞等四名女子東渡求學，追求男女平權，參加革命事業等事。在〈序〉中，作者說明以彈詞行文的原因，乃在中國婦女「智識毫無，見聞未廣」，雖有諸種書籍，文義又過深難解，所以作者要「譜以彈詞，寫以俗語，欲使人人能解，由黑暗登文明」。【七】可見秋瑾認為婦女改革的工作，可以經由她們最熟悉的文字形式而達成。

【一】有關這部作品的政治立場，可參見賴芳伶，〈關於晚清幾部庚子事變的小說彈詞〉，《文史學報》第二二期（一九九二年三月），頁三一—五三。

【二】李伯元：《庚子國變彈詞》，收於《晚清小說大系》第十四冊，（台北：廣雅出版公司，一九八四年），頁四。

【三】收入阿英編：《晚清文學叢鈔．說唱文學卷》上冊（北京：中華書局，一九六〇年），頁九六—一七三。又，《醒世緣》作者署為「謳歌變俗人」，寒峰作〈醒世緣為李伯元著作考〉，首次提出作者即李伯元。該文刊於一九三五年五月二十二日到二十三日《申報．自由談》。

【四】李孝悌：《清末的下層社會啟蒙運動：1901—1911》（台北：中研院近代史研究所，一九九二年），頁五—一四。

【五】日本東京翔鸞社印，小說林社發行。上海圖書館近代文獻室有藏。又一九六〇年中華書局版《晚清文學叢鈔．說唱文學卷》據上述版本重印。

【六】相關討論可參見洪曉惠：《晚清女性政治文本的性別與家國》（新竹：台灣清華大學碩士論文，一九九六年）。洪曉惠認為《法國女英雄彈詞》是「革命女政治神話」，「彰顯的還只是女性為家國犧牲一則哀麗輓歌」。參頁一二〇。

【七】漢俠女兒（秋瑾）：《精衛石．序》，收於《秋瑾集》（上海：上海古籍出版社，一九七九年），頁一二二。

另有泣紅著《胭脂血》彈詞，【一】講英法戰爭女英雄若安（貞德）事蹟。開場由中國歷代賢女共論重興女教之方，認為：「婦人家最喜是詞章，每得新詞喜欲狂。手不停披燈月下，一彈再唱意安詳。所以《筆生花》膾炙佳人口，《再生緣》妙語動柔腸。何不把故事譜從絃管裡，南詞一曲寫滄桑。鼓動那向學心懷一旦張。」【二】此處所謂「詞章」，很明顯指的其實是彈詞。作者將婦女喜愛讀彈詞的心情，形容得活靈活現，所以要用宣揚女子救國的新彈詞，取代女性彈詞小說的舊經典。心青的《二十世紀女界文明燈彈詞》（一九一一年）又是一部提倡女權的晚清彈詞小說。【三】平權閣主人在此書的〈弁言〉中說：「方今社會，無論何等人，均競尚彈詞小說，以滬上論，不下數百處，而彈詞尤為婦女所信用。往往履舄交錯，笑語相聞，而隅座者唱開場，則肅然無一譁者。既畢，口講指劃，津津樂道，甚或形諸夢寐，其感人之深如此。……故改良彈詞，不啻編一女學教科書。」【四】平權閣主人觀察到晚清上海地區彈詞流行的情況，並將彈詞說唱的感染力，推演到彈詞小說上面。讀維新小說的與上書場聽書的，究竟是不是同一種人？作序者顯然不太在意，寧可一廂情願地認定小說教育婦女的效果，總之，還是不離晚清小說理論對彈詞社會功能的假設。而作者心青也藉書中孔子母之口說：「女學沈淪千載久，教科書要算七言腔。只愁惡果重重結，才子佳人事佈揚。」【五】「舊彈詞」在他眼中既是女學的唯一教科書，卻又專門宣揚迷信與私情，那麼為了振興女學，自然要寫「新彈詞」，教導婦女維新知識了。

以上所舉的幾個例子，是宣揚維新或革命觀念的晚清彈詞小說中較重要的幾種。由理論到實踐，彈詞小說在晚清都得到新的評價，受到新的期望，有了新的方向。在這唯「新」是尚的風潮中，俚俗的才子佳人、花園贈金式彈詞理所當然遭到貶抑，而為閨秀創作的女性張目的彈詞小說，也在這一論述脈絡中，被一併打入冷宮。知識分子一方面鄙視彈詞之舊形式與舊道德，一方面又觀察到彈詞對婦女的教育功能不可輕忽，於是必須一面批判舊彈詞，一面打造新彈詞。新的彈詞小說主張廢纏足，興女學，打破封建迷信，甚至鼓勵婦女參政、加入革命，種種新的議題，無非講的是維新與革命，要驚醒原來沈醉於才子佳人故事的女性讀者，成為為國族奮鬥的新女國民。在舊的方面，則不論是政治意識高張、講究破除迷信的《天雨花》，或力圖打破性別藩籬、挑戰封建道德的《再生緣》，或宣揚救國理念、暗示種族主義的《精忠傳》，又或大膽突破禁忌、公開討論男同性戀的《鳳雙飛》，無一不被簡化並視為舊社會的糟粕，婦女墮落的根源。至於閱讀及創作彈詞小說對清代女性深刻的文化與心理意義，則完全不在啟蒙知識分子的考慮範圍之內。

【一】原載《國魂叢編》，出版年不詳。收入《晚清文學叢鈔．說唱文學卷》上冊，頁二二二—二五三。

【二】泣紅：《胭脂血》，見《晚清文學叢鈔．說唱文學卷》上冊，頁二二四。

【三】收入《晚清文學叢鈔．說唱文學卷》上冊，頁二一〇。

【四】平權閣主人：《二十世紀女界文明燈．弁言》，見《晚清文學叢鈔．說唱文學卷》上冊，頁一七三。

【五】心青：《二十世紀女界文明燈》，見《晚清文學叢鈔．說唱文學卷》上冊，頁一七八。

這樣維新啟蒙的論述與實踐，儼然籠罩著清末彈詞的創作，而且在此一脈絡中，像《玉鏡台》這樣的作品顯然是跟不上潮流的落伍東西。然而，情況其實並非如此單純。同樣在橫的脈絡中，另有一批作品，跟《玉鏡台》一樣處在女性彈詞小說傳統的末流，而好像與維新革命的洪流略無交涉，例如陳梅君（林則徐孫媳，生卒不詳）著有《鏡中夢》及《九仙枕》兩部彈詞，據說在清末也是福州婦女界的愛讀之書。【一】《九仙枕》根據唐人佚事編成，清末宣統年間，在上海笑林報館按日登載，後因報館輟業，所以中斷。這跟《玉鏡台》的命運，不無相通之處。另有民國三年（一九一四年）上海石竹山房書局石印（六本）的《雙魚佩》彈詞，有民國二年（一九一三年）王榮春序。根據此序，此書作者乃曹楚卿女士，她還著有《醫學新理》、《命理真銓》諸書，但只有《繡餘吟草》已付梓。至於《雙魚佩》，則是其兄晚年於其殘篋中所得，方行付梓。可見此書的創作年代亦應在晚清時期。這位曹楚卿女士，其創作情況與作品出版的過程，顯然亦與前輩彈詞女作家異曲同工。另外，《俠女群英史》則是一個更為有趣的例子。此書十卷四十回，署湘州女史詠蘭、友梅、書竹著，有光緒乙巳（一九〇五年）心庵氏（詠蘭之夫）序，以及弟夢菊序。【二】小說講的也是兒女英雄的歷險故事，而以女扮男裝為關節。心庵氏在〈序〉中，對當時婦女的習性以及彈詞小說的功用，提出了一番有趣的見解。他說：

> 中國無女權，故女子為最卑弱，即或有光明磊落，志趣不凡者，亦狃於閨閣之瑣屑，

習俗之相沿，而不可革。是必立一說以挽回卑弱之習，使天下女子足以鼓盪其心胸，活潑其心志，而中國之女權乃出。然中國風氣半多不講女學，間有粗通文墨，亦不過能讀盲詞小說而已。欲振興女權，亦仍以七字小說開導之，似覺淺近而易明。《俠女群英史》一書，……大旨謂天壤間無論男婦老幼均期於光明正大而後已。而於女子自主之權力為尤重，……。以女子一生幽囚閨閣中，眼界之小，心境之窄，無怪其瑣瑣屑屑，卑弱而不可振。恨不此身曠覽五洲，標名萬古，為女權中之特色，故其志趣，得於是書見之。【三】

這一段文字充滿了有趣的矛盾。心庵氏顯然深受維新理念影響，所以處處要講女權；然而其字裡行間，又無處不透露著對婦女的鄙視。卑弱、瑣屑、窄小，大抵界定了中國女子的一切。至於「盲詞小說」（按：即彈詞小說），不過是女子粗通文墨後的消遣，但卻又是開導女性

【一】陳梅君名謙，福建侯官人，為觀察陳濬女，太守林洄妻，嘉定縣知事林戡禎母，亦即林則徐孫媳。著有《聞妙香室詩鈔》四卷，《鏡中夢》三十二卷，《九仙枕》四十八卷，參歐陽英修、陳衍纂：《民國閩侯縣志》，收入《中國地方志集成．福建府縣志輯》（上海：上海書店，二〇〇〇年），第二冊，頁八九六。《九仙枕》有上海笑林報館校刊十四本。見譚正璧：《彈詞敘錄》（上海：上海古籍出版社，一九八一年），頁一一三。

【二】譚正璧：《彈詞敘錄》，頁一九九—二〇一。作者姊妹三人以及心庵氏、夢菊等人僅存其名，其姓氏、家族、鄉里等資料不詳。

【三】譚正璧：《評彈通考》，頁二六二—二六三。

的讀物，負有振興女權的要務。而其妻子與姊妹合作的彈詞小說，想像俠女縱橫五洲的英雌事蹟，則一方面證實了婦女幽囚窄小的局面，一方面象徵女權伸張的理想境界。心庵氏的序，可說綜合了晚清時期維新知識分子對婦女的批評、對婦女啟蒙的看法，以及對彈詞小說教育功能的期待。更有趣的是，這個作品雖然講的是女英雄，其實應仍不出清代女性彈詞小說為女性張目的傳統，但心庵氏的序，卻硬生生將當時流行的維新觀念，移花接木到這個以閨中情志為主的作品上。相對地，三位作者的弟弟夢菊，態度則較為平實。他在〈序〉中為小說點題，說：「女曰俠，英至群，磊落襟懷，可以想見」，同時他也指出，小說之所以產生，是因為姊姊們「具擅詠絮清才，各抱風雅志趣，女工而外，篤好書史，花間賭句，月下敲棋，偶讀彈詞，相與仿作」。【二】這一段描述，完全不曾跨出傳統閨秀創作的框架，也不曾賦予作品什麼時代的意義，但毋寧更合乎實情吧。心庵氏與夢菊為《俠女群英史》寫的兩篇序，竟在無意間代表了晚清時期，彈詞小說——尤其是女性彈詞小說——在維新革命與抒情寫志之間的掙扎。閨情的傳統仍有涓流之流，但革命的大旗卻也是時勢所趨，左右著傳統的詮釋與新作的創造。

映清的《玉鏡台》，無論在縱的脈絡或橫的剖面上，都處於不利的位置。就縱向而言，《玉鏡台》本來接續的是清代女性彈詞小說抒情寫志、發揚女才的傳統，但作者個人的創作心態與其所處的創作環境，已很難支持作品按原定計劃完成。就橫向而言，《玉鏡台》的年代雖不能完全確定，但總不離清末民初，而當時的小說理論與創作，為彈詞所設下的新典範，遠非《玉鏡台》所能想像。就這個詮釋框架來看，《玉鏡台》可說是女性彈詞小說由閨情走向革命途中的最後一瞥，亦無怪乎得贈殿軍之名了。然而，由清末進入民初，彈詞小說仍享有一段受歡迎的時間，在此一階段，閨情與革命這兩條脈絡，恐怕還不足以解釋其發展。如果我們把眼光投向活躍於此一時期的一批職業作家，將會看到一幅迥異的圖像。要探索這個問題，我們必須由《玉鏡台》轉入映清的下一部彈詞小說——《風流罪人》。

二、姜映清與民國舊派小說的市場

《玉鏡台》的出版過程，強烈暗示商機的因素如何影響創作。出版通俗小說可以營利，當然不是新鮮事，但晚清以來的閱讀市場，與前代相較，有了巨大的變化。在此一趨勢中，彈詞小說也隨之產生了質變。

在晚清以前，對絕大多數的女性彈詞小說作者來說，創作都是由抒寫胸臆的私人需要開始的，而在寫作的過程中，逐漸發展出創作的成就感來。作品的市場與利潤，很少在女作家的考慮之內。不過，這倒不是沒有例外的。活躍於道光年間的侯芝（一七六四—一八二九年），就

【一】譚正璧：《評彈通考》，頁二六三。

是一個特例。侯芝出身名門，還是大儒的母親，【一】但是她卻是清代唯一直接參與彈詞小說出版的女性。即以目前所知的資料，可知侯芝先後經手的彈詞小說至少有五種。她曾應書商之請，為《玉釧緣》作序；曾手訂《錦上花》；曾為陳端生（？一七五一—？一七九六年）的《再生緣》作序（一八二一年寶寧堂版）；又改《再生緣》為《金閨傑》出版（一八二一年）；最後創作《再造天》，與《再生緣》抗衡。【二】雖然她與這五種彈詞的關係，或者僅僅作序，或者修訂，或者原創，但共同的現象，就是都與出版商脫不了關係。以儒門之女的身份，又以婦德導師的形象寫作彈詞，則她本人理應謹守禮法，何以能與商業出版發生關係？【三】由於資料不足，這樁公案實情究竟如何，恐怕很難有確切的答案。不過，侯芝曾在《金閨傑．題詞》中自云：「本為堂前承色笑，何必坊梓較銖錙。近傳得價常昂紙，差券無間但執箕」，表面上故作清高，但「銖錙」的重要性，其實已躍然紙上。侯芝對自己作品的市場行情，應當已有一定的看法，而書商提供的報酬，顯然不符合她的理想。總而言之，無論侯芝究竟以什麼方式與出版商周旋，我們都可以看到她在嚴謹的婦德與母教標準之下，其實更是一名明瞭小說市場價值的女性。她敏銳地觀察到彈詞小說與閱讀市場的關係，並且在宣揚婦德之外，勇於在出版事業中取利。不過，在侯芝之前或之後的彈詞女作家，卻並沒有類似的例子。就此而論，清末民初時期的女性彈詞小說家如映清者，可說是繼侯芝之後，再次以彈詞小說為媒介，與商業出版發生直接關係。然而，不同的是，在侯芝的時代，她對自己的作品，還有相當的掌控能力，但在清末民初時期的通俗文學市場上，作者的創作卻更加受制於傳播方式與出版行銷管道。

清末民初時期，新小說雖然領一時之風騷，但舊派小說在通俗市場上其實仍欣欣向榮。舊派小說以上海為大本營，有其歷史與文化因緣，晚近由於上海研究的興起，頗為學者所留意。范煙橋（一八九四—一九六七年）在民國十四年到十六年間寫《中國小說史》時，就觀察到民國建立以後，文學創作的內涵有了巨大改變。他說：「中華民國之建立……惟此十五年中於『雜記』、『傳奇』、『戲曲』、『彈詞』皆告休止，蓋以製作時之艱辛，觀摩時之探索，與現時代之環境不相容。」【四】誠哉斯言。當然，范氏所舉的幾種文類，在民國以後其實仍有作者從事，只是作品數量大減，也不再那麼引人注目。這正是因為傳統文類脫離了原來滋生的沃土，

【一】侯芝是乾隆朝進士侯學詩之女，舉人梅沖之妻，古文家梅曾亮之母。

【二】有關侯芝彈詞事業的始末，詳參胡曉真：《才女徹夜未眠——近代中國女性敘事文學的興起》，頁一三一—一七七。

【三】Ellen Widmer 認為侯芝理應謹守禮法，不太可能直接與出版商來往，可能是由兄弟代勞。參 Ellen Widmer, "HouZhi (1764-1829), Poet and *Tanci* Writer,"《近代中國婦女史研究》五期（一九九七年八月），頁一六六—一六七。她在另一篇討論侯芝的文章中，也認為侯芝一方面堅持傳統婦德，一方面又寫彈詞，又與出版商周旋，是非常特殊的現象。參 Ellen Widmer, "The Trouble with Talent: HouZhi (1764-1829) and Her *Tanci Zai zaitian* of 1828," *Chinese Literature: Essays, Articles, Reviews* 21(1999.12): 132-150。

【四】范煙橋：《中國小說史》（台北：河洛圖書出版社，一九七九年），頁二六七。

驟然移植到新興出版市場中，自然只能逐漸萎癉了。不過，范氏的觀察畢竟仍以經典為標準，如果將標準放寬，自可發現民國以後，傳統的小說類型其實仍在市場運作。清末民初以後，科舉既廢，制藝無用，而傳統著書的抒情寫意，也是光環不再，文人若仍要以文為生，只能或教書，或賣文，而所賣之文，出於市場的考慮，自以小說為主。在這場變化中，原本得天獨厚的江南才子，不得不順勢紛紛流入商業發達的上海，試圖在出版業中謀得一席之地。小說，正是這些舊派文人新的立身之道甚或終南捷徑。【一】這批相對於「新小說」而言的「舊派小說」，其實包括歷史、偵探、武俠、翻譯等各種類型，而且各類型間也彼此滲透，但無可置疑的，言情一類仍是其中的大宗。這類舊派小說在地緣上以上海為其大本營，而在時間上，則以清末到五四運動前後的大約二十年間為全盛期。【二】民初的舊派言情小說，固然不無受到傳統才子佳人小說影響之處，但總體而言，卻是上海洋場的新產物。就媒體言，民國舊派小說承襲了晚清的風氣，常在報刊雜誌上連載。當時上海都會報業雜誌業發達，尤其報紙設有附刊，更催化了舊派小說在報章連載。就動機及風格言，城市民眾重視消遣休閒，所以小說也多半走的是通俗娛樂的路線，才能迎合市民的口味。就文字言，此類小說的作者原是蘇杭文人，所以舊派言情時常使用文言文甚至駢文，好讓舊派文人有機會展現文才。【三】這類舊派小說，其實就是所謂「海派文學」的先聲。而正如學者所論，海派文學乃受洋場文化支配，講究的是時髦和暢銷，【四】作者的目的，也以牟利為先。然而，此一五四以來，一直受到貶抑的傳統，其實自有一套話語體

系，與中國現代文學傳統的關係更是錯綜複雜，因此晚近已重新受到學界注目。【五】

以民初上海舊派文學為背景，在本文範圍中值得我們留意的是，活躍於此一時期的舊派作家，很多也同時創作彈詞小說。為了與晚清的作品相參照，請舉若干例證說明之。首先以著名的天虛我生（陳蝶仙，一八七九—一九四〇年）【六】為例。天虛我生多次表明自己對彈詞有很高的興趣，而且至少出版過《瀟湘影》與《自由花》兩種彈詞小說。《瀟湘影》原名《桃花影》，影憐女史【七】評，有光緒二十六年（一九〇〇年）何春旭序。【八】此書共十六回，講的是紅樓夢諸人後代的故事。書中，寶釵的後輩薛湘琴與寶玉的孫子賈小玉有一段私情，因有小人從

【一】楊義：《二十世紀中國小說與文化》（台北：業強出版社，一九九三年），頁三二六。

【二】李健祥：〈清末民初的舊派言情小說〉，收入林明德編：《晚清小說研究》（台北：聯經出版公司，一九八八年），頁四九二。

【三】「譬如……天虛我生，……王（張）丹斧，……王鈍根……等人，無一不是舊派的文人。」李健祥：〈清末民初的舊派言情小說〉，收入林明德編：《晚清小說研究》（台北：聯經出版公司，一九八八年），頁四九一。

【四】楊義：《二十世紀中國小說與文化》，頁三二五。

【五】范伯群對鴛鴦蝴蝶派的研究即是著例。

【六】陳蝶仙，字栩園，浙江錢塘人，南社社員。生平著譯近百種，並曾任《申報‧自由談》主編。

【七】顧影憐原是陳蝶仙青梅竹馬的戀人。參 Patrick Hanan, "The Autobiographical Romance of Chen Diexian," *Lingnan Journal of Chinese Studies*, New Series, No. 2 (October 2000), pp. 266。

【八】民國三年（一九一四年）在《女子世界》雜誌連載。民國五年（一九一六年）中華圖書館再版本（一本），藏上海圖書館近代文獻室。

中作梗，破壞湘琴的名譽，以致湘琴含恨自殺，小玉抱憾終身，算是為黛玉報了前生之仇。小說結尾處，顧影憐評曰：「以彈詞而寫哀情，此為破天荒第一部書。」【一】原來此書中小玉與湘琴的各種際遇，在在符合當時流行的哀情小說的程式，所以影憐有此一說。而《瀟湘影》的寫作緣起，作者本人卻在《自由花．序》中才作了說明。《自由花》原來在《申報》副刊「自由談」中連載，後於一九一六年發行單行本。【二】天虛我生在〈自序〉中，詳盡地描述了他與彈詞小說的淵源。根據天虛我生的說法，他在幼年喜與姊妹們共讀《再生緣》、《天雨花》等彈詞，但常嫌其平仄押韻不夠講究，其母激之，遂「閱十日成瀟湘影彈詞十六折，以獻吾母」。後王鈍根（一八八八—一九五〇年）主編「自由談」，認為「近世說部體例，自以偵探及言情兩種為最流行品，作者雖眾，惜無能譜彈詞者」，向天虛我生邀彈詞稿，希望他「取新理想，而用舊體例，以成一種閨閣中歡迎之小說」。天虛我生遂「默體一般閨秀之心理，以及新社會種種不可思議知識」，寫成《自由花》，由民國二年三月十日開始，在「自由談」上分七十次逐日連載，並標為「愛情小說」。此書講女校中四名女子的感情遭遇，穿插著蕩子勾引、浪女私奔、留學生敗德、偵探辦案，以及男女易服等等情節，內容頗為荒誕。而書名所謂「自由花」，字面上令人聯想到晚清的革命理想，但書中女性爭取的「天付與一種自由權利」，所指僅限於婚姻自主，而在追尋愛情的途中，還隨時會被輕薄少年所侵犯，強奪其「自由」的權利。小說很明顯的是在當時舊派小說喜談婚姻自主的框架中寫成的，而且對這種新時代產物的自由充滿了反諷的情緒。

另外，張丹斧（生卒不詳）著有《女拆白黨彈詞》，講一群上海女子創立女拆白黨，專事破壞拆白黨的欺騙伎倆。【三】李方瀅（生卒不詳）客居上海，撰《俠女花彈詞》，原來於民國三年四月十九日開始在《申報．自由談》連載，後於民國四年（一九一五年）由上海錦章書局出版。【四】小說講周素珠誤信未婚夫吳振亞死訊，再嫁俠士花懷璧，因而引發的一場喜劇。其中懷璧這個角色忽男忽女，撲朔迷離，成為小說懸疑效果的焦點。李方瀅又著有《孤鴻影》彈詞，亦曾發表於《新聞報》副刊《快活林》，後由上海新民印書館排印出版，描寫一男二女的苦戀故事。【五】胡懷琛（寄塵）著有《羅霄女俠》彈詞（民國五年九月二十七日開始在「自由談」及「新自由談」連載）與《血淚碑》彈詞，兩者皆為民國五年的作品，民國二十二年（一九三三年）

【一】見《瀟湘影》，頁一四七。

【二】同年中華圖書館再版（一本），上海圖書館近代文獻室藏。

【三】此書本名《貞女傳》，又名《制雄黨》。民國四年（一九一五年）自序，民國六年（一九一七年）上海震亞圖書公司再版。見譚正璧：《彈詞敘錄》，頁五四—五六。

【四】此書有民國四年（一九一五年）自序，同年上海錦章圖書局排印（一本）。上海圖書館近代文獻室有藏。

【五】此書有民國己未（一九一九年）南沙姚民哀序，范瀾君博題辭。

廣益書局排印合訂。《羅霄女俠》講俠女五兒女扮男裝，解救妹妹青兒的故事；【一】《血淚碑》則是標準哀情小說，寫如玉如珍一對愛侶的悲劇故事。【二】許瘦蝶著有《尚湖春》彈詞，在《快活林》發表，有民國七年（一九一八年）自序。【三】程瞻廬著有《明月珠》、《同心梔彈詞》等數種彈詞，前者於民國九年（一九二〇年）由上海商務印書館出版，講清末奇女子杜憲英故事；後者由王蘊章校定，民國八年（一九一九年）商務印書館出版，講康熙朝烈女吳絳雪殉節故事。【四】

以上所舉的民初彈詞小說的例子中，幾乎所有的作者都是舊派小說的名家。他們多半都是早期《申報·自由談》的作者，作品也常先在報刊連載，再行出版單行本。其中像程瞻廬，在一般的認識中是著名的滑稽小說家，其實竟也與彈詞小說淵源深厚。【五】這批彈詞小說在篇幅上多屬中篇，遠遠不能跟清代女性彈詞小說相比。至於內容，則是不折不扣的哀情、黑幕、偵探等等通俗類型的綜合體，並善於玩弄懸宕技巧，以挑動讀者的好奇心。在這些彈詞小說中，作者不羈地使用自由、平權等等時髦的政治術語，無端地想像女學生與留學生的浪漫或罪惡生涯，恣意地玩弄歷史久遠的扮裝遊戲，又或者道貌岸然地重新述說古典烈女的德範。簡單地說，除了文體不同，這些彈詞小說其實與當時的舊派文言小說面貌大致雷同。同時，正如天虛我生在《自由花·序》中所透露的，彈詞在蘇州、上海一帶深受歡迎，人人自幼浸淫於此，影響深遠。這些民初文人都與彈詞盛行的蘇州、上海地區有淵源，在地方風氣感染下，才會在寫小說之餘，也寫彈詞。再者，經由天虛我生引述「自由談」創始者王鈍根的說法，也可以發現彈詞小說在舊派小說中處於微妙的地位。蓋舊派小說雖然類型眾多，但皆以古文寫作為主流，所以才需要特意鼓勵彈詞小說的創作。王鈍根也承襲了晚清小說理論家的看法，認為彈詞小說雖是舊形式，卻最適於向閨中讀者傳達新理念與新知識。總而言之，在民初的上海，彈詞小說其實與舊派小說同時存在，都是構成洋場文學的重要部分。然而這卻是海派文學研究者一般比較忽略的一個側面。

由以上的例子可知，彈詞小說在民初上海是有市場價值的讀物，而且也仍然被認為與婦女

【一】譚正壁：《彈詞敘錄》，頁二一二。

【二】譚正壁：《彈詞敘錄》，頁一七七—一七八。這是由馮子和導演的時裝京劇所改編成的彈詞。該劇於一九一一年在南京首演，一九一三年在上海新舞台演出，據說纏綿悱惻，感動人心。可參見熊月之主編：《老上海名人名事名物大觀》（上海：上海人民出版社，一九九七年），頁三八六。

【三】此書有己未（一九一九年）鴛湖唐左儂序，休寧金燕序，陳萍因，王鶚士，陸無悲，陸碎樵等題詩詞七首，自題七絕四首，抄本（一本）。見譚正壁：《彈詞敘錄》，頁二〇八。

【四】兩書均藏上海圖書館近代文獻室。

【五】范煙橋說程瞻廬「並有彈詞五種，能一洗舊時彈詞之習，而有教世之益，均商務印書館出版。……藕絲緣彈詞．孝女蔡蕙彈詞．哀梨記彈詞．明月珠彈詞．同心梔彈詞」。見范煙橋：《中國小說史》，頁二九九。程瞻廬，名文棪（約一八八一—一九四三年），蘇州人，民國初年開始發表小說和彈詞，見吳組緗、端木蕻良、時萌主編：《中國近現代文學大系．小說卷七（1840—1919）》（上海：上海書店，一九九二年），頁九三七；張贛生：《民國通俗小說論稿》（重慶：重慶出版社，一九九〇年）。

有密切關係。我們接著便可考慮其與女作家的關係。彈詞曾經是清代女作家創作小說的最佳途徑，那麼，當新時代的女作家有了其他選擇以後，彈詞小說這個形式是否就完全被拋棄了呢？當然，從《玉鏡台》的例子，我們已經觀察到舊時女性彈詞小說的傳統，就像譚正璧與范煙橋所說，在民初以後已不可能延續。那麼，由男性舊派文人所經營起來的彈詞小說的市場價值，女作家如何看待呢？在這個問題上，我們發現映清同樣處於一個關鍵的位置。

由這個問題出發，筆者開始蒐集一些相關資料，而映清這位女性的面目也逐漸清晰起來。最引人注意的資料是，民國十五年（一九二六年），上海大陸圖書公司出版了《風流罪人》彈詞（排印本四本），共三十二回，作者為「姜映清」，並題為「時事彈詞」。【一】原來映清姓姜，而《玉鏡台》並非她唯一的彈詞作品。此書有王鈍根及劉豁公（？—二十世紀二十年代在世）序，海上漱石生題詩。而且，王鈍根為《風流罪人》作的〈序〉透露了許多關於作者的細節：

> 余友陳佐彤君之夫人姜映清女士，出身世家，少嫻詩禮，雅擅文章。……歲辛亥，余為《申報》創「自由談」，女士即以詩詞見投，間亦為小說。余深致歎賞，亟為刊佈。讀者無不稱美。無何女士偕陳君過訪，傾談之下，相見恨晚，自是往來漸頻，漸成通家之好。女士今年已四十許。陳君性耿介，不合流俗，故其文愈工，而境愈窮，女士弗以為愠。……余歷任《申報》、《新申報》、《商報》及《禮拜六》、《社會之花》諸雜誌編輯，

女士無不以詩詞小說相助。及予輟筆就商，女士亦遂不復著作。年來執教鞭于民立女子中學，賢勞倍昔。……而大陸圖書公司主人以女士所著《風流罪人》彈詞膾炙人口，多以《社會之花》分期排印，未窺全豹為憾，因丐女士力疾足成三十二章，始得印行單本，以饜海內讀者之望。女士於小說最工彈詞，求之今日著作界，幾如鳳毛麟角，此篇之作，彌足珍也。……【二】

王鈍根是《申報．自由談》的創始編輯者，也主編過包括《禮拜六》在內的多種小說雜誌，是民初重要的舊派小說家。我們由他的序得知了映清的姓氏與年歲、丈夫的姓名，映清與鈍根的淵源，以及《風流罪人》成書的經過。譚正璧在寫《中國女性的文學生活》中的《玉鏡台》條時，顯然尚未注意到《風流罪人》這個線索，這大概是因為他當時把眼光放在清末民初以前的古典作品，反而忽略了近在當代上海的文學市場。民國十五年的映清是四十許人，假設《玉鏡台》是早於此時的作品，那麼她當時離中年便還有相當一段距離。不過，譚正璧的猜測也並不離譜，至少，映清的丈夫的確是失意文人。姜映清與陳佐彤在現代文學史上並未享有

【一】上海圖書館近代文獻室藏。

【二】王鈍根：〈序〉，頁一—二，見姜映清：《風流罪人》（上海：大陸圖書公司，一九二六年）。

大名，資料極少。但筆者依照王鈍根提供的線索，直接由「自由談」入手，結果卻頗有收穫。「自由談」創始以後，的確不時刊登陳佐彤的作品。起初以詩詞為主，根據筆者所見，辛亥年（一九一一年）只有一篇；【一】但民國元年（一九一二年）數量便激增，上半年至少有九篇，下半年則不見蹤跡。民國二年初，陳佐彤的作品又開始大量出現，單以詩詞而論，全年就至少刊載過二十餘次。他的詩詞作品，就內容而論，多為感嘆國事日非，個人失意，亦不乏透露夫妻閨情者，間亦有嘲弄之作。此時，除詩詞外，陳佐彤也開始刊登其他類型的作品，包括短篇小說與遊戲文章等等，【二】這當與主編王鈍根個人的編輯風格有關。相對於詩詞，陳佐彤在小說、雜文方面，顯然以諷刺滑稽為主。這一期間，陳佐彤作品出現的頻率甚高，這大約也與他跟鈍根的交情不無關係。在陳佐彤成為「自由談」的作者後不久，映清本人也加入了投稿陣營。她在「自由談」上的初試啼聲之作，是民國元年（一九一二年）七月一日「心直口快」欄所載〈感懷〉詩四首。詩曰：

愧學比干說短長，紛爭黨禍礙安康。
蛾眉早奪英雄氣，不掛香囊掛劍囊。（其一）

生計艱難百感真，共和誤盡自由身。
黃金寶貴江山賤，甘作亡清第二人。（其二）

前途黑漆引愁長，欲滅牢騷借杜康。
霜髮蒼髯誰解脫，要贏膏血實貧囊。（其三）
好夢原來未必真，茫茫花月鏡中身。
憑他暮鼓晨鐘鬧，難醒紅羊劫裡人。（其四）

四首詩皆表達作者對共和時局的不滿，以及對個人境遇的感傷，而兩者皆與其夫婿的觀察與體會類似。民國二年開始，映清出現在「自由談」上的作品增多，全年刊登了十次左右，有時同日刊登一篇以上。其中的詩詞之作，多相思閨怨等情調，如民國二年九月五日，「自由談」就登了映清的〈佐彤外史亂後返家集唐三章夜涼多暇亦檢唐人詩摭拾率賡二絕〉一首、〈秋江送別集唐〉二首以及〈閨怨〉四首。這幾篇作品全都是表達對丈夫遠遊的思念之情。例如〈閨怨〉四首中的第四首：

【一】〈初遊獅子林〉（七月十三日）。

【二】如民國二年九月十五日有佐彤著〈滬人之血．可憐婆〉一則，以半類短篇小說的形式，描述戰禍中的受難者。二年九月二十六日及二十九日，載有「滑稽短篇」〈詩丐〉。又如二年十二月十三日在「遊戲文章」欄，有〈現世大藥房廣告〉，譏諷當世無恥行徑。二年十二月二十一日，有「諷刺小說」〈勢利鬼〉。二年十二月二十七日，有「遊戲文章」〈新尺牘〉，譏笑新學生文字程度低落。

香爐薰籠孰與歡，密封書就幾回看。
臨時欲寄重行拆，猶恐情長未訴完。

事實上，此時的姜映清已確立了「自由談」作者的身份。民國二年初，鈍根將「自由談」投稿者之姓名與肖像逐日刊登，以使作者互相識面。五月二十一日，「自由談」便刊登了徵求作者小影的廣告，而佐彤與姜映清皆列名其中。【二】六月二十九日，佐彤小照登上了「自由談」，下註：「陳德桓，字彤佐（按，應為佐彤之誤），別號銘彝，一字恂恂，又字亞東恨物」。接著，六月三十日的「自由談」便刊登了「映青女士」小照，註曰「姜漣，字映清，別號象乾，東魯人，適陳佐彤」。連續兩天的小照刊登，清楚説明他們與「自由談」的淵源，也向《申報》諸讀者公佈兩人是夫妻檔作家。

比較特別的是，民國二年九月二十二日，陳姜映清在「自由談」之「文字姻緣」欄中，刊載了七言詩一首。她在詩作的説明中，明白表示此詩乃為張姓女友之夫棄妻另娶，不平而作：

本城顧某，棄妻重娶，絕少顧忌。清與張氏誼屬世交，目擊此種野蠻之事，發現於自號文明之顯者家，竊為張女士深抱不平，而尤為共和前途三嘆息焉。爰成七律章以慰女士。

詩曰：

文明公道兩何存，薄倖如斯海內驚。
尤物自然甘坐妾，多妻無奈竟忘卿。
姻緣未斷情先斷，聲勢雖贏理豈應。
恥逐寒蟬非亦是，為他人作不平鳴。

姜映清為友打抱不平，遂以報紙公器，嚴詞批判，稱之為野蠻行為，這麼激烈的舉動，透露出她的個性應該是相當強烈的。尤其有趣的是，映清還認為中國社會有此薄倖之徒，可見離文明之境尚遠，而國家前途更堪憂慮。私人感情與家庭倫理，在她的認知裡，是應該放大到國家社會命運的層次來考慮的。這一個特點在她後來的長篇著作《風流罪人》中，也有所表現。

這一年，「自由談」還透漏了陳氏夫婦生命中極為重要的不幸事件，這個記錄也間接有助

【一】其時，共同列名的女作者還有瘦紅、碧梧、綠窗、倚桐、雲珠、秋孃、蘭貞、芝卿、庭珍、錦雲、藝俠、漱馨、清芬、海珊、半梅、侍仙內史、盧善珍、魏鋤月、施畹芳、張曼君等人。在此徵求廣告之前，有名「雙璧」的女作者，於五月七日刊登小照，引起眾多賞鑑，題照和次韻者甚多。

界定《玉鏡台》的寫作時間。民國二年三月三日，佐彤在「自由談」刊登〈悼亡女山圭作〉七律二首，詩中說明其幼女感染天花，又被庸醫殷受田誤投涼藥，因而致死。民國二年十月十日，陳姜映清又有〈感言〉詩一首，同樣提到女兒病亡的事情。映清詩曰：

韶光如剪復如梭，半世真同一霎過。
金盡裘凋僮僕怨，米珠薪桂友朋苛。
殤因幼女歡容少，話到庸醫切齒多（幼女為兒科殷某所誤）。
作事自知無隱匿，彼蒼謂我果云何。

此詩除了感嘆生涯艱苦之外，也提到幼女因醫者延誤致死的痛心經驗，可見在事件發生半年以後，她仍無法釋懷。映清在《玉鏡台》的自敘中也提到自己先殤長子，幸獲次子，又生嬌女，卻「庸醫耽誤又傾拋」。【二】佐彤的〈悼亡女山圭作〉就算不是緊接著山圭之死後發表，但亦不應相差太遠。另一個相關證據是，「自由談」又在同年十一月二日刊登了映清的〈戲擬庸醫開聯合會推制病家啟〉這篇極盡苦辣諷刺能事的作品。映清對庸醫的忿恨，溢於言表，顯見殤女事件的創傷去之未遠。這麼看來，《玉鏡台》既作於山圭死後，那就應當是民初的作品，而非如譚正璧最早的推測，是晚清的作品。

次年，陳佐彤在「自由談」上仍然活躍，詩詞小說等刊登將近三十次，而且仍以遊戲諷世為主調。另一方面，姜映清的作品數量則銳減，全年只有八月十八日〈新秋夜坐〉一首與九月二日與陳佐彤的七夕聯句。民國四年（一九一五年），王鈍根辭去「自由談」主編之職，陳氏夫婦似乎也隨之進退，逐漸淡出。這一年，佐彤的作品總共不到十篇，而映清亦只有十月二十三日刊登和佐彤詩二首，安慰丈夫於逆境中從容達觀。這個情形，與鈍根的描述完全符合。

此後，佐彤的文字便極少出現於《申報．自由談》，映清更是銷聲匿跡。可惜筆者目前蒐集的資料未盡周全，不能證明陳氏夫婦是否轉移到其他報章雜誌發表作品；不過，依照王鈍根的說法，姜映清在鈍根棄文從商後，也就退出了這個圈子，不復著述。如果以《申報》為焦點來看的話，則映清似乎要到民國十四、十五年左右才重新現身於文藝圈。民國十四年五月二十四日，「自由談」刊登了映清的白話極短篇〈吾害了他〉。這篇文字只有四百字，前半段描寫一對中年夫婦後悔誤定兒子親事的對話，後半則轉入隔室的美少年，正自談自唱，歌詠父母之恩。前後相對，亦頗有些意味。另外，民國十五年五月三日，「自由談」刊登劉豁公、董柏崖主編之《春之花》小說雜誌之廣告，該期「名家小說」，除包天笑（一八七六——一九七三年）、天虛我生（一八七九——一九四〇年）、畢倚虹（一八九二——一九二六年）、王鈍根、周瘦鵑（一

【一】參譚正璧：《中國女性文學史話》，頁四六二。

八九四—一九六八年）、陳小蝶、徐枕亞等著名舊派小說家的作品外，還收有梁杏如女士之〈月夜〉、姜映清女士之〈春衣〉、蕙芳女士之〈阿三小史〉三篇女作家作品。映清在這個階段，應該又與舊派文人的小說雜誌有一些往來。而十五年八月十一日，「自由談」突然刊登了夫婦二人合著之〈贈名醫張益君先生〉詩五首。詩贈良醫，對陳氏夫婦而言其實有特別的意義。我們還記得當年愛女之死的遺憾，曾引起映清在「自由談」上為文譏諷庸醫；而《風流罪人》中女主角的志向也正是學醫濟世。種種線索，說明映清夫婦十數年來對醫生的複雜情緒。另外值得我們注意的是，陳氏夫婦發表〈贈名醫張益君先生〉，時間正當《風流罪人》出版單行本的時候，似乎不是單純的巧合，很可能帶有宣傳的用意。

民國初年，彈詞仍與傳奇、小說同樣被視為傳統「說部」，不時在各種小說雜誌中連載，甚至在上海開設的文藝函授學校裡，也仍有教授彈詞寫作的課程。即使到了民國十五年，《風流罪人》還是被出版社認為具有暢銷潛力的。何以見得？民國十五年八月十九日、二十二日、二十四日、二十七日以及九月二日，「自由談」連續刊登《風流罪人》大幅廣告，稱之為「一百萬言情場奇書」，除作者姜映清之外，又特別標明是由「王鈍根先生校閱」、「海上漱石生題詞」、「劉豁公先生序文」，並由「名畫家胡瘦竹先生繪圖」，而這幾人都是民初舊派小說的名人，顯然具有烘雲托月的哄抬效果。同時，作者的親筆題詩，甚至「最近小影」也成為小說的賣點。廣告詞極盡誇張之能事，說什麼「情場中有迷離樸索之黑幕，情場中有不可思議之秘密」，又說是「三姑六婆，牽線拉馬，想出許多惡毒手段」、「浪子蕩子，探豔採花，做出不少風流韻事」。甚至比之於《紅樓夢》、《金瓶梅》。小說的內容被形容為「豔事豔跡，趣史趣聞」，效果則是「纏綿悱惻，銷魂盪魄」。這五次廣告，內容大致相同，只有些許更動，筆者在此以其中兩種款式，供讀者知其大略。

《申報》上的書籍廣告很多，但《風流罪人》這幾次廣告的篇幅很大，比諸《申報》上其他的書籍廣告，尤其是單一作品的廣告，算得上極為醒目的。廣告是否有效，小說是否暢銷，筆者尚未找到相關資料可以證明，但廣告本身告訴我們，在民國十五年左右，王鈍根雖說彈詞小說已如鳳毛麟角，但仍是一種讀者習見且樂見的文學形式，值得出版商的投資與行銷。

如前所述，《風流罪人》在報章上大張旗鼓的

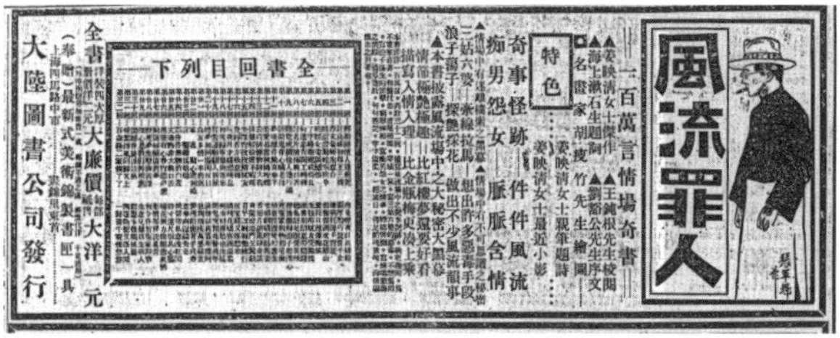

八月十九日廣告

八月二十四日廣告

廣告中，其實不乏傳統的推銷手法，例如請王鈍根與劉豁公作序。劉豁公也是民初的舊派小說家，且與鈍根時有合作。特別找此二人推薦，當然是針對舊派小說讀者而發的推銷手法。事實上，民國十五年七月二十六日，《申報》還趕在《風流罪人》出版之前，事先刊登了劉豁公的〈風流罪人彈詞序〉，其實也就是一種廣告。而題詞的海上漱石生，也是著名的長篇小說作家，本名孫玉聲（一八六二——一九三九年），即《海上繁華夢》的作者。換言之，《風流罪人》除了作品本身之外，還糾合了當時舊派小說的幾個代表人物，將小說包裝成更利於銷售的商品。

尤其有趣的是，書中附有作者的照片，在廣告中竟也成為小說的特色之一。當時風氣，明星名角的照片，經常是報章雜誌的重要部分，而民國二年「自由談」按日刊登作者照片，號稱方便作者彼此識面，究其實也不外滿足讀者好奇心理的用意。即使如此，當時姜映清既如鈍根所言，年已四十許，其小影卻被當成賣點，無論如何總是有點難以索解，更不知作者本人如何理解。而廣告詞更極盡煽情之能事，幾乎將這部小說定位為專門揭發醜事的黑幕小說，吸引讀者為了偷窺蕩女淫男的行徑而買小說。

不過，廣告如何表現，並不在作者的控制之下。《風流罪人》是否真的只關心社會黑幕、男女浪跡？還是廣告為了招徠讀者，故意扭曲了姜映清的作品？當時流行為小說的內容歸類，有「哀情小說」、「寫情小說」、「愛情小說」、「政治小說」、「滑稽小說」、「諷刺小說」等等名目，而在《風流罪人》的封面上，則標為「時事彈詞」。此處所謂「時事」，無關乎當時的政治外交事件，指的其實是社會現象。劉豁公的〈序〉說此書：「寫家庭瑣屑，兒女私情，與夫社會之怪，幾如水銀洩地，無孔不入。……文固有以寫實見長者……。」【一】說的就是這個意思。換句話說，作者描寫的重點便是當時社會的怪象。那麼作者本人怎麼說呢？映清的〈自序〉，一反小說本身文字風格的淺俗，用典雅的詞體寫道：

夭桃弱柳。豔絕春闌後。蕩佚成風倫理舊。易俗思量能否。

又說是：

細寫紅閨情緒。薰香傅粉堪憐。癡心總負華年。誰也回頭孽海。不教腸斷歸船。【二】

在映清的說法中，她還在承續通俗小說移風易俗的道德責任，而女性的情感與命運，以及倫理如何重振，才是她關心的重點。作者本人對作品的認知，與出版商打廣告的賣點之間，顯

【一】劉豁公：〈風流罪人彈詞序〉，頁一，見姜映清：《風流罪人》。
【二】皆見姜映清：《風流罪人・自序》。

然存在巨大的差距。那麼，實情究竟如何呢？

《風流罪人》是一個由蕩子起頭，而由貞女結尾的故事。浪蕩子沈古檀在西湖畔巧遇富家女賈曇花，一見傾心，冀求好合。誰知曇花是知識女青年，心存國難，一意出國留學，行醫濟世，所以不但對古檀不理不睬，甚至面對歸國學人甄超英的一片癡心，也不為所動。古檀出於私心，使出百般手段，破壞曇花名譽，企圖迫使曇花屈服。曇花於是出國留學，學成後回鄉行醫，親見古檀染梅毒慘死。超英因婚姻不幸而有吐血之症，幸得曇花救治，始得活命。但曇花仍拒絕與超英結合，反而放棄一手建立的醫院，遠走他鄉，以避情孽。在這條主線之下，穿插描寫曇花的一片冰心，與當時其他女學生的不檢點行徑形成對比，並展現她調解各種男女及家庭紛爭的能耐。另有沈家一條線，包括古檀之妹雪芬如何驕縱放浪，古檀之父在上海包養姨太太，母親大鬧小公館，以及古檀與陸乃雲在上海「一品香」旅館一夜風流等等情節。此外超英的一條線，主要描寫超英奉母命與洪清椒結婚，清椒貌美性淫，不安於室，以致夫妻時時反目，姑媳天天失歡，甚至鬧出仙人跳，全家雞犬不寧等等情事。

這部小說與清代的女性彈詞小說相較，篇幅其實很短，但跟前文所舉清末民初彈詞小說的例子來比，則誠如《申報》的廣告所說，已經算是巨著了，在當時果然是難得出現的長篇彈詞。然而在小說的風格與結構上，《風流罪人》卻頗有一些特色，但亦不乏可質疑之處。首先，作者雅擅詩詞，舊學頗有根柢，但在《風流罪人》中，她放棄了寫《玉鏡台》時的傳統彈詞體，改以更為淺白的文字行文，白話敘述的篇幅也很多。如果用舊時閨秀寫彈詞以華縟相尚的標準，則《風流罪人》的文字委實淺俗許多。我們固然可以說這是為了迎合通俗讀者的閱讀習慣，但也要考慮映清除了彈詞，也創作其他類型的小說，所以寫彈詞時可能受到影響。小說的開頭這麼寫著：

你看這夕陽不是漸漸的沈西了麼？天邊一層一層的霞彩，顯出無數顏色，煞是可愛。這西子湖濱，涼颸吹動，霎時間不但殘暑盡消，竟然帶著幾分秋意了。古檀迤邐行來，聽那暮蟬聲聲唱和，隱約夾著遠寺的鐘聲，那裡覺得什麼岑寂。【一】

這樣的開頭，放棄了傳統彈詞小說以七字或歌曲起頭的形式規範；同時，男主角古檀出場，既無敘事者的說明，也無角色自報家門。若非夾雜七字彈詞體，則《風流罪人》與當時的小說其實極為相近。從另一個角度來看，何嘗不能說映清實驗了彈詞的新形式？

不過，小說在結構方面，卻有很多缺陷。比如，全書共三十二回，但從第十七回超英與清椒成婚起，幾乎都在描寫夫妻二人由親暱到反目的閨中私語與家庭勃谿種種細節，古檀與曇花

【一】姜映清：《風流罪人》，第一回，頁一。

這兩個提綱挈領的人物反而消失，要到第三十一回才突然重新出現。同時，小說中有太多插曲與人物，都是驟然出場下場，猶如斷線風箏，全無章法。像是沈雪芬這樣的人物，在小說剛開始時，作者一再暗示她與古檀因家長溺愛，將來都會失德喪行，貽羞父母，但後來的情節發展，卻絲毫未在雪芬身上發揮。或如第十三回的袁寶珠、第十六回的陸道暄及葉氏姊妹等角色，都是出場時似有左右大局的架勢，結果卻是無疾而終。全書且不要說什麼首尾呼應、草蛇灰線之法，就連基本的情節架構，都險些不能照顧。譚正璧說《玉鏡台》「文藝的伎倆亦平常，關目既嫌鬆懈，敘事又多脫落」，竟又可移來批評映清的第二部彈詞作品。當然，《風流罪人》既然跟當時許多舊派小說一樣，在雜誌上分期刊載，那麼作者只照應當回的情節是否能吸引讀者，而不講究通篇的佈局結構，這也不足為奇。但小說結構鬆散的缺陷，是否只能歸因於創作的條件，卻是個還待商榷的問題。

不過，譚正璧認為《玉鏡台》缺乏傳統女性彈詞小說的「細膩的描寫，委曲的敘述」，這一點在《風流罪人》中則有所改變，至少劉豁公就稱許此書有許多「家庭瑣屑」的描寫。這些細節的描繪，多半表現在古檀、雪芬兄妹與超英、清椒夫妻的日常生活上面，包括新式飲料、毛皮衣飾、家居擺設等等物質用品的羅列，兄妹嬉鬧、閨房調笑等言語笑貌的勾勒，以及各種家庭勃谿場面的描寫。例如第四回描寫古檀之母趙氏到上海抓姦，古父託朋友之妻拖延之，趙氏藉故脫身：

古檀怏怏扶著娘走下樓梯，只見那女的，正在龍頭上放水，洗淨魚肉等類。小丫頭蹲倒在那裡扇風爐。一爐炭火扇得旺亮。……女的回頭，見他母子告別要走，心中一怔，忙伸手攔阻。……那女的便道：「姊姊不要去了不來，停歇子樓伯伯和秋蓀轉來，曉得我放你走，都要埋怨我，這卻擔當不起。」趙氏正色道：「姊姊看我，可是花言巧語，專慣哄騙人家的人嗎？」秋蓀女的覺得趙氏話中有骨，登時粉頰一紅，便道：「既如此，我等候姊姊到這裡來吃中飯。」【一】

再如第六回寫古檀約乃雲在一品香旅館幽會，小說便細細勾畫旅館內如何裝潢擺飾，以及「西崽」（侍者）如何服務客人等等細節。一品香是當時上海最高級的旅館，映清如此細心描繪，可能也是為了滿足讀者好奇的心理。姑舉一段為例：

卻說兩部車子，拖到一品香門首，自然是古檀搶先付了車資，然後陪著乃雲進去。早有一個身穿雪白號衣的西崽，迎將出來。……只見房屋寬暢，一落式外國傢生，佈置得甚

【一】姜映清：《風流罪人》，第四回，頁一八。

是齊整乾淨。面對面排列著兩隻銅床，床上都是珠羅紗帳子。【二】

姑不論以上這些細節描寫的效果如何，其與女性彈詞小說的細節傳統，顯然仍有關係。「停歇子」、「西崽」等詞語，都透露了地域與時代的特殊風情，對旅館的描畫更可滿足讀者的窺探之心。兩個女人勾心鬥角的對話，則令人想起白話世情小說的相關傳統，這在其後對超英與妻子的勃谿場面中，更發揮得淋漓盡致。總之，從抒寫胸臆到描寫社會，《風流罪人》可說將傳統女性彈詞小說拉下凡塵，在民初的上海落足。

映清在道德上則顯然處於尷尬之境。舊派小說家對婚姻自主等問題，持保守態度的居多，而在作品中對當代男女關係的描寫，則是夾雜著批判與獵奇的心情，尤其喜歡諷刺「假自由之名」，而行浪蕩之實的新派女人，所以「海上閨秀現形記」之類的作品，大行其道。姜映清說世道蕩佚成風，有以小說易俗之意，所以《風流罪人》的中心人物應該是曇花這個動不動就拿救國的道理教訓別人、最不風流的女道學。但另一方面，「罪人」實在更多，以古檀為首，小說裡的男女，不論長幼，似乎都專事拈花惹草、煙視媚行。就連本來前程遠大的歸國學人甄超英，也不由自主地淪陷在女人的風情與上海的物慾之中。他們來回於杭州與上海兩地，上海代表新奇事物與道德墮落，杭州則在小說結尾成為救贖之地，讓曇花實現宿志，古檀得到報應，而超英重拾生活。在這個輪廓中，正派的女主角學成行醫，譽滿鄉梓，再也不必像往昔的彈詞女英雄那樣，總要假扮男子，才能暫時在社會上立足。但她環顧四周，一片慾海情魔，何嘗又有出路？小說結尾，曇花留書遠颺，離開製造罪惡的墮落城市與滿身骯髒的風流男女。風流罪人其實還是戰勝了知識淑女，作者大概也不必再費心思量易俗能否了。小說裡的罪人佔了上風，而現實中的女性彈詞小說的殿軍作者，也終於甘心讓自己的作品被封為揭發情場醜事的海上現形記。

其實，晚清以來報刊雜誌連載小說，作者寫作的方式不連貫，又常為趕稿而信手編寫，所謂「新小說家」及後來五四作家都在其影響範圍之內。所以當時小說文氣斷續，前後重複等等敘事上的毛病，都跟此一傳播方式有關。【二】姜映清《風流罪人》的種種敘事缺陷，未始不可由此解釋。不過，我們也還記得，清代女性彈詞小說的創作過程，也是斷斷續續，曠日持久，但作品即使才情不高，長篇巨幅的小說中，卻極少出現首尾脱落的現象。看來這與作者的創作心態，還是有一定的關係。女作家終其一生，以一部彈詞小說為「功業」的心理，在晚清以後的確已不可能存在。姜映清的例子，充分見證了譚正璧與范煙橋的理論。明清文人曾期許閨閣作家保有不受社會污染的清靈之氣，他們的男性心態如何，不是此處討論的重點，但由《玉鏡

【一】姜映清：《風流罪人》，第六回，頁一。

【二】參陳平原：〈小說的書面化傾向與敘事模式的轉變〉，收入《中國小說敘事模式的轉變》（台北：九大文化，一九九〇年），頁二八七。

台》到《風流罪人》，我們倒真的看到女作家加入出版市場，不再靜處閨閣之後，可能對作品有什麼樣的影響。

一般認為，在五四新文學興起以後，舊派言情小說便逐漸式微。這固然是因為新文學的崛起，但亦不乏舊派小說內部發展的因素，尤其是上海地區其他新興娛樂的興起，多少取代了小說的娛樂功能。【一】彈詞體小說在此一變化中，也難逃衰亡的命運。在《風流罪人》之後，便再也沒有女性創作的長篇彈詞小說出現了。女性彈詞小說傳統真正的殿軍，其實應該是姜映清的《風流罪人》吧！

三、尾聲——姜映清與上海新興娛樂

就算《風流罪人》曾在彈詞小說與舊派小說匯流的尾聲，在市場上暫領一時風騷，它仍舊只是迴光返照，昭示著長篇彈詞小說的末路窮途。然而，這卻並非姜映清這位女作家寫作事業的結束。之後，她又在另一個跑道上，繼續藉語言文字吸引大眾。民國二十四年（一九三五年），姜映清出版了《彈詞開篇集》一書，證明她的通俗文學事業與對彈詞的興趣，並未因彈詞小說式微而隨之終止。

所謂「開篇」，本是舊時書場在講唱故事開始前，所演唱的短篇唱段。開篇通常擷取知名故事的片段，以典雅文字與抒情手法描述單一事件或人物。後來由於開篇受到聽眾歡迎，有時甚至不再附屬於長篇故事，可以單獨演出。上海地區彈詞說唱興盛，始自太平天國之亂時期。當時江浙人士紛紛湧入租界避難，彈詞藝人也從蘇州轉入上海，因此造成上海書場的盛世。後來，無線電普及之後，彈詞更從書場走向每戶人家的臥室廳堂，成為日常生活的一部分。【二】每天打開收音機聽彈詞，跟每天翻開報紙副刊看連載一樣，都是一種市民娛樂形式。需求本是創造之門，我們可以想見，既然彈詞節目大受歡迎，必然要有人為之服務。映清《彈詞開篇集》其實就是這新的收音機彈詞文化的產物。此書今不易見【三】，但當年曾留意於映清在女性彈詞小說發展上之地位的譚正璧，在其晚年發表的彈詞資料專著中，不但並未遺忘她，甚且搜列了更多相關資料。根據譚氏所錄，《彈詞開篇集》有序三種，分別出於陳達哉、王鈍根與其子陳雲之手。其中，陳達哉序對上海收音機彈詞現象與映清寫作的關係，有所說明：

【一】有關舊派小說式微的各種因素，可參考李健祥：〈清末民初的舊派言情小說〉，收入林明德編：《晚清小說研究》，頁五〇〇—五〇六。
【二】阿英：〈女彈詞小史〉，《小說三談》，收入《小說閒談四種》（上海：上海古籍出版社，一九八五年），頁六七—六八。
【三】本書第五章將集中討論《姜映清彈詞開篇集》一書及其出版背景。

> 彈詞盛行於蘇，自無線電播音機暢佈，而彈詞益盛。……電台節目中，其大部時間，悉為彈詞所佔。於以知嗜此者之眾。……我友陳雲律師之母夫人姜映清女士，夙擅文章，含飴弄孫之暇，恆以無線電播音機為遣。以開篇文義之未能盡善也，則戲揮翰為之。積之既久，裒然成冊。陳義既正，而文詞清麗，益引人入勝。其有功於風俗者，豈淺顯哉！【一】

由此序可知，陳達哉是映清之子陳雲（一九〇五—？年）的友人。在他的陳述中，映清是因為喜愛收聽彈詞，進而開始創作彈詞開篇。而王鈍根於《風流罪人》出版近十年後，也再次為姜映清的作品作序。在這篇序中，王鈍根提供了更多有關映清的生平資料，並透露自己不勝今昔之感：

> 姜映清女士，予友陳佐彤君之德配也。才思敏贍，雅擅詞章。遜清末造，上海始創女學，女士得風氣之先，學術淹貫中西，而能維持舊道德，不以新潮流之浪漫為然，隱有砥柱中流之志。畢業後，曾執教鞭於吾鄉之在明女校，一時老師宿儒，咸與之遊，宴會唱和無虛日，名滿久峰三泖間。……今女士老矣！文字之興，猶未衰歇。近見無線電播音台林立，盛行彈詞，而其所唱開篇，佳構不多見。爰於含飴弄孫之暇，攤牋揮翰，抒寫閒情，而一軌乎正，蓋有功社會之作也。【二】

王鈍根在這篇序中明確指出映清是晚清上海的第一代女學生。當過新式女學生的映清，心有所感時，還是選擇創作彈詞小說《玉鏡台》，說明了彈詞對婦女影響之深。王鈍根在「舊道德」與「新潮流」之間強劃疆界，但我們不知他要如何解釋一個「中流砥柱」的舊道德堅持者，怎麼又同時是「宴會唱和無虛日」的仕女班頭。其實，這個矛盾，正是寫《風流罪人》時期，既要強調道德，又要照顧讀者需求之姜映清的寫照。而映清之子對母親從事開篇創作的過程，也有一番描述：

> 家慈個性，夙愛韻文，家庭間吟詠，戚友中唱酬，數十載積稿甚夥。曩歲在校授課餘暇，手撰《玉鏡台》、《風流罪人》等彈詞說部，傳誦一時。……自滬市無線電風行，聽彈詞說部，不禁見獵心喜，常作開篇以自遣。集之成帙，其中正多亦莊亦諧可歌可泣之作，譜諸宮商，別饒風味。【三】

【一】陳達哉：《姜映清彈詞開篇集‧序》，引自《評彈通考》，頁三四一——三四二。

【二】王鈍根：《姜映清彈詞開篇集‧序》，引自《評彈通考》，頁三四二。

【三】陳雲：《姜映清彈詞開篇集‧序》，引自《評彈通考》，頁三四三。

陳雲所描繪的母親，當與許多傳統閨秀類似；因聽收音機彈詞而起意寫開篇，也和陳達哉與王鈍根的描述相近。映清寫彈詞開篇，在作序親友的理解中，不是為了抒寫閒情、排遣時間，就是為了改革世風、端正人心。總之，他們想要呈現的姜映清，其實還是一個習於以文藝自娛的傳統閨秀。在當過晚清第一代女學生、「自由談」第一批女作家、寫過暴露情場黑幕的彈詞小說以後，姜映清最後成為一個坐享弄孫之樂的老太太。

然而，這個故事的結尾還有另一個版本。根據評彈界的記錄，姜映清在一九二六年後辭去教職，閒時在家聆聽收音機評彈，之後，開始編寫開篇，而且寄送電台或者評彈演員，供其播唱。在三〇年代，她的作品相當受到演員與聽眾的歡迎。在她寫的開篇中，不但有講閨中風情的，也有像〈災民的苦況〉、〈江浙戰禍〉這樣關心時事的。其中若干篇章，如〈柳夢梅拾畫〉、〈杜麗娘尋夢〉等，甚至為人長期傳唱。【一】她的這兩篇代表作品，都以《牡丹亭》為題材，前者描繪杜麗娘的心情，後者模擬柳夢梅的目光，風格上都是兼容雅俗，並且運用疊字或重複句來造成演唱時婉轉迴盪的美感效果。【二】例如〈尋夢〉一章形容麗娘：

病懨懨懶把回文繡　嬌怯怯無意理絲桐
情脈脈終日園亭坐　露盈盈溼透繡鞋弓
雨瀟瀟滴盡紗窗淚　草青青隔斷錦屏風

恨綿綿孰是知音伴　　心戚戚甘作可憐蟲……

又如〈拾畫〉所說：

姊姊啦為甚你鳳目盈盈來看小生　　莫不是嫦娥私出廣寒門
分明是閉月羞花人絕代　　姊姊啦為甚你鳳目盈盈來看小生
淡妝綽約如仙子　　翠環低墜玉釵橫
妙不過雲鬟雙分珠鳳壓　　姊姊啦為甚你鳳目盈盈來看小生
桃花粉頰梨渦現　　櫻桃小口綻朱唇
妙不過柳葉秀眉添喜色　　姊姊啦為甚你鳳目盈盈來看小生
瓊瑤佳鼻甚端正　　鸞綃微漏玉蔥春
妙不過繡帶漫藏蓮瓣穩

【一】吳宗錫主編：《評彈文化詞典》，頁一四〇。考諸彈詞影音記錄，這幾篇作品的確是現在仍在流傳的彈詞名篇，例如著名藝人如沈儉安與薛筱卿的沈薛調雙檔就有演唱〈拾畫〉的錄音。

【二】這兩篇作品收入蘇州彈詞大觀編輯委員會編：《蘇州彈詞大觀》（上海：學林出版社，一九九九年），頁一七四—一七五。又見徐扶明編著：《牡丹亭研究資料考釋》（上海：上海古籍出版社，一九八七年），頁二七九—二八一。

妙不過羅衫淺色裙深綠　姊姊啦為甚你鳳目盈盈來看小生
真所謂脈脈柔情何處寄　依依春色半含瞋
難將修短描新樣　姊姊啦為甚你鳳目盈盈來看小生……

這樣的作品，果然甚得彈詞婉轉細膩的精髓。可以想見，已抱孫的姜映清，在創作這樣的作品時，如何憶起自己當年寫長篇彈詞小說的心情，而那時的評彈演員演唱這些開篇時，又打動了多少聽眾的心。在彈詞事業的最後階段，姜映清之所以仍然如此投入，其實是因為在心理上受到收音機前聽眾的驅動。閨情、革命與市場這些驅動創作的因素，彼此之間或有衝突、或有補充，在清末民初時期，匯集在通俗取向的女作家身上。姜映清由女學生蛻變為職業女教師兼女作家，並且打入通俗文學的出版市場，最後還參與城市大眾娛樂的生產，這個圖像，不但在女性彈詞小說史上具有象徵意涵，更有助吾人釐清女作家在民初通俗文壇的位置與角色。

原題〈閨情、革命與市場——一個閨秀作家切入民初文壇的例子〉，曾收入《新理想、舊體例與不可思議之社會——清末民初上海「傳統派」文人與閨秀作家的轉型現象》，台北：中研院文哲所，二〇一〇年。

無線電時代上海女性彈詞開篇的新創作空間

一、前言

本書第四章以「閨情」、「革命」與「市場」三個關鍵詞，描述彈詞小說這一敘事文類的發展，以及女性創作在不同時期展現的特色甚至本質上的改變。簡化地說，清代的女性彈詞小說，幾乎無一例外都是仕紳階級閨秀才女的抒情言志之作，承載著作者對傳統女性生活限制的反省，以及對女性才情發揚的想望。時至晚清，彈詞與其他說部類型都被賦予面向大眾的啟蒙任務，女性作者也可藉此搖起革命的大旗。而在二十世紀初期的上海文藝場域，隨著彈詞曲藝在書場中普受歡迎，作為案頭讀物的彈詞小說也成為消費文化的一環，在出版市場中爭佔一席之地。

在論及活躍於清末民初的彈詞女作家姜映清時，我已注意到她於三〇年代出版《姜映清彈詞開篇集》，該書收集了她的短篇作品，可謂代表女作家、彈詞創作與新興無線電文化三者的交集。然而，我第一次討論姜映清時，並未得見《姜映清彈詞開篇集》一書，只能依據譚正壁《評彈通考》以及《評彈文化辭典》、《蘇州彈詞大觀》等工具書收錄的片段材料，簡單討論姜映清的彈詞開篇創作，並得到這樣的結論：

> 姜映清由女學生蛻變為職業女教師兼女作家，並且打入通俗文學的出版市場，最後還參與城市大眾娛樂的生產，這個圖像，不但在女性彈詞小說史上具有象徵意涵，更有助吾

人羣清女作家在民初通俗文壇的位置與角色。

此一對世紀之交女性彈詞創作嬗變的觀察，我認為至今仍有意義，然而，未能直接探討姜映清的開篇集作品，畢竟是很大的缺憾。幸而最近我終於取得《姜映清彈詞開篇集》文本，【一】展讀之下，深覺姜映清的開篇作品一方面承續傳統女性彈詞自我敘寫與抒情言志的傳統，一方面展現新時代女性彈詞與社會互動的氣象，實有深入研究的價值。未來還可與同時期男性文人創作的開篇作品放在同一平台討論，當是探索二十世紀三〇年代以降上海社會與文藝發展的新視角。本文先針對上海女性開篇創作作一初步討論。

二、由《姜映清彈詞開篇集》的副文本談起

《姜映清彈詞開篇集》於民國二十五年（一九三六年）二月出版，出版者是家庭出版社，由上海三大鑄字廠之一的華豐印刷鑄字所（創立於一九一五年）負責印刷，銅模字型與印刷皆極精美，並附圖版多幀，顯見是一用心的文化投資。這部開篇集的作者是清末民初女作家姜映

【一】此一文本乃研究近代文學與近代女子教育的黃湘金教授所贈，在此特別申謝。

清，在此之前，她曾以詩文、彈詞之類的文學作品活躍於《申報》等報刊，是一位與當時諸多傳統派文人密切往來的重要女作家。民國十五年（一九二六年），姜映清將在雜誌連載的《風流罪人》彈詞出版為單行本，便曾出動一群上海傳統派文人為她抬轎，所以書中有「王鈍根先生校閱」、「海上漱石生題詞」、「劉豁公先生序文」以及「名畫家胡瘦竹先生繪圖」。十年之後，當映清出版開篇集，這一套名家烘托的手法更上層樓，網羅了許多上海著名文人與從事彈詞創作的作家為之題詞作序，同時，又附上多幅當紅彈詞藝人的照片，以及作者本人古裝扮相的照片。可以看出，題詞、序文、圖版共同構築了姜映清開篇創作的文藝網絡，傳統派文人為經，彈詞藝人為緯，圍繞姜映清形成具有時代與地域意義的彈詞開篇文化。

首先要注意的是映清之夫陳佐彤扮演的角色。陳佐彤與姜映清堪稱文藝伴侶，之前便經常連袂出現於上海傳統派文壇。根據出版頁，他擔任本書的校對者，為妻子的出版活動服務。此外，本書也收錄了陳佐彤為映清四十壽辰所寫的四首祝壽詩以及詩序，其中盛讚映清的才德，無疑意在確立映清的道德高度。

其次可一覽題詞眾人，包括書名頁為王鈍根（一八八八—一九五一年）題「映清女士彈詞開篇」，另嚴獨鶴（一八八九—一九六八年）題「旖旎風光」，周瘦鵑（一八九五—一九六八年）題「如聞其聲」，潘之展題「錦心繡口」。這幾人之中，王鈍根與姜映清夫婦的淵源最深。王鈍根重視彈詞，主編《申報》副刊「自由談」時，即曾邀約多位作家連載彈詞作品，姜映清於一九二六年出版《風流罪人》彈詞，王鈍根為之作序，序中提到：「余歷任《申報》、《新申報》、《商報》及《禮拜六》、《社會之花》諸雜誌編輯，女士無不以詩詞小說相助。」【一】即可見一斑。嚴獨鶴曾任《新聞報》副刊「快活林」主筆，周瘦鵑曾任《新聞報》、《申報》副刊「自由談」主編，與姜映清亦有交遊。而嚴獨鶴在《新聞報》連載張恨水的小說《啼笑因緣》，這部小說先後被陸澹庵、朱蘭安、戚飯牛改編為彈詞，成為三〇年代代表性的彈詞「新書」（亦即以當代為描敘對象的新編彈詞作品），這或者也是嚴獨鶴受邀為姜映清的開篇集題詞的原因。潘之展後來也為另一位當時的文人彈詞作家陳範我（或作陳範吾）的《蓬萊烈婦彈詞集》題簽，可見也是一位雅好彈詞的文人。

題詩者數人，包括一九三三年任上海市立民眾教育館館長的陳頌春、姜映清之姑陳王範貽、姜映清之夫陳佐彤，又另錄映清年少時所得大文人兼藝術家楊葆光（一八三〇——一九一二年）之贈詩（且搭配姜映清古裝扮相小照一幀）。其中陳王範貽特別值得一提。據夏曉虹的考證，王範貽名列中國女學堂的「中學教習」之一，【二】這位女士還曾在一九一三年代表上海女子

【一】王鈍根：〈序〉，頁一——二，見姜映清：《風流罪人》（上海：大陸圖書公司，一九二六年）。

【二】夏曉虹：〈中國女學會考論〉，《北京大學學報》（哲學社會科學版）二〇一七年第三期，頁一一五——一二四。

尊孔團，參與孔教會祭孔活動。【一】她在為媳婦姜映清的題詩中指出：「昔年我本忝為師，青出於藍信有之」，由此可推知姜映清是中國女學堂（經正女學）的學生。在她的開篇作品中有一篇〈庵堂相會〉，便是描寫與經正女學的老同學重聚，追憶當年受教的情況，可得到證實。作序者則有王鈍根、姜映清之子陳雲（署名「潁川雲溪」）、陳範我以及陳達哉。陳達哉是《新聞報》的編輯，而陳範我曾為評彈皇帝嚴雪亭（一九一三—一九八三年）編「楊乃武」彈詞，傳頌一時，後來又著有《蓬萊烈婦彈詞》（一九三八年），與映清一樣是以文人身份進行彈詞創作的作家。

除了文字形式的副文本，本書也錄有不少圖像。除了前面提到作者本人的古裝小像，還有彈詞名家薛筱卿（一九〇一—一九八〇年）、朱耀祥（一八九四—一九六九年）、趙稼秋（一八九八—一九七七年）、沈儉安（一九〇〇—一九六四年）、陳瑞麟（一九〇五—一九八六年）、陳雲麟，以及閨秀女小生王佩珍（「幔亭女子曲社」成員）等人的相片，另有還有一張評彈行會「光裕社」球隊隊員的團體照。【二】這些圖像無疑代表姜映清所熟悉且喜愛的上海彈詞界，他們也非常可能就是曾演出其開篇作品的彈詞演員。

由題詞、題詩、序文、相片組成的副文本幫助我們理解《姜映清彈詞開篇集》之創作與出版的框架。這些副文本有如列出一張卡司表，家庭成員支持映清創作，上海傳統派文壇是映清文藝交遊的群體，而上海彈詞藝人則是映清作品的演出者。姜映清創作彈詞開篇與當時上海的文學、娛樂、社會等各方面的發展都有緊密的關係，因此，討論其作品與認識其社會文化背景必然是一交互作用的過程。以下我將通過文本與副文本透露的細節，追蹤姜映清開篇創作的脈絡。

三、空中書場與三〇年代上海彈詞開篇的發展

所謂彈詞開篇，原來只是主要演出（即「正書」）前彈唱的短篇唱段，作用僅止於熱場或引子，本並不具什麼自足的意義。在我對清代女性彈詞小說的研究中，則指出開篇可能啟發了女性作者，故許多女性彈詞小說藉此形成一種寫作成規，在每一章回的開頭另立一段與情節無關的韻文，用於作者本人的自敘。因此，開篇這一形式在女性彈詞小說中，早已轉化為作者記錄生活經驗並抒情言志的設計。【三】然而，到了三〇年代，彈詞開篇在特定社會因素的催化下，開展出全新的生命。姜映清的開篇創作，正是在這樣的趨向中產生的。

【一】見姚文棟：〈附載禮問〉，《孔教十年大事》卷七的記載。轉引自森紀子：〈民國時期尊孔運動的兩條路線〉，《中華民國史研究三十年（1972—2002）》（北京：社會科學文獻出版社，二〇〇八年）（下卷），頁一一四一。

【二】這些彈詞藝人都可見於愛好評彈的譚正璧的記載。見譚正璧：《評彈藝人錄》，收於《譚正璧學術著作集》十三（上海：上海古籍出版社，二〇一二年）。

【三】胡曉真：《才女徹夜未眠——近代中國女性敘事文學的興起》（台北：麥田出版社，二〇〇三年），頁九〇。

我們不妨由《姜映清彈詞開篇集》各篇序文與題詩透露的訊息，對照所收開篇作品的內容。序文作者與映清的關係深淺不同，敘寫角度自然有所不同。我在此很主觀地抓出三條線索，逐一說明，以勾勒姜映清開篇創作的個人與社會脈絡。

其一是有關姜映清個人的描述。陳佐彤雖然可算映清的閨房文友，但他的題詩與詩前小序，都意在稱揚映清作為妻子的賢德。反而是婆婆王範貽與兒子陳雲，都對映清的創作提出切近的觀察。例如，王範貽在題詩中如此描寫這位過去的學生、現在的媳婦：

手執羊毫筆一枝，埋頭伏案宛如癡。
不知朝暮不知時，搜古描今任意為。……
佳人才子寫心思，時事紛紜敘不歧。

王範貽觀察到的映清，一方面仍承續古典閨秀才女潛心書寫的形象（這亦正是清代彈詞女作家的自我形塑），一方面點出了其創作的當代性——在傳統的才子佳人主題外，姜映清的彈詞敘寫了「時事」。此一變化不只反映女作家自我形象的塑造，也牽連著彈詞演出本身的變革。陳雲的序文更仔細地描述母親姜映清喜愛「韻文」（指彈詞），行之於「家庭間吟詠，戚友中唱酬」，長期創作長篇彈詞。然後他話鋒一轉，指出一個開啟映清創作短篇的契機：

自滬市無線電風行，聽彈詞說部，不禁見獵心喜，常作開篇以自遣，集之成帙。

這就帶出了第二個線索，即無線電廣播的影響。陳雲雖然指出映清聽廣播彈詞而興起創作開篇之念，但他仍舊把這種創作活動放在傳統閨秀「自遣」的模式中理解。實際的情況更為複雜，其背景是整個彈詞生態與上海新興社會的互動。

不只一篇序文直接討論這層關係。王鈍根便這麼說：

當此朔風凜冽，寒氣逼人，圍爐聚話，正如三春之暖，電機收音，恍同一室之歡。於是一曲清平，歌來餘音嫋嫋，數腔俞調，譜得宮商鏗鏗。此彈詞開篇之風，良由以也。

王鈍根指出無線電播音是造成開篇流行的直接原因，因為廣播克服了天氣、距離等因素，使得大眾不需進入書場也可欣賞彈詞。此說雖然合理，但仍未能解釋為何開篇這一形式特別受到歡迎。這一點在陳達哉的序文中有進一步的說明：

彈詞盛行於蘇，自無線電播音機暢佈，而彈詞益盛。電紐一捩，輒聞三弦丁冬之聲，發音電台節目中，其大部時間，悉為彈詞所佔，於以知嗜此者之眾。彈詞之前奏曰開篇，不拘一格之通俗韻文也，尤為聽者所嗜。舊例每即一則，今則播音台中常著特例，有前後各唱一則者，甚且有純唱開篇者。甚矣！開篇魔力之偉大也。

陳達哉是《新聞報》編輯，他對廣播節目做了更細微的觀察，指出原本作為鋪墊的開篇，逐漸成為播音主流。

廣播與彈詞相應相生的關係早已受到注意。中國第一個廣播電台是外商所設的 Radio Corporation of China（通稱奧斯邦電台），一九二三年一月於上海開播，可說是緊跟著世界的腳步。第一家華人經營的廣播電台則是新新電台，一九二七年三月開始播音。【一】從此以後，電台迅速繁榮發展，到了三〇年代中期，上海已經有四十餘家電台，可見其盛。廣播的題材當然相當多元，但當時的「有識之士」則不免批評節目過於娛樂化，例如生產無線電的亞美公司創辦人蘇祖國（一九〇四—一九八四年）便在他所創的《中國無線電》週刊（一九三三年創刊）中，在一九三四年連續發表數篇短文，呼籲廣播業者勿貪利益，應多播送學術節目，善盡為國為民服務的職責。【二】而教育家俞子夷（一八八六—一九七〇年）也注意到三〇年代上海廣播的娛樂節目過多，而且彈詞佔第一，因此呼籲文學家創作新作品以淘汰封建思想。【三】鄭逸梅（一八九五—一九九二年）更如此描述開篇如何取得優勢地位，他說：「一自海上無線電風行，各大電台爭聘彈詞家為開篇之播唱，以應各界之要求，於是開篇一支不已，而再三之。而開篇之於彈詞，漸有喧賓奪主之勢。」【四】至於為何電台與聽眾都偏愛開篇，當代學者由傳播的角度，分析出以下原因：其一，相較於傳統書場，廣播要求精確的表演時間，如此短篇作品當然較容易掌握；其二，相較於傳統書場，廣播的聽眾更加廣大，必須迎合市場力求新變的時尚心理，所以與當代上海社會生活相關的表演更加受到歡迎，而開篇因其短小，創作時間短，自然更能隨時應變，追隨新事物與新興社會現象。【五】換言之，彈詞開篇「不拘一格」（陳達哉語）與即時新變的特色，具有在空中吸引大量聽眾的能量，而對商業價值敏感的廣播公司自然就推波助瀾了。

廣播擴大了受眾，同時也限制表演的時間，不只如此，傳統書場中聽眾隨著表演而哀喜，其反應也為藝人立即接收，並且可當下因應而調整表演，而演員在廣播中則無法立即得知聽眾

【一】有關上海無線電廣播電台的歷史，可參見上海市檔案館、北京廣播學院、上海市廣播電視局合編：《舊中國的上海廣播事業》（北京：檔案出版社，一九八五年），頁一—三九。

【二】可參見《舊中國的上海廣播事業》，頁二五〇—二五二。

【三】俞子夷：〈談廣播節目〉，原載《中國無線電》二卷二期（一九三四年五月五日），轉引自《舊中國的上海廣播事業》，頁二五二—二五三。

【四】轉引自童李君：〈民國時期彈詞的電台傳播〉，《安徽文學》二〇一七年第三期，頁九七。

【五】劉斌、鄒欣：〈新媒體介入與傳統藝術變異的「互動」——以民國時期上海廣播與蘇州彈詞的發展為例〉，《現代傳播》二〇一六年第十期，頁九三—九六。

的反應，亦無法據之反應。【一】甚至藝人的臉部表情、手勢等書場中的關鍵，在空中也無用武之地。這些都是廣播對說唱藝術的另一面的影響。我以為，這也是開篇更受歡迎的一個因素，因為短篇的開篇基本上是定稿，本來就沒有臨場發揮的空間，因此反而在廣播中具有優勢。種種因素的匯集，造就了彈詞於三〇年代在開篇的創作上出現飛躍的發展，更重要的是，此時開篇已經不只是為長篇彈詞開場的附庸，而成為可以作為獨立表演的形式了。

開篇受到巨大歡迎，而且聽眾不斷要求新的作品，彈詞藝人自己的創作難以應付，這時文人的創作也就應運而生。【二】據統計，三〇年代至少出現了二十餘種開篇集，【三】其中雖然獨力創作的集子較少，但如倪高風於一九三四年出版《嫋嫋集》（上海利光播無限電台）與《倪高風彈詞開篇集》（上海蓮花出版社），都是其一人之作，實為文人個人開篇集之先聲。書中刊登廣告多則，可見當時彈詞開篇集被視為具有暢銷潛力的出版品，且題詞者亦甚多，包括嚴獨鶴、周瘦鵑、孫漱石、鄭正秋、戚飯牛、陸澹盦、鄭逸梅等多人，【四】由此名單可知，開篇的創作與活躍於上海的傳統派文人關係甚深。映清的開篇集在稍後的一九三六年初出版，而嚴獨鶴與周瘦鵑也是為其題字的人士，此一重疊固然不能算是證據，但至少可視為線索，可推測映清將自己的開篇作品集結出版，可能曾受到倪高風的啟發。或者說，這一男一女兩位作者，可視為三〇年代開篇盛世中的代表性創作者。若詳讀他們的作品，對彈詞發展與三〇年代文藝應當都能展開新的視野。本文既以姜映清為中心，以下便對《姜映清彈詞開篇集》的內容作初步的討論。我將指出，雖然映清的開篇創作是無線電時代的產物，但並不表示其內容盡皆受控於商業與消費，甚至可說女作家既受新興大眾娛樂的吸引並加以利用，又仍想抵抗商業潮流，堅持自我。至於更深入的分析，將俟來日。

四、都市、災難、戰爭與自敘——姜映清開篇所開展的女性彈詞空間

前文已經提到，廣播為符合聽眾需求，促使彈詞求新求變，開發新的題材。所謂「新書」，即是不從古典小說戲曲取材，而全新創作的故事，例如《啼笑因緣》彈詞，就是根據一九三〇年才出版的小說《啼笑因緣》改編，小說受到市場歡迎，彈詞便隨之反應。除了改編文學作品

【一】劉斌、鄒欣：〈新媒體介入與傳統藝術變異的「互動」——以民國時期上海廣播與蘇州彈詞的發展為例〉，《現代傳播》二〇一六年第十期，頁九四。

【二】鄭逸梅指出：「然彈詞家之開篇，竟翻花樣，資料易窮，不得已乃四出徵求。」轉引自童李君：〈民國時期彈詞的電台傳播〉，《安徽文學》二〇一七年第三期，頁九七。

【三】可參見吳宗錫編：《評彈文化詞典》（上海：漢語大詞典出版社，一九九六年）。

【四】童李君：〈民國時期彈詞的電台傳播〉，《安徽文學》二〇一七年第三期，頁九七。

外，新編的彈詞也開始描寫現實，而都市體驗與新聞時事都成為常見的題材。【一】姜映清的作品也有相應的表現，曾有學者提出映清開篇的主要特色，包括描寫上海都市風貌與現代新事物、重視教化以及具有宣傳性與號召性。【二】這樣的觀察確實頗符合事實，但其中仍有許多曖昧細微的變化，值得挖掘。例如〈遊夜花園〉、〈上海之夜〉、〈申江景〉這樣的作品，都是描寫新上海奢靡的物質文化，而姜映清對此則保持一個批判的距離，其修辭始終擺盪於讚嘆與譏刺之間，而且以一種高於小市民的道德優越視角，將都市繁華視為一種引誘的陷阱，而不是單純的鼓吹消費。就此而論，映清的作品正如 Carlton Benson 的研究所說，試圖建立一種在現代商業社會中堅持傳統價值的道德形象。【三】姜映清出身經正女學，長期在女子學校教書，她把都市經驗與道德勸戒搭在一處，並不令人意外。

事實上，我以為更值得關注的是映清的開篇作品如何將「女性」突顯出來。本來彈詞與女性的關係就極為密切，清代女性創作的彈詞小說是女性敘事文學的高峰，而姜映清正是此一創作傳統的遺緒。另一方面，晚清以降，女性職業演員擔綱的「女彈詞」興起，到了三〇年代，廣播更為女彈詞藝人創造了新的表演平台，電台經常邀約女藝人表演，更不用說女性聽眾不必涉足複雜的書場，便可聽到彈詞。【四】有趣的是，姜映清對女彈詞卻並未特別重視。如果我們檢視《姜映清彈詞開篇集》所收的藝人相片，一望可知其中無一為女性彈詞藝人（只有閨秀曲社小生一人，非職業藝人）。而在〈海上彈詞名家〉這篇作品中，嵌入數十位彈詞藝人的名字，其中除了小儂、小玉兩個名字無法確認性別，其他都是男性藝人。何以映清眼中沒有女性彈詞藝人的位置？這個空白我以為頗可深思。或者映清並不欣賞當時女藝人的藝術水平，或者她仍對女彈詞的前身「書寓」有道德顧忌，又或者，她選擇在彈詞開篇中為女性另創空間，以超越之前閨秀創作彈詞小說的題材框限。這其間最明顯的開展，就是時事開篇。

《姜映清彈詞開篇集》出版於一九三六年，所收大約都是幾年之內的作品。王鈍根的序文一開始就說：

> 嗟乎！黑山白水，已成滄桑之地，黃童皓叟，盡遭亂離之慘。江南福地，嘆市面之蕭條，黃河水災，悲哀鴻之遍野。嗚呼！都市生活，已非昔日之繁榮，舞榭徘徊，如平時之冷落。……具見乾坤之戾氣，誰從桃源以避秦。

【一】申浩：《雅韻留痕——評彈與都市》（北京：商務印書館，二〇一四年），頁三五四、三六四。

【二】李云：〈姜映清彈詞開篇芻議〉，《泰山學院學報》二〇一七年第四期，頁四九—五四。

【三】Carlton Benson, "From Teahouse to Radio: Storytelling and the Commercialization of Culture in 1930s Shanghai," PhD diss., University of California, Berkeley, 1996.

【四】魏巍：《技藝與性別——晚清以來江南女彈詞研究》（上海：上海人民出版社，二〇一〇年），頁九八—一〇〇。

序文將時局之慘痛與廣播開篇之盛世並列，以突顯其間反差，而此處所提及的災變，亦在姜映清的作品表現出來。序文提到的時局，至少包括「九一八事變」以後的東北情勢、一九三五年夏秋的大水災，【一】以及一九二四年秋天發生的江浙戰爭。映清的作品對後二者都做了即時且強烈的反應，具有高度的時事性。同時，她也通過開篇刺激上海聽眾的同情之心，發動勸募，因此賦予開篇創作新的行動性。這都是清代的女性彈詞創作無法達到的功能，而今成為映清開創的發揮空間。

為替水災的災民募款，映清創作了〈水災乞賑〉、〈災民的苦況〉、〈災民女〉、〈賑災〉等多部作品，其中像〈災民女〉這樣的作品，從自己親身接觸逃難進城的鄉下姑娘講述悲慘經驗說起，對照之前魚米之鄉的安樂，以激起聽眾捐款救濟之心。當時各地水災救濟分會「利用娛樂場所，演解水災圖說，遍向各地慈善團體呼籲，並激發一般民眾之救災熱情」，映清的作品可以說主動參與了救災的政治與社會活動。【二】

至於江浙戰爭，映清也有作品描述其對上海的影響。江浙戰爭，或稱齊盧之戰，雖然僅歷時數十日（一九二四年九月四日至十月十三日），但當時人就已認知這場戰事牽一髮而動全局，「於是而有四省攻浙，於是而有南軍北伐，於是而東北風雲日亟，馴至牽率川湘，影響黔滇，使吾茫茫禹甸，悉入戰雲瀰漫之中」，【三】而對金融、經濟、交通、農產礦業乃至社會心理的影響更難以估計，更逼使大量難民日日湧入上海。【四】當時有民間時調「五更調」如此描述：

一更一點月東升，江浙兩省呀呀得噲要動刀兵。洋槍大砲勃淪鈍，唬殺人，吃著流彈，就要喪性命。二更二點月正高，百姓真苦惱，呀呀得噲子彈頭上拋。老的老來小的小，一大陶，逃出戰地，這條性命保，呀呀得噲就把家鄉拋。三更三點月正清，土匪一大群，呀呀得噲沿途劫金銀。尖刀手槍唬殺人，小百姓，跪在埃塵，哀求饒性命，呀呀得噲還要剝衣襟。四更四點月過西，逃到上海地，呀呀得噲有錢還寫意，嘸錢窮人真慘悽。餓肚皮，幸虧還有，同鄉來賑濟，呀呀得噲窮人勿餓死。五更五點天已明，開戰到如今，呀呀得噲苦煞小百姓。戰事結束早收兵。安民心，天下享太平，呀呀得噲民國萬萬春。【五】

【一】可參見饒洪橋：〈長江黃河同氾濫——1935年長江大水〉（上），收入錢鋼、耿慶國編：《二十世紀中國重災百錄》（上海：上海人民出版社，一九九九年），頁二八九—三〇六。

【二】江蘇省水災救濟總會編：《江蘇省水災救濟工作報告（1935年）》，收入《民國史料叢刊》第七三六冊，頁四五。

【三】傷時子：〈序〉，《江浙大戰紀》（1924），收入《民國史料叢刊》第二六〇冊，頁三。

【四】相關討論可參考馮筱才：〈江浙商人與1924年的「齊盧之戰」〉，《中研院近代史研究所集刊》三三期（二〇〇〇年六月），頁一八七—二四一；馮筱才，〈江浙戰爭與民初國內政局之轉化〉，《浙江大學學報》（人文社會科學版）第三十四卷第一期（二〇〇四年一月），頁五四—六二。

【五】〈江浙戰事五更調〉，《時調大觀》六集（上海：全球書局），收入《俗文學叢刊》六〇〇冊（台北：新文豐出版公司，二〇一六年），頁五四七—五四八。其他亦有〈江浙戰事泗洲調〉，亦講述戰爭期間百姓逃難到上海，衣食住房艱困之狀。參見《新編特別時調山歌》二十三集，收入《俗文學叢刊》六〇三冊（台北：新文豐出版公司，二〇一六年），頁一二九—一三〇。

此〈五更調〉是由戰爭難民的視角所寫，描寫逃難百姓之苦。相較之下，映清的作品表現的是上海人的視角。例如在〈甲子年江浙戰禍〉一篇中，她描述外地逃來上海者，有的仍然公然擺闊，「旅館洋房包兩月，中西大菜宴朋僚」，有的只能「樓面半間床不備，早攤夜捲亂糟糟」，更不濟的難民則是「貧民老幼無棲所，寥落親朋等絮飄」，而旁觀的上海敘事者最後只能「一度思量一度焦」。【二】另一方面，姜映清似乎更關切上海本身的狀況。正如王鈍根「嘆市面之蕭條」，映清在〈今之上海〉這篇作品中，如此描寫災難與戰爭影響下的上海：

> 百業蕭條市面枯，金融呆滯竟費張羅。案頭報紙連朝擱，讀罷傷心觸目多。有的是旅館遺書求自殺，有的是合家服毒去見閻羅。更有那墜樓三代真悽慘，有的是身葬江河入冥途。【二】

在歷數受害於經濟蕭條的遭遇後，對比仍然揮霍無度的摩登男女，最後敘事者呼應一九三四年提出的「新生活」運動，呼籲上海人戒除虛榮，樂善安貧。由此作品可見，映清的開篇不但反映時事，也回應政策，表現彈詞開篇折衝於現實與個人之間的關係，而姜映清一方面受制於此，一方面也藉此開展了女性彈詞的新空間。

最後必須一提的是，雖然災難、戰爭等時事議題進入了姜映清的彈詞創作，甚至她也曾為商業公司（茂昌眼鏡公司）寫過廣告開篇。但清代女性彈詞的核心，亦即女作家的自敘，仍然是其開篇創作的重點之一。在〈病榻的回顧〉、〈十年前之我〉、〈自述〉、〈自笑〉乃至〈庵堂相會〉這些作品中，她一再對自我進行剖析，比較之下，熱衷於自敘的清代彈詞女作家受限於時代，亦誠難如此公開自白。然而，這類書寫不同於改編古典戲曲小說，【三】也不描寫都市現象、流行事物，亦非發動勸募、動人以情，更非受僱於人、廣告宣傳。這類個人性的自敘作品是否可能交由彈詞藝人在電台演出，相當令人懷疑。若以姜映清的例子討論三〇年代上海女性彈詞的創作空間，應該說，在時代開放、都市商業化與廣播興起的環境下，女性彈詞開篇的題材得以拓展，與社會現實的關係越發緊密，公共性越來越強，然而，女性彈詞創作者仍然試圖在這大潮流中留下一小方筆耕天地，在其中偶著韻文自娛，以示己志。

原題〈無線電時代上海女性彈詞開篇的新創作空間——《姜映清彈詞開篇集》小探〉，曾收入王德威、季進編：《世界主義的人文視景》，鎮江：江蘇大學出版社，二〇一九年。

【一】《姜映清彈詞開篇集》，頁八八—八九。

【二】《姜映清彈詞開篇集》，頁八五。

【三】《姜映清彈詞開篇集》中有許多根據《紅樓夢》、《牡丹亭》等古典作品發揮而成的開篇，詞句清麗，且頗能表現女作家的視角，例如她寫林黛玉就特別強調其文心與才情。

作者簡介

胡曉真，現任台灣中研院中國文哲研究所研究員，曾於台灣大學外文系、加州大學聖地亞哥校區文學系、哈佛大學東亞語言與文明系分別取得學士、碩士、博士學位。主要研究領域為明清敘事文學、清末民初文學與女性文學。二〇〇三年出版《才女徹夜未眠——近代中國女性敘事文學的興起》一書，是首部探討近代中國女性創作、閱讀、出版小說的學術專著。一九九九年獲中研院年輕學者研究著作獎，二〇〇三年獲國科會吳大猷先生紀念獎。其後，開始探討清末民初文壇新、舊錯雜，男女爭鳴的現象，並特別留意「傳統派」作家之文化堅持的脈絡與影響。二〇一〇年出版《新理想、舊體例與不可思議之社會——清末民初上海「傳統派」文人與閨秀作家的轉型現象》，二〇一二年獲頒中研院第一屆人文及社會科學學術性專書獎。近期研究方向是明清時期文人對中國西南地區的文學表現，於二〇一七年出版《明清文學中的西南敘事》。同時留意城市文學、日常生活等議題，曾編輯《日常生活的論述與實踐》，並出版個人專著《明清敘事文學中的城市與生活》（二〇一九年）。

著述年表

著作

1 《才女徹夜未眠——近代中國女性敘事文學的興起》，台北：麥田出版公司，二〇〇三年。（簡體字本，北京：北京大學出版社，二〇〇八年。）

2 《新理想、舊體例與不可思議之社會——清末民初上海「傳統派」文人與閨秀作家的轉型現象》，台北：中研院中國文哲研究所，二〇一〇年。

3 《明清文學中的西南敘事》，台北：台大出版中心，二〇一七年。

4 《明清敘事文學中的城市與生活》，南京：譯林出版社，二〇一九年。

論文

1 〈最近西方漢學界婦女文學史研究之評介〉，《近代中國婦女史研究》二期，一九九四年。

2 〈從謎樣的對手到多面的性格——從美國五十年間兩部日本研究專著比觀日本〉，《當代》一〇一期，一九九四年。

3 〈名花與賤業——清代與民初京劇的伶人文化〉，《歷史月刊》八六期，一九九五年。

4 〈《續金瓶梅》——丁耀亢閱讀《金瓶梅》〉，《中外文學》二三卷一〇期，一九九五年。

5 〈才女徹夜未眠——清代婦女彈詞小說中的自我呈現〉，《近代中國婦女史研究》三期，一九九五年。

6 〈閱讀反應與彈詞小說的創作——清代女性敘事文學傳統建立之一隅〉，《中國文哲研究集刊》八期，一九九六年。

7 〈女作家與傳世慾望——清代女性彈詞小說中的自傳性問題〉，收入《中國文學的多層面探討國際學術會議論文集》，台北：台灣大學中文系，一九九六年。

8 〈晚清前期女性彈詞小說試探——非政治文本的政治解讀〉，《中國文哲研究集刊》一一期，一九九七年。

9 〈由彈詞編訂家侯芝談清代中期彈詞小說的創作形式與意識型態轉化〉，《中國文哲研究集刊》一二期，一九九八年。

10 〈女性文學想像與晚明變局——論《天雨花》中的父女傳承〉，收入鍾彩鈞編：《傳承與創新——中研院中國文哲研究所十周年紀念論文集》，台北：中研院中國文哲研究所，一九九九年。

11 〈秩序追求與末世恐懼——由彈詞小說《四雲亭》看晚清上海婦女的時代意識〉，《近代中國婦女史研究》八期，二〇〇〇年。

12 〈凝滯中的分裂文本——由《夢影緣》再探晚清前期的女性敘事〉，收入胡曉真編：《世變與維新：晚明與晚清的文學藝術》，台北：中研院中國文哲研究所，二〇〇一年。

13 〈秘密花園——論清代女性彈詞小說中的幽閉空間與心靈活動〉，收入王瑷玲、胡曉真編：《欲掩彌彰：中國歷史文化中的「私」與「情」——私情篇》，台北：漢學研究中心，二〇〇三年。

14 〈文苑．多羅與華鬘——王蘊章主編時期（1915-1920）《婦女雜誌》中「女性文學」的觀念與實踐〉，《近代中國婦女史研究》一二期，二〇〇四年。

15 〈蘋蘩日用與道統倫理——論《兒女英雄傳》〉，收入王瑷玲編：《明清文學與思想中之主體意識與社會——文學篇》，台北：中研院中國文哲所，二〇〇四年。

16 〈文苑．多羅．華鬘——王蘊章主編時期（1915-1920）の《婦女雜誌》における「女性文學」という觀念とその實踐〉，福士由紀譯，收入村田雄二郎編：《婦女雜誌からみる近代中国女性》，東京：研文，二〇〇四年。

17 "In the Name of Correctness: Ding Yaokang's *Xu Jin Ping Mei* as a Reading of *Jin Ping Mei*." In *Snake's Legs: Sequels, Continuations, Rewritings and Chinese Fiction (1600-1911)*, ed. Martin Huang, 2004.

18 〈絲弦、帳簿、華年——論《林蘭香》與世情小說的擬真世界〉，《中國文哲研究集刊》二六期，二〇〇五年。

19 〈藝文生命與身體政治——清代婦女文學史研究趨勢與展望〉，《近代中國婦女史研究》一三期，二〇〇五年。

20 〈新理想、舊體例與不可思議之社會——清末民初上海文人的彈詞創作初探〉，收入李孝悌編：《中國的城市生活》，台北：聯經出版公司，二〇〇五年。

21 "The Daughter's Vision of National Crisis: *Tianyuhua* and the Woman Writer's Construction of the Late Ming." In *From the Late Ming to the Late Qing: Dynastic Decline and Cultural Innovation*, ed. David D. Wang and Wei Shang, 2005.

22 〈酗酒、瘋癲與獨身——清代女性彈詞小說中的極端女性人物〉，《中國文哲研究集刊》二八期，二〇〇六年。

23 〈知識消費、教化娛樂與微物崇拜——論《小說月報》與王蘊章的雜誌編輯事業〉，《近代史研究所集刊》五一期，二〇〇六年。

24 〈旅行、獵奇與考古——《滇黔土司婚禮記》中的禮學世界〉，《中國文哲研究集刊》二九期，二〇〇六年。

25 〈清代文學與女性〉，收入傅璇琮、蔣寅編：《中國古代文學通論》（清代卷），瀋陽：遼寧人民出版社，二〇〇六年。

26 〈聲色西湖——「聲音」與杭州文學景味的創造〉，《中國文化》二〇〇七年秋季號。

27 〈杏壇與文壇——清末民初女性在傳統與現代抉擇情境下的教育與文學志業〉，《近代中國婦女史研究》一五期，二〇〇七年。

28 "The Construction of Gender and Genre in the 1910s New Media: Evidence from the Ladies' Journal." In *Different Worlds of Discourse: Transformations of Gender and Genre in Late Qing and Early Republican China*, ed. Nanxiu Qian, Grace Fong and Richard Smith. Leiden: Brill, 2008.

29 〈前には奢香有り後には良玉——明代西南女土司の女性民族英雄、構築されるそのイメージ〉，木下雅弘譯，《中國文學報》七八冊，二〇〇九年。

30 "Unorthodox Female Figures in Zhu Suxian's *Linked Rings of Jade*." In *Text, Performance, and Gender in Chinese Literature and Music: Essays in Honor of Wilt Idema*, ed. Maghiel van Crevel, Tian Yuan Tan, and Michel Hockx. Leiden: Brill, 2009.

31 〈酗酒、瘋癲與獨身：清代女性彈詞小說中的極端女性人物〉，收入王瓊玲、胡曉真編：《經典轉化與明清敘事文學》，台北：聯經出版公司，二〇〇九年。

32 〈夜行長安——明清敘事文學中的長安城〉，收入陳平原、王德威、陳學超編：《西安：都市想像與文化記憶》，北京：北京大學出版社，二〇〇九年。

33 〈文學與性別——明清婦女文學〉，收入李貞德編：《中國史新論．性別史分冊》，台北：聯經出版公司，二〇〇九年。

34 〈離亂杭州——戰爭記憶與杭州記事文學〉，《中國文哲研究集刊》三六期，二〇一〇年。

35 "War, Violence, and the Metaphor of Blood in *Tanci* Narratives by Women Authors." In *The Inner Quarters and Beyond: Women Writers from Ming through Qing*, ed. Grace Fong and Ellen Widmer. Leiden: Brill, 2010.

36 〈華夏忠臣遭遇邊域倮蟲——《野叟曝言》與《蟫史》中的西南書寫〉，《中國文學學報》二期，二〇一一年。

37 〈戲說市聲／士聲——《歧路燈》的儒者敘事〉，《漢語言文學研究》二〇一二年三卷二期。

38 〈《黔書》的治書框架與西南審美經驗〉，《清華中文學報》十期，二〇一三年。

39 〈炎徼與我杭——田汝成的地方「聞」「見」〉，收入林玫儀編：《文學經典的傳播與詮釋》，台北：中研院中國文哲研究所，二〇一三年。

40 〈清初文人陸次雲的女性傳記書寫——以〈圓圓傳〉、〈海烈婦傳〉為例〉，《中國文學學報》五期，二〇一四年。

41 〈남녀 간 사랑의 갈구와 위계화된 감정〉，Yongkyeong Jeoung 譯，收入 Keysook Choi, Younghyeon So and Hana Lee 編《감성사회：감성은 어떻게 문화 동력이 되었나》（感性社會：感性如何成為文化動力），首爾：글항아리，二〇一四年。

42 〈好奇領異與八紘之思——清代文人陸次雲的西南書寫〉，收入李奭學、胡曉真編：《圖書、知識建構與文化傳播》，台北：漢學研究中心，二〇一五年。

43 〈夜行長安——明清小說中的帝都生與死〉，收入高嘉謙、鄭毓瑜編：《從摩羅到諾貝爾：文學．經典．現代意識》，台北：麥田出版公司，二〇一五年。

44 〈記一座城的身世——劫餘心理與城市志書寫〉，收入林姵吟、梅家玲編：《交界與游移——跨文史視野中的文化傳譯與知識生產》，台北：麥田出版公司，二〇一六年。

45 〈중국서남지역토사土司의선물〉，이주해，두어민譯，收入 Keysook Choe 編《집단 감성의계보：한국과 동아시아》，首爾：앨피，二〇一七年。

46 "*La Palais de la longévité*, ou le théâtre chanté classique chinois à l'être de la création contemporaine," tr. Lee JuhaeHan Yimi and Herve Pejaudier. In *Bonjour Pansori*, ed. Keysook Choe and Han Yumi. Paris: IMAGO, 2017.06.

47 "Voices of Female Educators in Early Twentieth-Century Women's Magazines." In *A Space of Their Own: Women and the Periodical Press in China's Long Twentieth Century*, ed. by Joan Judge, Barbara Mittler, and Michel Hocks. Cambridge: Cambridge University Press, 2018.

48 〈通俗與審美：中國西南地區女土司的貢物〉，收入崔基淑編：《集體情感的譜系：東亞的集體情感和文化政治》，台北：台灣學生書局，二〇一八年。

49 〈風聲與文字——從歌謠運動回思非漢語的漢字傳述〉，《中國文哲研究通訊》二九卷三期，二〇一九年。

50 "Cultural Self-Definition of Southwest Chieftains during the Ming-Qing Transition." *Journal of Chinese Literature and Culture* 7.1, 2019.

51 〈無線電時代上海女性彈詞開篇的新創作空間——《姜映清彈詞開篇集》小探〉，收入王德威、季進編：《世界主義的人文視景》，鎮江：江蘇大學出版社，二〇一九年。

52 "Empathetic Acculturation through Script: *Yuefeng xujiu* and the Question of Sinoform." In *Reexamining Sinosphere: Cultural Transmissions and Transformation*, ed. by Nanxiu Qian, Richard J. Smith and Bowei Zhang. Amherst: Cambria Press, 2020.

53 〈萬曆平播之役與戰爭書寫的話語競逐〉，《文學遺產》，二〇二〇年第一期。

主編專書

1《世變與維新：晚明與晚清的文學藝術》，台北：中研院中國文哲研究所，二〇〇一年。
2《欲掩彌彰：中國歷史文化中的「私」與「情」——私情篇》（與王瑷玲合編），台北：漢學研究中心，二〇〇三年。
3《經典轉化與明清敘事文學》（與王瑷玲合編），台北：聯經出版公司，二〇〇九年。
4《日常生活的論述與實踐》（與王鴻泰合編），台北：允晨文化出版公司，二〇一一年。
5《圖書、知識建構與文化傳播》（與李奭學合編）台北：漢學研究中心，二〇一五年。